FANATICISM HUNTER
광신사냥꾼

류승현 판타지 장편 소설

FANTASY FRONTIER SPIRIT

광신사냥꾼 5

류승현 판타지 장편 소설

초판 1쇄 찍은 날 § 2014년 9월 16일
초판 1쇄 펴낸 날 § 2014년 9월 23일

지은이 § 류승현
펴낸이 § 서경석

편집부장 § 권태완
편집책임 § 박은정

펴낸곳 § 도서출판 청어람
등록번호 § 제387-1999-000006호
등록일자 § 1999. 5. 31
어람번호 § 제1-1932호

주소 § 경기도 부천시 원미구 부일로 483번길 40 서경B/D 3F (우) 420-822
전화 § 032-656-4452 팩스 § 032-656-4453
http://www.chungeoram.com
E-mail § chungeorambook@daum.net

ISBN 979-11-316-9192-2 04810
ISBN 979-11-316-9067-3 (세트)

FANATICISM HUNTER

광신사냥꾼

류승현 판타지 장편 소설

FANTASY FRONTIER SPIRIT

5

도서출판 청람

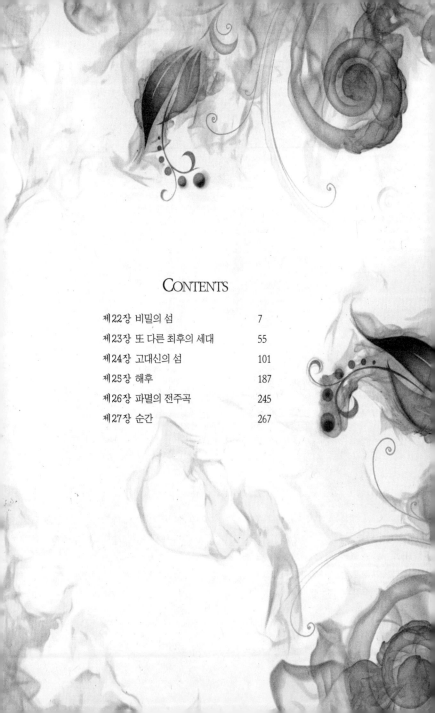

CONTENTS

22장

비밀의 섬

　다음 날 오후, 그럭저럭 몸을 움직일 수 있게 된 제온은 밍우이를 따라 다시 숲의 안쪽으로 걸음을 옮기기 시작했다.

　그녀와 함께 높은 나무 섬에 잠입해 있던 옴 부족의 수인은 모두 스무 명이었다. 밍우이는 그들 모두를 한 명씩 불러 제온에게 소개시켜 준 다음 의기양양한 모습으로 말했다.

　"어때? 여기 있는 모두가 마투사(魔鬪土)야."

　"마투사? 너처럼?"

　"응. 내가 돌아와서 싹수가 보이는 녀석들을 붙잡고 일일이 가르쳤어. 어때? 대단하지?"

밍우이는 어깨를 으쓱였다. 마투사는 본래 대륙에는 존재하지 않던 단어로, 마도대전 당시 밍우이가 싸우는 모습을 본 병사들이 감탄하며 붙여준 이름이다.

원래 밍우이는 마력도 낮고 마법에 대한 재능도 바닥에 가까울 정도로 희박했다. 어떻게든 마법을 배워 베이라 군도의 수인들에게 마법을 퍼뜨리겠다는 포부를 가지고 아카데미에 입학했지만, 높기만 한 마벽의 벽은 주변의 냉담한 태도와 더불어 그녀를 절망에 빠뜨리기에 충분했다.

그러다 프로나의 도움으로 고립 상태에서 벗어나게 되었고, 마법이라면 교수들을 능가하는 재능을 갖춘 친구들의 도움을 받아 조금씩 마법의 기본에 눈을 뜨게 되었다. 문제는 밍우이가 가진 마력 자체가 로우 위저드 급에도 미치지 못할 만큼 미약한 나머지 3등급 수준의 마법을 두 번만 사용해도 완전히 바닥을 드러낸다는 것이었다.

마력의 부족은 마법사에게 있어 가장 치명적이다. 후천적인 노력을 통해 어느 정도 높이는 것도 가능하지만, 아무리 긍정적으로 봐도 타고난 마력의 두 배를 넘지 못한다는 것이 마법학계의 정설이었다.

"기어이 고향에 마법을 퍼뜨렸구나. 물론 네 식대로이긴 하지만."

제온은 나뭇가지 위를 마치 평지처럼 자유롭게 이동하는

수인들을 바라보았다. 대부분이 밍우이에게도 못 미칠 만큼 약한 마력을 가지고 있었지만, 그녀의 방식대로라면 마력의 크기는 별다른 문제가 되지 않았다.

"여기까지 오는데 4년 걸렸어. 처음 파이어 애로우를 쓸 수 있을 때까지가 정말 어렵더라. 교수님이나 너희가 얼마나 잘 가르친 건지 알겠더라."

밍우이는 고개를 저으며 한숨을 내쉬었다. 제온은 아카데미 시절을 떠올리며 쓴웃음을 지었다. 그녀의 마법 실력은 낙제생에 가까웠다. 그런 그녀가 다른 수인들에게 마법을 가르쳐야 했으니 얼마나 막막했을까?

"그래도 제자가 스무 명이나 되다니 성공했네. 얼굴만 보면 다 너보다 연상인데."

"무슨 소리? 다들 나보다 어린 애송이들이야. 제일 나이 많은 우루가 열아홉 살밖에 안 돼."

밍우이는 콧방귀를 뀌며 고개를 저었다. 제온은 근처를 걷고 있던 우루라는 이름의 우락부락한 얼굴의 수인을 바라보며 눈살을 찌푸렸다.

"저 얼굴로 열아홉이라……. 수인은 남자와 여자의 성장에 차이가 심한 것 같군."

"좀 그렇긴 해. 여자들이 많이 불리하지?"

밍우이는 입술을 삐죽이며 어깨를 으쓱였다. 확실히 10년 전 처음 봤을 때나 지금이나 밍우이의 외모는 거의 변화가 없었다. 여전히 열다섯 살쯤 되는 작은 소녀로밖에 보이지 않았다.

"하지만 그만큼 여자가 오래 살긴 해. 한 150살 정도?"

"굉장히 장수하는데… 남자는 얼마나 사는데?"

"글쎄? 평균적으로 대충 60살 정도?"

"잠깐, 그건 차이가 너무 심한 거 아냐?"

제온은 어이없다는 얼굴로 말했다. 그러자 밍우이는 이상하다는 얼굴로 제온을 올려다보았다.

"그게 그렇게 이상해?"

"당연히 이상하지. 어째서 그렇게 극단적으로 차이가 나는 거야?"

"그야 뭐… 여자는 아이를 낳으니까."

밍우이는 당연하다는 얼굴로 설명했다.

"수인은 보통 평생 동안 스무 명 정도 아이를 낳아. 최소한 일 년은 간격을 두니까 그것만으로도 40년은 아이를 낳고 육아를 해야 한다고."

"…정말이야?"

"정말이야. 애초에 여자가 좀 적게 태어나는 것도 문제야. 남자애 열 명은 낳아야 여자애가 한 명 나올까 말까 한다고."

"남녀 비가 10 대 1이라는 건가? 그건 너무 심각한데?"

"심각하고말고. 내가 아카데미에 처음 갔을 때 반에 여자가 바글거려서 얼마나 놀랐는지 알아?"

밍우이는 기겁한 얼굴로 양팔을 쫙 펼치며 호들갑을 떨었다. 그러다가 금방 침울한 표정이 돼서는 우울한 목소리로 말했다.

"그런데도 먼저 말을 걸어준 건 프로나 한 명뿐이었어. 그것도 입학한 지 10개월쯤 지나서였지만."

"서로 반이 달랐잖아. 그리고 그동안 프로나는 날 가르치느라 정신이 없었어."

"나도 알아. 제온 스태틱 사람 만들기 프로젝트."

밍우이는 금방 환해진 얼굴로 제온의 모습을 위아래로 훑어보기 시작했다.

"흠흠, 그래. 확실히 사람 됐어. 처음 봤을 때랑 비교하면 말이야. 넌 프로나한테 진짜 감사해야 해."

"그러고 있어. 앞으로도 그럴 거고."

제온은 담담한 목소리로 대답했다. 밍우이는 그런 제온을 한참 동안 바라보다 피식 웃으며 말했다.

"내가 기억하는 건 마도대전 때 미친 것처럼 다 쓸어버리던 모습뿐이라 지금이랑 잘 매치가 안 돼. 같은 편이지만 솔직히 말하면 좀 무섭기도 했거든?"

"그때야 뭐. 그런데 미친 것처럼 다 쓸어버린 건 네프카도 마찬가지 아니었나?"

"네프카는 무슨 짓을 하더라도 근엄해 보였어. 마치 부족장처럼 말이야."

"부족장이라기보다는 왕이겠지. 아, 그때는 아직 왕자였군."

"아무튼 간에, 넌 전체적으로 아슬아슬한 느낌이었어. 그 퀸인가 뭔가 하는 뱀파이어가 자꾸 공격하기도 하고, 프로나가 좀 다치면 거의 발작하는 것처럼 날뛰기도 하고."

"뭐, 사실은 사실이니까."

제온은 순순히 고개를 끄덕였다. 마도대전 이후 프로나와 결혼을 하고 비록 짧은 순간이었지만 행복한 시간을 보내며 정서적으로 많은 안정을 찾았다.

"아무튼 넌 프로나가 없으면 안 돼. 이번 구출 작전만 끝나면 땅의 은혜 섬으로 돌아가서 머리를 맞대보자. 분명히 프로나를 찾아서 구해낼 방법이 있을 거야."

"그래, 고마워."

"어깨는 좀 어때?"

"통증은 좀 있지만… 많이 아문 것 같아."

제온은 손바닥으로 왼쪽 어깨를 가볍게 눌러보았다. 늑대인간의 손톱에 뼈가 보일 정도로 벌어진 상처인데 고작 하루만에 살짝 만져도 괜찮을 정도로 회복되었다.

밍우이는 마음에 드는 듯 웃으며 말했다.

"원래 우리 옴 부족의 약이 모든 부족을 통틀어 최고거든. 땅의 은혜 섬에 워낙 좋은 약초들이 나기도 하고."

"이름처럼 좋은 섬이네. 그래도 이건 믿을 수 없을 정도야. 최근에 오른팔을 다쳤었거든. 이런저런 처치를 다했는데도 거의 한 달을 고생했어. 그때 이 약이 있었더라면……."

"아, 약도 좋긴 하지만, 사실 다른 이유가 있어."

"다른 이유?"

밍우이는 사방을 가득 메운 높은 나무들을 둘러보며 말했다.

"이 나무들이 네 회복을 돕고 있어."

"나무가? 어떻게?"

"믿겨지지 않지? 하지만 사실이야. 지금이야 반카들이 늘어나서 얼씬도 안 하지만, 예전에는 수인들도 상처가 심하면 이 섬에 들어와서 휴양을 했어. 이 섬에서는 상처가 빨리 낫거든. 전에 할머니가 그랬는데, 이 커다란 나무들이 상처를 회복하는 공기를 내뿜는대."

"상처를 회복시키는 공기라니, 그런 게 가능한 거야?"

"실제로 그런데 어쩌겠어?"

밍우이는 어깨를 으쓱이며 말했다.

"하지만 그 공기가 반대로 독이 될 때도 있어. 상처는 빨리 낮지만 머리에 피가 쏠리고 심장이 빨리 뛰거든. 평범한 수인들도 이 섬에서 석 달만 있으면 심장에 문제가 생겨서 견디질 못해. 그리고 어떻게 적응을 해도 수명이 줄어드는 모양이야."

"수명? 일찍 죽는다는 거야?"

"아까 남자들이 대충 60살쯤 산다고 했잖아?"

"여자는 150살을 살고 말이지."

"그런데 오래전에 이 섬에 살았던 수인들은 대체적으로 마흔 살을 넘기지 못했던 모양이야. 할머니의 이야기로는 이 섬은 모든 게 크고 빠르게 자라는 대신 그만큼 빨리 늙는대. 그래서 수인들에게 버려진 섬이 된 거야. 대신 반카들의 소굴이 되어버렸지만."

"정말이라면 무서운 이야기인데⋯⋯."

제온은 자신의 심장 박동을 감지하며 천천히 고개를 끄덕였다. 확실히 심장 박동이 평소에 비해 빠르고 혈압이 상승해 있는 것이 느껴졌다.

물론 큰 상처를 입고 회복 중이라 그런 걸 수도 있었다. 하지만 반대로 생각하면 상처를 입고 피를 많이 흘렸는데도 혈압이 평소보다 높다는 건 무언가 문제가 있다는 말이었다.

'대기 중에 어떤 성분이 혈압과 심박을 높이는 건가? 이 섬의 거대한 나무들이 그 성분을 대량으로 만들어내고 있

고……'

"그러니까 가능한 빨리 일을 끝내고 땅의 은혜 섬으로 돌아가자. 너도 빨리 늙는 건 싫을 거 아냐? 그렇지?"

밍우이는 씩 웃으며 제온의 옆구리를 팔꿈치로 툭툭 건드렸다. 제온은 감지력을 최대한으로 넓혀 주변을 경계하며 물었다.

"고대신의 기운이 강하다는 건 그걸 보고 말한 건가?"

"응?"

"어제 그랬잖아. 이 섬은 고대신의 기운이 너무 강해서 수인들이 터전을 잡지 않았다고."

"아, 맞아. 비슷한 이야기야."

밍우이는 고개를 끄덕였다.

"고대신이 사는 곳에는 무언가 이상한 일이 일어나. 곰보섬에는 비록 잠들어 있지만 고대신이 있어서 그렇게 이상한구름이 생기는 거고."

"곰보 섬?"

"여기 말고 수인들이 살지 않는 또 다른 섬이 있어. 그러니까 높은 나무 섬이 이렇게 이상한 것도 어딘가에 고대신이 잠들어 있어서 그런 거라고 믿는 수인이 많아."

"확실히… 일리가 있는 이야긴데."

제온은 레기스크 화산에 있는 신수 파이파를 떠올렸다. 레기스크 화산의 거대한 화구 속은 활화산임에도 불구하고 마치 한겨울처럼 얼음으로 뒤덮인 것이다.

"강력한 신수는 주변의 자연을 변화시키니까. 하지만 생물의 성장을 빠르게 하는 능력이라니… 대체 어떤 신수가 그럴 수 있지?"

"나야 모르지. 하지만 만약 있다고 해도 지상에는 없어."

"어째서?"

"이미 섬의 모든 곳을 탐사했으니까. 물론 반카들이 차지하기 전의 이야기지만."

"그런가? 그럼 땅 속에 있을지도 모르겠군."

"그럴지도. 그런데 지금 우리가 싸우러 가는 건 고대신이 아니야. 반카에 대해 집중하는 편이 좋지 않을까?"

밍우이는 민첩한 동작으로 허공을 향해 주먹을 날리며 말했다. 제온은 자신을 거의 죽일 뻔했던 늑대 인간의 모습을 떠올리며 말했다.

"어제는 방심한 게 컸어. 처음부터 알고 대처하면 문제없을 거야."

"괜찮겠어? 유르카는 우리 중에서 최강의 전사만큼 빨라. 예를 들면 거의 나만큼? 허약한 마법사의 눈으로 따라잡기는 쉽지 않을걸."

"확실히 빠르긴 한데… 생각해 둔 게 있어."

파직!

제온은 손바닥 위에 작은 뇌전의 구체를 만들어냈다. 밍우이는 귀엽다는 표정으로 구체를 바라보며 물었다.

"그건 뭐야? 조그만 전기 공?"

"그런 거지. 그러고 보니 볼 라이트닝은 기억해?"

"커다란 전기 공 말이지? 네가 자주 쓰던 그거."

"이건 그 마법의 최소 단위야. 라이트닝 볼이라고 할까? 실제로 그런 마법은 없지만."

"헤. 아무튼 조그맣고 귀엽다. 근데 별로 강할 것 같지는 않는데?"

"확실히 하나씩은 약해. 라이트닝 애로우보다도. 하지만 이럴 때는 쓸 만한 활용법이 있어. 그런데 그보다도……."

제온은 손을 움켜쥐고 만들어낸 뇌전의 구체를 소멸시키며 물었다.

"유르카는 반카가 아니라고 했지? 그럼 대체 정체가 뭐야?"

"확실히는 우리도 몰라. 반카 중에 일부가 더 많이 변해서 그렇게 되었다고도 하고… 곰보 섬에서 우리가 모르는 괴물이 이쪽으로 건너와서 반카들을 지배하고 있다는 말도 있어."

"그 곰보 섬이란 곳은 아직 탐사가 제대로 안 된 건가?"

"응. 거긴 많이 위험해서 어지간해선 잘 안 가."

밍우이는 시원하게 고개를 끄덕였다. 제온은 숲 위로 날아올랐을 때 자신을 습격했던 또 다른 수인들을 떠올리며 물었다.

"그럼 날개 달린 수인… 아니, 날개 달린 반카들은?"

"날개 달린 반카? 그게 뭐야?"

"몰라? 어제 날 공격했는데?"

밍우이는 전혀 모르겠다는 얼굴로 고개를 저었다. 제온은 눈살을 찌푸리며 어제 자신이 겪은 일을 설명했다.

"우웅, 정말로 그런 녀석들이 저 위에 있어?"

밍우이는 입술을 내밀며 걱정스런 얼굴로 숲의 하늘을 바라보았다.

"그런 이야기는 처음 듣는데… 우린 하늘을 날지 못해서 저 나무 위쪽까지는 확인을 못했어. 그놈들이 정말 하늘을 날았어?"

"확실히. 등에 달린 날개로 상당히 빠른 속도로 활강했어. 숫자도 엄청났고. 수인 중에는 비행이 가능한 부족이 없는 거야?"

"없어. 그리고 부족에 따라서 특징이 완전히 나뉘는 것도 아냐."

"그래? 너희 옴 부족은 늑대 쪽에 가까운 거 아니었어?"

제온은 주변에 있는 다른 수인들을 돌아보았다. 모두가 남자로 건장하고 날렵한 몸을 가지고 있지만 공통점은 밍우이와 마찬가지로 늑대 모양의 귀와 체모를 가지고 있다는 점이었다.

밍우이는 고개를 저으며 말했다.

"아냐. 여기 이 녀석들은 내가 고르다 보니까 늑대 쪽 피가 강한 녀석들이 모인 것뿐이야. 물론 옴 부족이 전체적으로 늑대의 피가 강하긴 하지만… 전체적으로 보면 다 조금씩 섞여 있어. 곰이나 호랑이, 그리고 좀 희귀한 녀석들도 가끔 태어나고."

"그런가? 아무튼 새는 없다는 거지?"

"없어. 모두 땅 짐승이야."

"그럼 대체 날개 달린 녀석들은 어디서 나타난……."

삐익!

그때 앞쪽에서 가느다란 휘파람 소리 같은 것이 들려왔다. 그와 동시에 밍우이를 포함한 모든 수인이 몸을 움츠리며 경계 태세로 바뀌었다.

"무슨 일이지?"

제온이 물었다. 밍우이는 언제라도 튀어나갈 수 있도록 발끝을 세우며 말했다.

"앞에서 신호를 보냈어. 냄새를 맡은 거야."

"냄새?"

"반카의 냄새. 야영지가 가까이 있다는 증거야."

밍우이는 뿌득 소리가 나게 주먹을 움켜쥐었다. 비록 조그만 여자아이의 주먹이었지만, 마도대전 당시 그 주먹에 처참한 꼴을 당한 마물은 숫자를 다 셀 수 없을 정도였다.

밍우이는 걷는 속도를 서서히 높이며 말했다.

"반카는 몇 개의 작은 야영지 안쪽에 진짜 본거지를 두고 있어. 지금 발견한 건 작은 야영지지만 한 번에 습격해서 안쪽으로 뚫고 갈 거야. 납치된 아이들은 본거지에 있을 테니까."

"그럼 난 계획대로?"

"응. 가능한 뒤쪽에서 지원해 줘. 아직 몸이 낫지 않았으니까 무리하지 말고. 어제처럼 신경 써줄 겨를이 없으니까 자기 몸은 자기가 챙겨야 해. 알았지?"

제온은 고개를 끄덕였다. 밍우이는 입가에 미소를 지어 보인 다음 동료들과 함께 먼저 앞쪽으로 달려나가기 시작했다.

스물세 명.

그것이 납치된 아이들의 숫자였다.

그중에는 밍우이의 조카도 두 명 포함되어 있었다. 물론 대부분의 수인은 혈연적으로 매우 가까운 존재였다. 하지만 젖

먹이일 때부터 돌봐주었던 자신의 혈육은 또 다른 느낌이었다.

그 아이들이 끔찍한 반카에게 납치되어 곤욕을 치르고 있다고 생각하니 피가 거꾸로 솟는 듯했다.

—그냥 내버려 두자.

처음 몇 명의 아이가 납치당했을 때, 부족의 장로들은 그렇게 아이들을 포기해 버렸다.

—반카도 우리가 낳은 자식들이다.
—수인은 결코 수인을 죽여선 안 된다.
—같은 피를 나눈 그들과 전쟁을 해서는 안 된다.

대충 그런 이유에서였다.

물론 변명일 뿐이다. 진짜 이유는 광기에 젖은 반카에 대한 두려움, 그리고 대체 어디서 생겨난 건지 알 수 없는 유르카에 대한 두려움 때문이었다.

하지만 밍우이는 두렵지 않았다.

그녀는 진짜 두려움이 무엇인지 알고 있었다. 마도대전을 치르면서 뼈저리게 느꼈다.

대적할 수 없는 압도적인 물량과 힘.

아무리 죽이고 또 죽여도 끊임없이 몰려오는 고블린과 오크들.

모든 것이 두렵던 어린 시절의 꿈속에서나 나올 법한 공포의 마족들.

그러나 결국 그들은 그 모든 것을 이겨내고 승리를 차지했다. 물론 그중에 그녀가 공헌한 것은 극히 일부에 불과했지만, 반대로 그 일부가 없었더라면 그들은 결코 승리를 차지할 수 없었을 것이다.

—나서지 마라, 밍우이.

—고대신의 힘이 점점 강해지고 있다.

—이것은 거역할 수 없는 흐름일지도 모른다.

장로들은 필사적으로 그녀를 말렸다. 하지만 밍우이는 그 모두를 뿌리치고 섬을 건넜다.

높은 나무숲에 있는 반카의 숫자는 대략 천 명 정도. 4대 부족에서 반카를 낳으면 모두 이곳으로 모아 보내니 그 숫자는 점점 더 늘어났다.

수인은 결코 수인을 죽여선 안 된다.

오래전부터 이어진 단 하나의 율법 때문에 수인들은 자신들이 낳은 괴물을 고스란히 키워 거대한 세력으로 만들어 버렸다.

밍우이의 목표는 바로 그 악순환의 고리를 끊어버리는 것이었다.

그때, 앞쪽에서 또다시 휘파람 소리가 들렸다.

삐이이익!

그것은 경고의 신호였다. 적을 육안으로 발견하고 곧 전투에 돌입한다는 신호.

순간, 밍우이는 숲의 대지를 박차며 전방으로 질주했다.

마치 썩는 듯한 반카의 냄새가 사방에 가득했다. 그녀는 그것이 참을 수가 없었다. 이런 괴물들이 수인에게서 태어났다는 것부터 불쾌한데 그런 끔찍한 존재에게 두려워 떨며 소중한 아이들까지 희생당하는 건 말도 안 되는 일이었다.

잠시 후, 우거진 수풀 너머로 반카들의 야영지가 어렴풋이 보였다. 거리는 약 50미터 정도. 그리고 그녀는 단 세 번의 도약으로 적의 야영지 안에 뛰어들었다.

더러운 가면을 쓴 반카 한 명이 눈앞에 보였다. 그녀의 주먹은 한순간에 그 가면을 박살 내며 적의 얼굴을 한 점으로 일그러뜨렸다.

깨지고, 터지고, 우그러지고, 박살 나는 모든 충격이 단 한순간에 발생했다.

그러나 녀석의 사인은 안면 함몰이나 뇌진탕이 아니었다. 타격 순간의 충격을 버티지 못한 목뼈가 으스러지며 고통을 느낄 틈도 없이 즉사해 버린 것이다.

처참한 시체 한 구가 나무토막처럼 바닥을 굴렀다. 동시에 주변에 있던 수십 명의 다른 시선이 밍우이에게 집중되었다.

그녀는 호박색의 선명한 눈동자를 번뜩이며 소리쳤다.

"해치워!"

동시에 한 박자 늦게 난입한 동료들이 적을 덮쳤다. 모두 그녀가 직접 가르친 전사들이었다. 수인 세상의 암적 존재인 반카를 제거하기 위해서 그녀는 직접 젊은 수인들을 선발하고 훈련시켰다.

다만 그날이 오늘은 아니었다.

계획대로라면 앞으로 10년은 더 마투사를 키워낼 예정이다. 최소한 백 명의 결사대를 조직해 높은 나무숲을 정화할 생각이다.

그러나 당장 너무나 많은 아이가 납치되었다. 그리고 그것을 가만 놔둔다면 앞으로 더 많은 아이가 희생될 것이다. 그들에게 그냥 넘어가지 않는다는 것을 보여줘야 한다. 그 때문에 비록 어렵게 키워낸 소중한 동료 몇 명을 잃게 될지도 모르지만.

그때 반카를 공격하던 수인 중 한 명이 무언가 커다란 것의 기습을 받고 피를 뿌리며 나가떨어졌다. 적은 족히 3미터는 될 법한 커다란 키의 늑대 인간, 바로 유르카였다.

밍우이는 거의 한순간에 녀석을 향해 돌진했다. 늑대 인간은 피에 젖은 손톱을 치켜들며 돌격해 오는 밍우이의 정수리를 향해 일직선으로 내리그었다.

막을 수 없다.

피해야 한다.

그리고 밍우이의 몸은 그녀의 생각보다 빠르게 움직였다. 적의 손톱이 역동적으로 비튼 그녀의 몸을 아슬아슬하게 스치며 지나갔다.

그리고 거의 동시에 마법을 발동시킨 그녀의 주먹이 늑대 인간의 명치에 작렬했다.

강렬한 충격과 함께 작은 폭발이 일어났고,

콰앙!

늑대 인간의 몸이 명치를 중심으로 활처럼 휘어진 채 뒤로 날려갔다.

녀석의 기다란 주둥이에서 쏟아진 피가 그녀의 머리카락과 얼굴을 붉게 물들였다. 그 원초적인 비릿한 냄새가 밍우이의 가슴속에 들끓는 야성을 불러일으켰다.

파이어 애로우.

그녀가 자신의 주먹에 사용한 마법은 화염계 2등급 마법인 파이어 애로우였다.

그러나 일격에 숨이 끊긴 늑대 인간의 가슴엔 어른 몸통만한 구덩이가 파여 있다. 설사 4등급 마법인 파이어 볼을 맞는다 해도 그런 식의 상처는 생기지 않는다. 그녀의 주먹에 담겨 있는 힘과 속도가 최고점에 다다르는 순간 마법이 발동하며 서로의 힘을 더한 것 이상의 파괴력이 생기는 것이다.

그것이 바로 밍우이가 세상에 만들어낸 새로운 타입의 전사, '마투샤'의 핵심이었다.

수인은 인간이 따라올 수 없는 엄청난 힘과 속도를 가지고 있었다. 하지만 그런 수인들조차도 반카의 유르카, 바로 늑대 인간을 상대로는 맥을 못 추고 당하기만 했다.

이유는 간단했다. 늑대 인간이 그런 수인들보다 더 빠르고 더 강했기 때문이다.

거기에 웬만한 상처는 바로 회복해 버리는 강력한 재생력까지 갖추고 있었다. 그런 늑대 인간을 해치우기 위해서 밍우이는 보다 강력한 파괴력을 손에 넣어야 했다.

그래서 고향 섬을 떠나 먼 길을 여행하며 매직 아카데미에 입학한 것이다. 그녀의 머릿속에는 자신이 마법만 사용할 수 있게 되면 그것을 바탕으로 어떻게 싸울 것인지에 대한 확실한 구상이 자리 잡고 있었다.

그리고 그 결과가 이것이다. 밍우이를 시작으로 반카의 야영지 곳곳에서 수인들의 주먹이 불꽃과 폭발을 일으키기 시작했다.

　'좋아, 이길 수 있어.'

　밍우이는 흥분과 만족감으로 고양되었다. 그녀가 아닌 다른 수인이 새롭게 나타난 또 다른 늑대 인간을 마투격(魔鬪搐)으로 쓰러뜨리는 것이 보였다.

　역시 그녀의 생각은 옳았다.

　이제 더 이상 반카와 유르카를 두려워할 필요가 없는 것이다. 늑대 인간 따위, 마음만 먹으면 얼마든지 쓰러뜨릴 수 있었다.

　그때 또 새로운 늑대 인간이 나타났다.

　그러자 제자 중 한 명이 전력을 다해 녀석을 쓰러뜨렸다. 그런데 또 다른 늑대 인간이 나타났고, 안쪽으로부터 끊임없이 늑대 인간이 나타나 전투에 돌입하기 시작했다.

　계속,

　그리고 또 계속.

　"큭!"

　밍우이는 자신을 향해 달려오는 늑대 인간을 노려보며 주먹을 움켜쥐었다. 그녀는 무언가 잘못되고 있다는 것을 깨달았지만, 이제 와서 돌이키는 것은 불가능했다.

"이런……."

뒤늦게 야영지에 들어온 제온은 사방에서 벌어지고 있는 난전에 당황했다.

'뭐지, 이 말도 안 되는 숫자는?'

반카는 서른 명 정도가 한 조로 활동하고, 유르카는 한 조당 한 마리씩 포함되어 있다. 밍우이는 제온에게 그렇게 설명했고, 제온 역시 자신의 경험으로 대략 그렇다는 것을 짐작하고 있었다.

그런데 당장 자신의 감지 범위 안에서만 열 마리의 늑대 인간이 수인들과 전투를 벌이고 있었다. 거기에 밍우이는 혼자서 세 마리의 늑대 인간에 둘러싸여 당장에라도 쓰러질 것처럼 아슬아슬한 상황이었다.

'침착해. 한 번 크게 당하긴 했지만 생각보다 어려운 상대는 아냐.'

완전히 아물지 않은 왼 어깨의 상처가 욱신거렸다. 제온은 마음을 가라앉히며 양손으로 라이트닝 볼트를 사용했고, 밍우이에게 집중하고 있던 늑대 인간 두 마리가 동시에 뇌전의 직격을 받고는 비명을 지르며 나가떨어졌다.

덕분에 포위에서 벗어난 밍우이는 하나 남은 늑대 인간에게 집중할 수 있었다. 그녀는 적의 손톱을 피함과 동시에 지면을 박차며 솟구쳐 올라 녀석의 턱에 일격을 먹였다.

콰과광!

강력한 폭발과 함께 얼굴 형태가 완전히 변한 늑대 인간이 피를 쏟으며 뒤로 쓰러졌다. 그것이 바로 3차 마도대전에서 그녀에게 '매직 피스트(Magic fist)' 라는 별명을 안겨준 마투격이었다.

"제온!"

밍우이는 얼굴에 묻은 늑대 인간의 피를 닦으며 제온을 돌아보았다. 오랜만에 같은 전장에 선 두 사람이지만 제온은 그녀의 표정만 보아도 현재 상황이 어떤지 짐작할 수 있었다.

제온은 레비테이션으로 밍우이를 향해 날아가며 소리쳤다.

"계속 싸울 수 있겠어?"

"무슨 소리야! 당연히 싸워야지!"

"그럼 넌 일단 여기부터 정리해!"

밍우이의 옆에 착지한 제온은 야영지의 안쪽을 노려보며 말했다.

"납치된 아이들은 내가 구할게. 저쪽이 본거지지?"

"뭐? 혼자 들어가게?"

"너도 알잖아? 난 혼자 싸우는 게 편해."

"그건 그렇지만… 괜찮겠어? 어깨는?"

"팔을 들어 올릴 수만 있으면 돼. 먼저 가서 아이들을 확보

할 테니까 이쪽이 정리되면 따라와."

제온은 그렇게 말하고는 즉시 반카의 본거지 쪽으로 날아
가기 시작했다. 밍우이는 제온의 뒷모습을 바라보며 크게 소
리쳤다.

"조심해, 제온! 유르카가 예상보다 훨씬 많아!"

그녀의 말은 단 몇 초 만에 현실로 다가왔다. 제온은 안쪽
으로부터 몰려오는 반카의 지원군 속에 새롭게 다섯 마리의
늑대 인간이 포함되어 있다는 것을 감지했다.

'눈으로 날 보기 전에 먼저 해치우자.'

제온은 울창한 나무숲 사이로 볼 라이트닝을 발사했다. 지
원군의 중심부로 날아간 커다란 전기의 구체는 거의 한순간
에 사방으로 가느다란 뇌전 줄기를 뿜어냈다.

파지지지지직!

그 일격으로 스무 명의 반카와 세 마리의 늑대 인간이 감전
사했다. 처음부터 적의 역량을 인지하고 동시에 죽여야 할 적
으로 인식한다면 이렇게 편하게 제거할 수 있는 상대에 불과
했다.

하지만 볼 라이트닝의 반경에서 벗어난 두 마리의 늑대 인
간이 순식간에 좌우로 퍼지며 제온의 측면을 향해 돌진했다.
일일이 감지하고 반응하기 힘들 만큼 빠른 속도였기 때문에
제온은 미리 준비해 놓은 것을 발동시키며 녀석들의 움직임

을 제한시켰다.

파직!

거의 한순간에 제온의 주위로 수십 개의 작은 전기의 구체가 생성되었다.

그것은 서로 일정 간격을 둔 채 제온의 주위를 천천히 맴돌았다. 역동적으로 돌진하던 늑대 인간들은 눈앞에 나타난 작은 구체를 즉시 손톱으로 베어버리며 안쪽에 있는 제온에게 뛰어들려 했지만,

파지지직!

동시에 주변에 있던 여덟 개의 다른 구체가 녀석을 향해 가느다란 뇌전 줄기를 뿜어냈다. 하나하나의 위력은 2등급 마법인 라이트닝 애로우보다도 약했지만, 동시에 여덟 발을 맞은 늑대 인간은 온몸에 경련을 일으키며 맥없이 바닥에 쓰러졌다.

'좋아, 성공이다.'

제온은 소모된 라이트닝 볼을 즉시 새로 생성하며 정면을 향해 걸음을 옮겼다.

뇌전계 마법의 장점 중 하나는 사실상 피하는 게 불가능할 정도로 마법이 나가는 속도가 빠르다는 것이다. 그것은 아무리 늑대 인간이 민첩하다 해도 마찬가지였다. 그들이 제온의 마법을 피한 것은 마법 자체를 피한 게 아니라 제온의 손을

보고 미리 마법의 궤도를 읽었기 때문에 가능한 것이었다.

때문에 제온은 직접 마법을 쓰는 게 아니라 총 55개의 라이트닝 볼을 일정 간격으로 늘어뜨려 놓는 방법을 선택했다. 하나가 소멸되면 근처에 있는 다른 라이트닝 볼이 그쪽으로 전기를 방출시키는 패턴을 미리 결정해 놓은 것이다.

이런 방법이라면 제온은 늑대 인간의 움직임을 신경 쓸 필요가 없었다. 오직 소모된 라이트닝 볼을 빠르게 채워 넣는 데 집중하면 그만이었다.

문제는 녀석들의 숫자가 예상보다 훨씬 많다는 것이다. 아무리 이 방법이 효율적이라 해도 동시에 열 마리가 공격해 온다면 라이트닝 볼을 만들어내는 속도 자체를 따라 잡을 수 없을 것이다.

제온은 자신의 감지력을 최대한으로 넓히며 늑대 인간의 존재를 먼저 파악하는 데 전념했다. 어떻게든 선제공격으로 적의 숫자를 줄여놓는 것이 중요했다. 만약 다수의 적이 포착된다면 그쪽으로 라이트닝 캐논을 날리는 한이 있더라도 미리 위험 요소를 줄일 작정이다.

그때, 대량의 적이 제온의 감지 범위 안으로 새롭게 들어왔다.

'늑대 인간은… 없다.'

적의 구성을 빠르게 판단한 제온은 우거진 나무 사이로 체인 라이트닝을 연달아 날렸다. 지면을 타고, 혹은 나무를 타고 들짐승처럼 몰려오던 반카들이 순식간에 뇌전에 휘감기며 처참한 비명을 질렀다. 제온은 그 비명을 넘어 계속 전진하며 적의 본거지로 향했다.

"후우……."

제온은 짧은 심호흡과 함께 진땀을 흘렸다. 울창한 숲을 통과하며 55개의 라이트닝 볼을 일정 간격으로 유지하는 것만으로도 엄청난 집중력이 필요했다. 거기에 감지력을 최대한으로 발휘해 적을 확인하고 구분하는 작업까지 동시에 해야 했다.

그것은 뇌의 주름이 경련을 일으켜도 이상하지 않을 만큼 머리를 혹사시키는 작업이었다. 제온은 인내심을 극한까지 발휘하며 몰려오는 적들을 차근차근 처리했다.

왼쪽 어깨의 상처가 여전히 욱신거리며 아팠지만, 덕분에 긴장의 끈을 놓지 않을 수 있어 오히려 다행이라 할 수 있었다.

이윽고 눈앞의 숲이 탁 트이며 반카의 본거지가 모습을 드러냈다.

그것은 제온이 높은 나무 섬에 들어온 이후 처음으로 목격한 개활지였다. 장정 세 명이 안아도 모자랄 거대한 나무가 섬 전체에 빽빽이 자라고 있었는데, 오직 이곳에서는 그 나무를 찾아볼 수 없었다.

그 대신 더러운 천막과 조잡한 나무집 수십 개가 아무렇게나 사방에 흩어져 마을을 이루고 있었다. 제온은 창을 꼬나쥔 채 끊임없이 몰려오는 반카를 처리하며 마을 안쪽으로 걸음을 옮겼다. 마을의 중심부에 늑대 인간의 생체전류가 다수 느껴졌는데, 이상하게도 한 장소에 모여 꼼짝도 하지 않은 채 자리를 지키고 있었다.

'이 정도 거리면 당장에라도 달려와도 이상하지 않다. 어째서 가만히 있는 거지?'

제온은 긴장을 늦추지 않고 마력을 끌어올렸다. 늑대 인간들이 지키고 있는 장소의 안쪽에 작은 생체전류 여럿이 감지되었다. 물론 그것만으로는 수인과 반카의 미세한 차이를 확실히 구분할 수 없었지만, 제온은 그 작은 생체전류가 납치당한 수인의 아이들이라는 것을 확신했다.

이윽고 늑대 인간들이 지키고 있는 건물이 제온의 눈앞에 모습을 드러냈다.

그것은 주변의 다른 조잡한 것들과는 다르게 벽돌로 만들어진 듯 반듯한 모양을 하고 있었다.

야만적인 반카들이 자신의 본거지 한가운데에 그런 건물을 지었다는 사실이 믿겨지지 않았다. 반대로 그런 건물이 있는 장소에 반카들이 자리를 잡았다고 하는 편이 납득할 수 있는 설명이었다.

'예전에는 평범한 수인들도 이 섬에 살았다고 하니까.'

제온은 거기까지만 생각하고 건물을 지키는 늑대 인간들에게 정신을 집중했다. 일단 납치된 아이들을 구하기 위해 접근하긴 했지만, 막상 다섯 마리의 늑대 인간이 동시에 공격해 오면 라이트닝 볼의 방어 체제가 버티지 못할 가능성도 충분했다.

하지만 늑대 인간들은 먼저 공격해 오지 않았다.

제온의 모습을 눈으로 확인했음에도 불구하고 녀석들은 처음과 똑같이 건물 앞을 지키고 있을 뿐이다. 송곳니를 드러내고 위협적인 자세로 으르렁거리긴 했지만, 적이 다가올 때까지는 결코 먼저 공격할 생각이 없는 듯했다.

하지만 제온은 접근할 생각이 조금도 없었다. 일단 실험 삼아 라이트닝 볼트 한 발을 정 가운데 있는 늑대 인간에게 날려보았다. 녀석의 기동력이라면 제온의 팔 움직임을 보고 충분히 피할 수 있을 테지만.

파지지지직!

녀석은 양팔로 얼굴을 가린 채 그 자리에서 꼼짝도 하지 않고 라이트닝 볼트를 몸으로 받아냈다. 물론 팔로 막는다고 막을 수 있는 공격이 아니기 때문에 온몸에 경련을 일으키며 앞으로 고꾸라졌고.

'안 피한다?

녀석의 몸이 바닥에 닿기도 전에 제온은 반사적으로 두 발의 체인 라이트닝을 추가로 날려 남은 녀석들을 공격했다.

파지지지지지직!

순식간에 남은 네 마리의 늑대 인간 모두가 치명적인 전기의 이빨에 물어뜯긴 채 즉사했다. 제온은 이해할 수 없다는 얼굴로 늑대 인간의 시체를 노려보며 중얼거렸다.

"어째서……."

인간의 반응 속도로는 따라잡기 힘들 정도의 기동력, 그리고 아크메이지의 역장조차 단숨에 찢어발기는 안티 매직의 손톱이 녀석들의 장점이다.

그런데 그런 장점은 조금도 발휘하지 않은 채 그저 석상처럼 우직하게 버티고 서서 방어에 전념한 것이다. 물론 제온에겐 현실적으로 고마운 일이지만, 아무리 생각해도 저들이 저런 행동을 한 원인을 이해할 수가 없었다.

'설마 건물 안에 있는 아이들을 지키기 위해서? 하지만 납치한 아이들이잖아? 그리고 어떤 목적이 있든 간에 자신들의 기동력을 살려서 싸우는 편이 합리적일 텐데?'

하지만 늑대 인간들에겐 그런 합리를 넘어선 절대적인 이유가 있었다. 물론 자신은 결코 알 수 없는 종류의 것이리라. 제온은 그렇게 생각하며 늑대 인간들이 지키던 건물 쪽으로 걸음을 옮겼다. 건물의 입구는 늑대 인간이 통과할 정도로 큰 편이었지만, 제온은 그곳을 지나기 위해 사방에 뿌려놓았던 라이트닝 볼을 자신의 몸 쪽으로 완전히 밀착시켜야 했다.

"거기 너희들! 모두 옴 부족에서 납치당한 아이들인가?"

제온이 들어오자 어두컴컴하던 건물 내부가 순간적으로 밝아졌다. 그리 크지 않은 건물의 내부에는 사지가 결박당한 작은 아이들이 한쪽 구석에 모여 겁에 질린 얼굴로 몸을 웅크리고 있었다.

제온은 주위에 떠 있는 라이트닝 볼의 숫자를 절반으로 줄이며 말했다.

"괜찮아. 이제 겁먹지 않아도 된다. 난 너희를 구하러 온 사람이야. 제온 스태틱이라고 하는데… 밍우이의 친구다. 밍우이는 알고 있지?"

"밍우이… 님이요?"

그러자 조그만 아이 한 명이 뾰족한 귀를 세우며 반응을 보였다. 제온은 아이의 얼굴에 심한 상처와 피멍이 맺혀 있는 것을 보며 자신도 모르게 숨을 크게 들이마셨다.

"…그래, 그 밍우이의 친구다. 지금 그 녀석도 여기 와 있어. 너희를 구하기 위해서 온 거야. 그러니까……."

"밍우이님이래!"

"밍우이 누나가 우릴 구하러 와줬어!"

"만세! 우린 살았어!"

그러자 숨을 죽이고 있던 다른 아이들이 동시에 환호성을 지르며 마구 떠들기 시작했다. 건물 내부가 아이들의 목소리로 울려 귀가 따가울 지경이었다.

"모두 조용히! 다친 사람은 없어?"

제온은 아이들에게 다가가며 소리쳤다. 아이들은 서로를 마주 보며 말했다.

"맞은 데가 아파요!"

"얼굴이 부었어요!"

"발로 걷어 차여서 어제 토했어요!"

"배가 고파요!"

"그래그래, 알았으니까! 움직이지 못할 만큼 다친 사람은 없다는 거지?"

모두들 커다란 동작으로 고개를 끄덕였다. 제온은 예비용으로 가지고 다니는 작은 나이프를 꺼내 아이들의 결박을 풀어주며 말했다.

"지금부터 안전한 곳으로 가야 하니까 모두 정신 바짝 차려! 아직도 수백 마리의 반카와 늑대 인간이 주변에 있으니… 아니, 잠깐만."

그 순간, 제온은 아이들의 숫자가 적다는 것을 깨달았다.

"열다섯? 납치된 건 스물세 명이라고 들었는데? 다른 아이들은 어디 있어?"

"파루랑 아미미는 어제 아래로 끌려갔어요!"

"주주랑 구로는 한참 전에 끌려갔어요!"

"제일 먼저 끌려간 건 몬토……."

아이들이 동시에 소리치자 정신이 하나도 없었다. 제온은
눈살을 찌푸리며 일단 아이들을 진정시켰다.

"조용히! 알았으니까 조용히 해! 한 명만 말하자! 그래,
너!"

제온은 가장 먼저 밍우이의 이름을 말한 갈색 머리카락의
소년을 바라보며 물었다.

"여기 없는 애들이 어디로 끌려갔다고?"

"아래요!"

"아래?"

"반카들이 끌고 갔어요! 저기 아래요!"

소년은 결박에서 풀려난 손으로 방의 반대 방향을 가리켰
다. 제온은 반대편 구석에 있는 지하로 통하는 계단을 노려보
며 중얼거렸다.

"지하실이 있었나?"

하지만 아무리 감지력을 아래쪽으로 넓혀도 인간만 한 크
기의 생체전류가 느껴지지 않았다. 흙으로 막혀 있을 경우 감
지력의 범위가 절반 이하로 줄어들기도 하지만, 그래도 10미

터 정도는 어떤 경우에도 감지가 가능했다.

"대체 얼마나 깊은 거지? 혹시 저 아래로 들어가 본 사람 있어?"

제온은 다시 소년에게 물었다. 소년은 다른 친구들을 돌아보았고, 모두가 하나같이 불안한 표정으로 고개를 저었다.

"없어요! 끌려간 애들은 아무도 다시 안 나왔어요!"

'큰일인데… 어떻게 하지?'

제온은 눈을 가늘게 뜨며 생각했다.

이성적으로 생각하면 일단 여기 있는 열다섯 명의 아이를 데리고 안전한 곳으로 탈출하는 게 우선이다. 하지만 더 위험한 짓을 당하고 있을지 모르는 여덟 명의 아이을 그냥 내버려두는 것은 견딜 수 없는 괴로움이었다.

'어쩌면 끌려간 아이들은 이미 죽었을지도 몰라. 하지만 만약 살아 있다면? 그리고 지금 당장 구하지 않으면 생명이 위험하다면?'

하지만 그들을 구하기 위해 이곳에 있는 아이들을 내버려두고 지하실로 들어가는 것도 위험하긴 마찬가지였다. 자신이 지하실로 내려간 사이, 다른 반카나 늑대 인간이 건물로 들어와 아이들을 해칠지도 모른다.

그때, 제온의 감지 범위 안으로 몇 명의 수인이 빠른 속도로 달려왔다.

"제온님! 여기 계십니까?"

마침 밍우이의 제자인 우루가 건물 안으로 들어오며 소리쳤다. 덕분에 결정을 내린 제온은 먼저 우루에게 상황을 물었다.

"우루, 밍우이는?"

"선생님도 곧 이쪽으로 오실 겁니다! 제온님이 길을 완전히 뚫어주셔서 쉽게 올 수 있었습니다! 아아, 너희들! 모두 무사했구나!"

우루는 아이들에게 달려가 그중에 몇 명을 집중적으로 껴안아주며 감격의 인사를 나눴다. 제온은 지하로 이어진 계단 쪽으로 걸음을 옮기며 우루에게 소리쳤다.

"아직 여덟 명이 지하에 갇혀 있어! 내가 들어가서 구해올 테니 넌 여기서 다른 사람들과 같이 아이들을 지켜! 알겠지?!"

"알겠습니다!"

우루는 시원하게 대답하고는 밖을 지키고 있는 다른 동료들에게 손짓했다. 제온은 더 이상 지체하지 않고 캄캄한 계단 아래로 걸음을 옮겼다.

반카는 어째서 수인의 아이들을 납치한 걸까?

밍우이도 모르는 날아다니던 수인의 정체는 무엇인가?

좀 전의 늑대 인간들은 어째서 반격하지 않고 그 자리를 지켰던 걸까?

계단을 내려가는 제온의 머릿속에 수많은 질문이 떠올랐다. 모든 일이 너무나 빠르고 갑작스레 일어나서 혼란스러웠다.

'그런데 무언가 마음에 걸려. 마치 예전에도 비슷한 경험을 한 것 같은⋯⋯.'

제온은 심장이 빠르게 뛰는 것을 느꼈다. 단 하나의 질문에도 답을 내리지 못했는데, 시간이 지날수록 새로운 질문이 계속해서 떠오른다.

대체 이 계단은 얼마나 더 내려가야 끝이 나오는 걸까?

반카는 물론이고 과거에 이 섬에 살았던 수인들이라 해도 이런 엄청난 깊이의 지하를 뚫는 게 가능한가?

그리고 어째서 계단의 아래쪽으로 두꺼운 철판이 자리 잡고 있는 걸까?

거기까지 생각했을 때, 제온은 숨을 죽이며 걸음을 멈췄다.

"불가능해."

제온은 나지막한 목소리로 중얼거렸다. 이런 지하 구조물은 반카나 수인은 물론 대륙에 살고 있는 인간들조차 만들 수 없는 것이다.

그렇다면 결론은 하나였다.

고대인.

이곳은 천 년 전에 초신수를 만들고, 그 초신수에 의해 멸망한 고대인들의 시설인 것이다.

"빌어먹을……."

제온은 엉치뼈가 욱신거리는 통증을 느끼며 입술을 깨물었다. 그곳은 오래전에 자신을 통제하기 위한 제어 장치가 박혀 있던 곳으로, 연구실을 탈출한 제온은 스스로 칼을 쥐고 그 장치를 파내 버렸다.

그것도 벌써 20년이나 지난 과거의 일이다. 하지만 제온은 지금도 그 후유증에 시달리고 있었다. 육체적으로, 그리고 정신적으로도.

'고대인의 연구 시설인가?'

제온은 레비테이션으로 살짝 공중에 떠올라 계단을 내려갔다. 머릿속에 가득하던 의문이 조금씩 해소되었지만, 그 탓에 잊고 있던 피로와 통증이 몰려오기 시작했다.

한참을 다시 내려가자 수평으로 이어진 길이 모습을 드러냈다. 마치 알바스 산맥이나 라바인 사막의 지하에 있는 통로를 연상시켰지만, 어딘지 모르게 서로 양식이 다르다는 느낌도 지울 수 없었다.

폭이 5미터쯤 되는 통로는 지면을 제외하고는 원통 모양으로 뚫려 있었다. 벽면은 모두 금속으로 되어 있었는데 이상하게도 금속의 바깥쪽이 전혀 감지되질 않았다.

'뭔가 장치가 되어 있는 건가?'

제온은 불길한 느낌을 받으며 통로의 벽을 손으로 쓰다듬었다. 갑자기 통로의 벽이 열리며 매복한 적들이 튀어나오기라도 한다면 대단히 위험할 수도 있는 상황이다.

하지만 그렇다고 여기서 다시 위로 올라갈 수도 없는 노릇이었다. 지면에 자신의 주위를 둘러싼 라이트닝 볼을 최대한 넓게 펼치며 정면을 향해 날아가기 시작했다,

그리고 잠시 후, 기분 나쁜 함성 소리가 통로를 울리며 제온의 귀를 괴롭혔다.

워어어어어어어!

그것은 가면을 쓴 수십 마리의 반카가 동시에 내지른 함성이었다. 약 서른 명의 반카가 짧은 창과 방패를 들고 통로의 중앙을 막고 방어 태세를 갖추고 있었다.

만약 끌려갔다는 수인 아이들을 인질로 잡고 있다면 최악이었을 것이다. 하지만 다행히 반카뿐이었다. 경계할 만한 대상인 늑대 인간도 없었기 때문에 제온은 아무 걱정 없이 녀석들을 향해 마법을 사용할 수 있었다. 좁은 통로의 구조와 밀집해 있는 적의 진형을 볼 때, 체인 라이트닝 두 발이면 깨끗하게 정리될 상황이다.

서로의 거리가 20여 미터까지 좁혀졌을 때, 제온은 곧장 양손을 들고 두 발의 뇌전을 발사했다.

파지지지지직!

작렬하는 두 가닥의 전류가 순식간에 반카들의 몸을 휘감으며 사방으로 퍼져 나갔다. 하지만 놀랍게도 열 명 정도까지 퍼진 뇌전은 더 이상 사슬을 펼치지 못한 채 소멸해 버렸고, 남은 스무 명의 반카는 더 큰 함성을 지르며 제온을 향해 돌진하기 시작했다.

방금 전에 죽은 자신들의 동료를 무참히 짓밟으며.

'안티 매직?'

제온은 반카들이 손에 쥔 방패를 주목했다. 감지력으로는 희미한 마력의 잔향 정도밖에 느껴지지 않았지만, 그 안에 어느 정도의 방어용 안티 매직 기술이 적용되어 있음이 틀림없었다.

'귀찮게 됐군.'

하지만 정말로 조금 더 귀찮아졌을 뿐이었다. 제온은 몰려오는 적들의 머리 위를 향해 커다란 뇌전의 구체를 만들어 발사했다.

파지지지직!

전력 질주하던 반카들은 자신들의 머리 위를 지나가는 커다란 전기 덩어리에는 조금도 신경 쓰지 않았다. 물론 신경쓴다고 해도 달리 어쩔 수 있는 것은 아니었다. 그리고 제온은 그렇게 질주하던 구형 번개를 한순간에 해방시키며 아래쪽에 있는 적을 향해 가느다란 전류를 뿜어내게 만들었다.

파지지지지지지직!

그것이 바로 뇌전계 7등급 마법인 볼 라이트닝의 위력이었다. 몰려오던 반카 스무 명 전원이 정수리부터 감전되며 발작하듯 몸을 떨었고, 달려오던 기세를 죽이지 못한 채 앞으로 나자빠지며 바닥을 뒹굴기 시작했다.

"설마 신수교단이 지원해 준 건 아닐 테고……."

잠시 지면으로 내려온 제온은 죽은 반카들이 떨어뜨린 방패를 집어 들었다. 연마한 돌처럼 매끄러운 표면을 가진 방패는 놀라울 만큼 가벼웠다. 일반 금속으로는 절대 불가능한 무게였다. 제온은 그와 비슷한 것을 라바인 사막의 연구소에서 자주 만졌던 것을 떠올렸다.

'플라스틱… 이라고 했던가?'

더 이상 의심할 필요도 없었다. 이곳은 고대인의 연구 시설이었다.

문제는 반카들이 우연히 이 장소를 찾아내 고대인이 남긴 유물을 사용한 것인지, 아니면 살아남은 또 다른 고대인들이 반카를 끌어들여 자신들의 하수인으로 사용한 것인지 하는 것이다.

"당연히… 후자겠지."

제온은 쓸쓸한 얼굴로 중얼거렸다.

그렇게 생각하면 지금까지 벌어진 모든 일에 관한 의문을 한번에 해결할 수 있었다. 그리고 정확히 어떤 꼴을 당했는지는 몰라도 적어도 이곳으로 끌려온 수인 아이들이 처참한 일을 당했으리란 것을 예상할 수 있었다.

마치 어린 시절의 자신처럼.

그리고 그때, 무언가 엄청난 속도로 제온을 향해 돌진해 왔다.

"음?"

상하, 좌우가 제한된 일직선의 통로였음에도 불구하고 제온은 그것이 자신의 눈앞으로 다가오는 것을 잡아내지 못했다.

하지만 그의 몸 주변을 떠다니고 있던 작은 전기의 구체는 그야말로 빛의 속도로 반응했다. 그것이 라이트닝 볼 하나를 몸으로 뚫고 돌진한 순간, 주변에 있던 여덟 개의 다른 라이트닝 볼이 그것을 향해 가느다란 전류를 뿜어냈다.

파지지지직!

그 순간, 제온은 그것의 정확한 모습을 눈으로 확인할 수 있었다.

"…표범?"

제온은 바닥에 쓰러진 채 꿈틀거리는 정체불명의 짐승을 노려보았다. 그것은 표범이 아니었다. 물론 비슷하게 생기긴 했지만, 세상에 머리부터 꼬리까지의 길이가 3미터에 달하는 표범은 존재하지 않았다.

얼룩덜룩한 가죽의 무늬부터 인간의 머리통만 한 앞발의 크기까지. 제온은 이것이 타고난 맹수라는 것을 감지했다.

다만 한 번도 보지 못한 맹수였다. 늑대 인간처럼 인간의 형태가 아닌, 확실히 네 발로 걸어 다니는 짐승의 형태를 가지고 있었다.

그때, 통로를 울리며 처음 듣는 남자의 목소리가 울렸다.

―멋진 방어 체제로군!

제온은 고개를 들어 천장을 바라보았다. 천장의 중앙에 작은 유리구슬과 금속으로 된 그물망 모양의 장치가 보였다.

―흔히 말하는 역장과는 다른 것 같은데 말이야. 너는 대륙에서 온 마법사인가? 수인들이 지원군을 부른 건가?

목소리는 그물망 모양의 장치에서 울리고 있었다. 하지만 제온은 남자가 옆에 있는 유리구슬 같은 걸로 자신을 보고 있다는 사실을 알고 있었다.

파직!

즉시 라이트닝 애로우를 날려 그것을 박살 내자 남자가 안타깝다는 목소리로 혀를 차기 시작했다.

―쯧쯧, 물건 아까운 줄 모르는 녀석이군. 이게 대체 얼마나 귀한 물건인지 알고는 있는 건가? 이제 와서 다시 만들고

싶어도 만들 수 없다는 걸 모르나? 아, 물론 모르겠지. 미개한 너희 신인류는 말이야.

남자는 조롱하듯 말했다. 제온은 한숨과 함께 정면으로 계속 날아가며 말했다.

"그래, 알았으니까 거기서 가만히 기다려."

─오, 이거 무섭구만! 지금 날 협박하는 건가? 카메라 하나 박살 냈다고 내가 널 보지 못한다고 생각하면 큰 오산이야! 호랑이 한 마리 잡았다고 간이 부었나 본데!

"호랑이?"

─물론 그냥 호랑이가 아니라 근력과 반응 속도를 강화한 녀석이긴 하지만, 그래 봤자 한낱 멍청한 짐승에 지나지 않아. 멸종 위기종이라 귀한 몸이시지만, 어차피 필요한 데이터는 전부 뽑아냈으니까 아무래도 상관없지. 아, 물론 이런 말을 한다고 해서 네놈이 뭘 알겠느냐만…….

남자는 주절거리며 있는 말, 없는 말 모조리 늘어놓았다. 제온은 남자의 말을 머릿속으로 기억하는 한편 역장을 강화해 언제 있을지 모르는 적의 기습에 대비했다.

라이트닝 볼은 늑대 인간이나 정체불명의 짐승 같은 적에게 유효할 뿐이다. 적의 정체가 최후의 세대인 데커와 같은 고대인이라는 것을 안 이상 모든 종류의 공격에 대비해야만 했다.

하지만 몇 분을 더 날아가는 동안 더 이상의 습격은 없었다. 제온은 날아가는 도중 통로의 중간에 놓여 있는 커다란 우리를 힐끔 쳐다보았다.

아무래도 호랑이라 불린 정체불명의 짐승을 가둬놓았던 우리 같은데 별다른 장치가 없어 누군가 직접 우리의 자물쇠를 열고 그곳에 놓아둔 것 같았다.

─하지만 좀 궁금하지 않나? 유르카처럼 안티 매직 블레이드조차 장착하지 않은 그냥 호랑이를 풀어놓은 이유를? 그야 물론 여기까지 온 손님에게 재밌는 것을 보여주기 위해서였지. 넌 내 연구소에 들어온 최초의 인간이야. 무려 120년 만에 말이지. 아니, 130년이던가? 아무튼 요즘은 시간 감각이 이상해져서 문제라니까.

"엄청 오래 살았군. 역시 나노 머신 때문인가?"

─아, 그야 당연히 나노 머신 때문이지. 나는 운 좋게 부자로 태어나서 3차 나노머신 치료까지 전부 받았거든. 아니, 잠깐. 방금 뭐라고 그랬지?

남자의 목소리가 당황한 듯 경직되었다. 제온은 희미하게 웃으며 나지막한 목소리로 중얼거렸다.

"네가 누구인진 모르지만… 난 생각보다 너에 대해 많이 알고 있어."

그때 통로가 점점 넓어지다가 순간적으로 거대한 공동(空

洞)이 모습을 드러냈다. 제온은 갑자기 엄청나게 밝아진 조명에 눈살을 찌푸렸다.

"…네놈인가?"

제온은 자신이 들어온 통로의 반대편을 바라보았다. 그곳에 있는 것은 오직 한 명의 남자뿐이었다.

흰색의 연구복을 말끔히 차려입은 남자는 믿을 수 없다는 표정으로 제온을 노려보고 있었다. 그가 입을 뻐끔거리자 제온의 머리 위에 있는 천장의 스피커에서 커다란 목소리가 울리기 시작했다.

—너! 설마 최후의 세대인 거냐?

23장

또 다른 최후의 세대

─어떻게 그걸 알고 있지? 나 말고 살아남은 사람이 있는
건가?

남자의 목소리는 스피커를 통해서만 들렸다. 덕분에 제온
은 남자 앞의 공동 전체를 반으로 가르고 있는 투명한 유리벽
이 건너편의 소리를 차단하고 있다는 것을 파악했다.

'어쩐지 맨몸으로 모습을 드러냈다 싶더니… 저 유리벽 뒤
에 있으면 안전하다고 생각하는 건가?'

아무리 제온의 마법이 뇌전계라 해도 힘을 집중하면 돌로
만든 벽 정도는 간단히 파괴할 수 있었다. 하물며 유리라면

라이트닝 볼트 한 방의 압력에도 산산 조각으로 깨져 나갈 것이다.

—아니, 아니야. 최후의 세대일 리가 없지. 그 시절의 인간이 이렇게 강한 마력을 가지고 있을 리가 없어.

남자는 손에 들고 있는 납작한 상자 같은 것을 내려다보며 믿을 수 없다는 표정으로 고개를 저었다. 제온은 자신이 이곳에 온 목적을 상기하며 단도직입적으로 물었다.

"납치한 아이들은 어디 있지?"

—음? 그거라면 반카 녀석들이 위에 '보관'하고 있을 텐데? 내려오면서 보지 못했나?

"그중에 여덟 명을 여기로 끌고 왔을 텐데?"

—여덟 명? 아, 그거라면 이미 써버렸지.

"써버렸다고?"

제온의 눈이 순간적으로 커졌다. 남자는 귀찮다는 얼굴로 눈살을 찌푸리며 말했다.

—그야 당연히 써버렸지. 실험체로 말이야. 안 그러면 뭘 하러 수고를 들여 그 녀석들을 납치해 왔겠어? 그보다도 내 궁금증은 해소해 주지 않을 생각인가? 어째서 나노머신에 대해 알고 있는 거지? 최후의 세대는 아무리 육체를 개조해도 일정 이상의 마력을 다룰 수 없어. 그러니까 넌 최후의 세대는 아니야. 그렇다면 뭐지? 그냥 우리가 남긴 유적을 조사하

고 해석해 낸 건가? 그렇다면 실로…….

제온은 남자의 말을 끊으며 무거운 목소리로 물었다.

"실험체로 사용한 아이들은 어떻게 됐지?"

—이런, 또 질문인가?

남자는 쓴웃음을 지으며 어깨를 으쓱였다.

—뭐, 좋아. 질문에 답하는 게 연구자의 소임이기도 하니까. 하지만 너무도 어리석은 질문이군. 실험체로 사용한 아이들이 어떻게 되었냐고? 당연히 실험체가 되었지. 그걸 질문이라고 하나?

"죽었나?"

—그건 잘 모르겠군. 난 죽이지 않았지만, 어쩌면 네가 죽였을 수도 있지.

"뭐?"

—오면서 유르카를 만나지 않았나? 늑대 인간 말이야. 요근래 사용한 실험체의 70% 이상을 유르카를 만드는 데 사용했지. 아무래도 유전적으로 장애를 일으킨 반카보다는 순수한 수인을 사용하는 게 편해서. 물론 수인의 유전자를 순수하다고 표현하는 건 어폐가 있지만. 그렇지 않나? 아, 물론 이렇게 말해도 내가 무슨 말을 하는지 모르겠지? 넌 최후의 세대가 아니니까 말이야. 아니면 좀 이해가 가나?

"……"

제온은 대답 없이 입술을 깨물었다.

지금까지 자신이 상대한 늑대 인간은 모두 납치한 수인 아이들을 가지고 만든 것이다. 그 사실을 안 것만으로도 속이 뒤집힐 것만 같았다.

―아무튼 상대해 보니 어떻던가? 테스트 타입이라 부족한 점도 많지만, 개인적으로는 그럭저럭 조정이 잘되었다고 생각하는데 말이지. 특히 손톱 대신 장착한 안티 매직 블레이드는 출력 B등급의 역장까지 파괴가 가능해. 수인들은 마법을 못 써서 실전 테스트를 못했지만 꽤 쓸 만하지. 반대로 수인들이 마법을 못 쓰는 덕분에 대마법 방어에 관해서 신경 쓰지 않은 것도 사실이야. 하지만 그건 새롭게 개발하고 있는 신형 모델에서 획기적인 개선이 이뤄졌는데…….

내버려 두면 끝도 없이 말을 늘어놓을 것 같았다. 제온은 감정을 죽인 무표정한 얼굴로 남자를 노려보며 말했다.

"건물 입구에 있던 세 명의 늑대 인간이 꼼짝도 하지 않고 그 자리를 지키고 있던 건 네 명령 때문인가?"

―…대화를 질문으로 배웠나 보군.

남자는 입술을 삐죽이며 말했다.

―뭐, 그래. 그런 셈이지. 그 녀석들은 복종 회로를 테스트한 초기 실험체였으니까.

"복종 회로?"

—두뇌에 심어놓은 제어 칩이지. 원래 내 전공이 생체 제어 기계공학이거든. 수인을 만든 것까지는 좋았는데 좀처럼 제어가 안 돼서 날 이 연구실에 불렀지. 어쩌다 보니 지금은 나밖에 안 남았지만… 원래 세상이 다 그런 거 아니겠어?

남자는 재미있다는 얼굴로 웃음을 지었다. 겉으로 보기엔 30대 중반 정도로 보이는 외모지만 실제 나이가 어느 정도 되는지는 짐작조차 할 수 없었다.

—아무튼 좋아. 뭐든지 질문해도 대답해 주지. 사실 난 대화에 굶주렸다고 해도 과언이 아니거든. 물론 미개한 현생 인류와 대화를 하는 건 이제 막 젖을 뗀 어린애기와 이야기하는 것과 다를 바 없지만… 그래도 너는 뭔가 아는 것 같으니 좀 더 나은 상대라고 할 수 있지. 자, 뭐든지 물어보라고. 또 무엇을 알고 싶나?

"…됐어."

—뭐?

"됐다고. 끌려온 아이들이 어떻게 되었는지 알았으니……."

제온은 오른손을 들어 남자를 겨누며 말했다.

"…남은 질문은 나중에 천천히 하도록 하지."

동시에 한줄기의 라이트닝 볼트가 남자를 향해 뻗어 나갔다. 하지만 작렬한 뇌전 줄기는 남자의 앞을 가로막고 있는 유리벽에 박혀 사방으로 분산되며 소멸해 버렸다.

─흠, 직접 보니 좀 더 신선하군.

남자는 흥미롭다는 얼굴로 유리벽의 반대편을 손으로 만졌다.

─전기를 방출하는 마법이라……. 그런 속성을 가진 신수를 만들었다는 이야기를 듣기는 했는데, 인간이 같은 속성을 가질 수 있을 거라고는 예상하지 못했군. 하지만 뭐, 원인이 있으니 결과도 있는 법이겠지. 그건 그렇고…….

남자는 비웃는 얼굴로 제온을 바라보며 말을 이었다.

─이걸로 끝인가? 멋지게 이 차단벽을 박살 내고 날 죽일 생각 아니었나?

"죽일 생각은 아니었지만… 혹시 죽을지도 모르니까 좀 더 뒤로 물러나는 게 좋겠군."

그렇게 말한 다음, 제온은 곧장 유리벽을 향해 볼 라이트닝을 발사했다.

파지지지직!

그것은 여러 개의 타깃을 향해 뇌전을 방출하는 확산형이 아닌, 하나로 집중되어 강력한 위력을 발휘하는 집결형이었다. 하지만 그조차도 유리벽과 충돌한 순간 방파제에 막힌 파도처럼 사방으로 퍼져 나가며 아무 일도 없었다는 듯 사그라져 버렸다.

—휴, 깜짝이야.

놀란 얼굴로 한참 물러서 있던 남자는 긴 한숨과 함께 다시 유리벽 쪽으로 다가왔다. 유리벽에는 약간의 그을음과 함께 가느다란 실금이 퍼져 있었다.

—이번엔 좀 무서웠어. 이거 방탄유린데 말이야. 두께 20㎝의 방탄유리에 손상을 입힐 수 있는 위력이라니… 놀랍군. 대체 출력이 얼마나 되면 이런 위력이 나오는 거지?

하지만 놀란 것은 제온도 마찬가지였다. 처음 사용한 라이트닝 볼트는 그렇다 쳐도 하나로 집중된 집결형 볼 라이트닝조차 유리벽을 깨뜨리지 못한 것은 충격적이었다.

'어떻게 하지? 저걸 깨기 위해서 라이트닝 캐논까지 써야 하나?'

하지만 라이트닝 캐논은 일단 사용한 이후의 힘 조절이 불가능했다. 유리벽을 박살 낸 다음 뒤쪽에 있는 남자까지 단숨에 잿더미로 만들 게 뻔했다.

—이쯤 되니 그쪽에게 흥미가 좀 더 생기는군. 사실 난 재능 있는 사람을 무척 좋아하거든. 그게 아무리 미개한 현생 인류라 해도 말이야.

남자는 실금이 간 유리벽을 손가락으로 두드리며 말했다.

—우선 우리 통성명부터 하도록 할까? 난 페트로. 이안 페트로다. 그쪽은 이름이 뭐지?

"…제온."

―좋아, 제온, 이제야 좀 대화의 균형이 유지되는 것 같군. 괜찮으면 하나 더 묻고 싶은 게 있는데, 대륙에는 너 같은 마법사가 몇 명이나 있지?

"뭐?"

―난 거의 백 년 동안 이 베이라 군도에서 벗어나질 않아서 말이야. 처음부터 전공이 수인 쪽이라 딱히 평범한 인간을 가지고 어떻게 해볼 생각도 없었고. 하지만 대륙에 너 같은 마법사가 꽤 많다면 그것도 연구할 만한 가치가 있겠지. 말도 안 통하는 반카들을 부리는 것도 슬슬 질려가는 차에 말이야.

제온의 이름을 듣고도 아무런 반응을 보이지 않는 것으로 보아 페트로는 정말로 대륙의 일을 전혀 모르고 있는 것 같았다.

제온은 마음속으로 라이트닝 캐논을 써야 할지, 아니면 저 두꺼운 유리벽 건너편으로 갈 수 있는 다른 방법을 찾아야 할지 고민하며 물었다.

"왜 이런 짓을 하지? 반카를 지배하고 늑대 인간을 만들어서 대체 뭘 하려고?"

―글쎄? 내가 뭘 하려고 이러는 걸까?

페트로는 마치 다른 사람의 이야기를 하는 양 딴청을 피우며 손에 들고 있던 납작한 상자를 조작하기 시작했다.

—무엇을 하기 위해서 무엇을 한다⋯⋯. 이런 개념은 너무 단편적이야. 인간의 행동 원리는 보다 복잡하지.

페트로가 납작한 상자를 조작하자 발아래에서 새로운 전류의 흐름이 느껴졌다.

제온은 역장을 강화하며 주위를 살폈다. 예상할 수 있는 건 페트로가 이곳에 미리 설치한 함정을 움직이려 한다는 것이다.

'뭐지? 조금 전의 괴물이나 늑대 인간을 새로 풀어놓으려는 건가?

—물론 동기의 핵심이 되는 커다란 목적은 존재하지만⋯ 혹시 맞혀보겠어? 너는 나노머신에 대해서도 알고 있으니까 어쩌면 내가 왜 이렇게 혼자 고생하면서 연구에 연구를 거듭하는지도 알고 있지 않을까?

페트로는 납작한 상자의 조작을 끝낸 다음 제온을 바라보며 물었다. 별다른 변화는 느껴지지 않았지만, 제온은 긴장을 풀지 않고 숨을 들이마시며 대답했다.

"⋯초신수인가?"

—오, 정답이야.

페트로는 그 대답을 예상했다는 듯 빙긋 웃으며 고개를 끄덕였다.

—그야말로 교과서에 나올 만한 정답이군. 물론 초신수지.

초신수가 세계를 파괴하고 인간의 모든 문명을 짓밟아놓았는데 왜 아니겠나? 초신수는 나의 원수! 우리 모두 초신수를 죽입시다! 이 한 몸을 희생해서라도 반드시! 하하하하!

페트로는 재밌다는 듯 웃음을 터뜨렸고, 제온은 입술을 살짝 깨물며 눈살을 찌푸렸다.

녀석은 노골적으로 티가 나는 연기를 하고 있었다. 하지만 어째서 저런 광대 짓을 하는지는 이해할 수 없었다.

제온은 페트로를 노려보며 물었다.

"미친 건가?"

─뭐? 아, 그럴 리가. 난 정상이야.

페트로는 눈을 크게 뜨며 고개를 저었다.

─정상 중에서도 지극히 정상이지. 미개함을 정신적인 미숙함이라고 이해한다면, 아마도 난 이 세상에서 가장 정상적인 인간이라 할 수 있을 거다. 그렇지 않나?

"세상에서 혼자 정상이라……. 그거 행복하겠군."

─오, 좋아. 그렇게 적당히 비꼴 줄도 알아야지.

페트로는 그런 대답을 원했다는 듯 흐뭇한 표정을 지으며 고개를 끄덕였다.

─넌 좋은 대화 상대가 될 수 있을 것 같아, 제온. 혹시 실험을 위해 그 몸을 해부할 일이 생기더라도 발성기관과 언어중추만큼은 손끝 하나 대지 않을 것을 약속하지.

위이잉!

그때 제온이 들어온 입구 쪽의 두꺼운 철문이 서서히 내려오기 시작했다. 제온은 매우 느린 속도로 닫히는 철문을 돌아보며 코웃음을 쳤다.

"내가 도망칠 거라고 생각하나?"

─내가 도망칠 것 같아서 문을 닫는 거라고 생각하나? 큭큭.

페트로는 제온의 말투를 따라 하며 시시덕거렸다.

─미안하지만 저건 가스가 빠져나가지 말라고 닫는 거다.

"가스?"

─그래. 지금 네가 있는 그쪽은 실험체들을 테스트하기 위한 공간이거든. 테스트를 끝낸 실험체를 다시 제압하려면 무슨 짓을 해야 할 것 같나?

"뭐라고?"

제온은 반사적으로 라이트닝 캐논을 사용하기 위해 오른팔에 마력을 끌어 모았다. 하지만 거의 동시에 몸이 휘청거리며 한쪽 무릎을 꿇을 수밖에 없었다.

"이런……."

순식간에 눈앞이 어질어질하며 초점이 흐려졌다. 제온은 피가 날 정도로 입술을 깨물었다. 하지만 어느새 뿌옇게 변한 머릿속으로 몰려오는 졸음을 막는 건 불가능했다.

―유르카도 1분이면 잠잠해지는 마비가스다. 무색무취에 즉효성이지. 원래는 운동신경계에 장애가 생길 수도 있어서 사용이 금지된 건데…….

페트로는 상관없다는 듯 어깨를 으쓱이며 말했다.

―덕분에 남은 재고 전체를 우리 연구실에서 실험용으로 싸게 들여올 수 있었지. 마치 어제 일처럼 말하지만 사실은 천 년도 더 전에 있었던 일이야. 아, 아직 깨어 있나? 내가 너무 겁을 준 거 같은데 그리 걱정할 필요는 없어. 장애라고 해도 아주 약간이니까. 뭐, 운이 나쁘면 정말 심한 장애가 올 수도 있겠지만… 내가 약속하지. 앞으로 넌 그런 건 털끝만큼도 신경 안 쓰게 될 거다. 그보다 훨씬 압도적인 장애를 내가 직접 만들어줄 테니까. 큭큭.

파직!

제온은 자신에 다리에 직접 라이트닝 볼을 감전시키며 통증으로 졸음에 저항했다. 설사 죽는 한이 있더라도 저런 미치광이 같은 연구원의 실험체가 되는 것은 사양이다.

하지만 그마저도 몇 초의 시간을 더 벌어줄 뿐이었다.

파직!

파지직!

더 이상 감전으로도 통증이 느껴지지 않았다. 온몸의 신경이 마비되어 아무것도 느낄 수가 없었다.

'이대로는……'

방법이 없었다. 제온은 충혈된 눈으로 유리벽 너머의 페트로를 노려보았다. 그리고 마지막으로 남은 힘을 다해 왼손을 천천히 들어 올렸다.

─오, 아직도 움직일 수 있는 건가? 하지만 더 이상 마법은 쓸 수 없을걸. 내가 비록 마법사는 아니지만 마법은 마력만 가지고 쓰는 게 아닐 텐데? 고도의 집중력이 필요하지 않나?

사실이었다. 지금의 제온은 2등급 마법인 라이트닝 애로우조차 사용할 수 없는 상태였다.

하지만 그에겐 별다른 집중력을 발휘할 필요도 없이 간단한 조작만으로도 엄청난 파괴력을 만들어내는 도구가 있었다.

"…죽어라."

제온은 나지막하게 중얼거린 다음, 유리벽 너머에 있는 페트로를 향해 라시드의 반지를 사용했다.

먼저 검은색이던 반지가 하얗게 변했고, 그다음엔 사방으로 희미한 빛을 뿜어내기 시작했다.

그리고 마지막으로 사방으로 방출되던 빛이 한 점으로 모이며 집중되었다.

지이이잉!

소리는 거의 들리지 않았다. 페트로는 순간적으로 번쩍하며 눈이 부신 것과 함께 오른쪽 귀가 뜨거워지는 것을 느꼈다.

—이건……!

귀를 만진 손이 붉은 피로 범벅이 되어 있다. 페트로는 자신의 귀에 커다란 구멍이 뚫렸으며, 그 구멍이 왼쪽으로 3㎝만 다가왔더라도 즉사를 면치 못했으리란 사실을 깨닫고는 그 자리에 털썩 주저앉았다.

—히, 히익…….

스피커 너머로 겁에 질린 남자의 신음 소리가 들려왔다. 하지만 최후의 승부수가 빗나가 버린 제온은 이미 정신을 잃고 그 자리에 쓰러진 상태였다.

—하, 하하, 이거 무시무시하구만.

가까스로 평정을 되찾은 페트로는 몸을 일으킨 다음 품속에서 손수건을 꺼내 오른쪽 귀의 상처를 틀어막았다. 그리고는 유리벽으로 다가가 거기에 뚫려 있는 손가락만 한 구멍을 손으로 만지며 중얼거렸다.

—그 와중에 이걸 뚫다니… 역시 마법은 심오한 구석이 있군. 뭔가 빛이 번쩍인 거 같은데 무슨 마법을 쓴 거지? 아, 잠깐.

페트로는 바닥에 떨어뜨린 납작한 상자를 급히 집어 들고 조작하기 시작했다.

그러자 유리벽 건너편에서 소리 없이 새어 나오던 마비가스의 방출이 중단되었고, 페트로는 그제야 한숨을 내쉬며 득의만만한 얼굴로 유리벽 너머로 쓰러진 제온을 바라보았다.

—큰일 날 뻔했군. 손가락만 한 구멍이라도 이쪽으로 가스가 새어들어 오면 큰일이니. 아무튼 제온이라고 했나? 그 몸은 이제부터 내가 잘 쓰도록 하지. 아, 그전에 어떻게 최후의 세대의 지식을 가지고 있는지부터 캐내야겠군. 안전하게 심문하려면 척추의 신경을 모조리 끊어버려야 하려나? 아니면 먼저 복종 회로를 삽입해서…….

페트로는 행복한 표정을 지으며 앞으로 벌어질 일들을 상상했다.

하지만 그 순간,

콰직!

닫아놓았던 철문이 한순간에 박살 나 날아가며 조그만 여자아이가 쏜살같이 공동 안쪽으로 뛰어들어왔다.

"제온!"

소녀는 바로 밍우이였다. 밍우이는 가장 먼저 바닥에 쓰러진 제온을 발견했지만, 그녀의 본능은 지금이 싸워야 할 순간이라고 판단하고 있었다.

"합!"

밍우이는 짧은 함성과 함께 쓰러진 제온을 뛰어넘은 다음 그대로 엉거주춤한 자세로 서 있는 페트로를 향해 돌진했다.

'뭔가 가운데 있어?'

그리고는 곧바로 공동의 절반을 완전히 가르고 있는 유리벽을 발견했다.

하지만 그것이 무엇인지, 그리고 얼마나 단단한지에 대해 깊이 생각할 시간은 없었다. 뭐가 어찌 되었던 간에 지금은 저 벽 너머에 엉거주춤한 자세로 서 있는 남자를 쓰러뜨리고 확보해야 했다.

밍우이는 돌진하는 기세와 함께 끌어당긴 주먹을 한 번에 내질렀다.

그 순간, 그녀의 눈에 유리벽에 뚫려 있는 작은 구멍이 보인 것은 천운이었다.

마투격의 강력한 일격이 그 구멍의 주변에 닿은 순간, 한 뼘에 달하는 엄청난 두께의 유리벽이 산산조각으로 박살 나며 터져 버렸다.

엄청난 소음이 민감한 수인의 귀를 망가뜨릴 정도로 자극했다. 하지만 밍우이는 머리 위로 쏟아지는 두껍고 날카로운 유리 조각보다도 더 빠르게 그것을 넘으며 반대편에 멍청하게 서 있는 페트로의 몸을 덮쳐 날렸다.

"커헉!"

페트로는 밍우이의 강렬한 태클에 순간적으로 10미터를

뒤로 날려가 바닥에 쓰러졌다.

함께 날아간 밍우이는 쓰러진 페트로의 몸을 안고 반대편 벽이 닿을 때까지 계속 굴러간 다음 그의 몸 위에 올라탄 채로 소리쳤다.

"이봐! 너! 괜찮아?"

"아, 어, 그래……."

"그래? 그거 잘됐네!"

밍우이는 환한 표정으로 미소를 지었다. 그리고 곧장 남자의 명치에 주먹을 날려 기절시켰다.

"괜찮아? 어디 다친 데 없어?"

밍우이는 눈살을 찌푸리며 쓰러진 제온의 몸에 묻은 유리가루를 털어주었다. 온몸이 마비된 제온은 겨우 눈만 뜬 채 밍우이를 바라보며 입술을 달싹거렸다.

"……."

"왜 그래? 말이 안 나와?"

제온은 눈을 천천히 깜빡였다. 밍우이는 의아한 표정으로 제온의 얼굴을 바라보았다. 그러다 축 늘어진 제온의 팔다리를 이리저리 만지기 시작했다.

"근육이 경직되어 있네. 마비된 거야? 저 인간이 널 마비시켰어?"

제온은 다시 한 번 눈을 깜빡였다. 그것을 긍정의 뜻으로 받아들인 밍우이는 잠시 생각하다 허리에 찬 작은 가죽 주머니를 꺼내 들었다.

"마비엔 이게 잘 듣긴 하는데… 아무튼 혹시 모르니까 숨을 크게 들이마셔 봐."

밍우이는 가죽 주머니에 들어 있던 녹색의 가루를 손바닥 위에 부은 다음 제온의 코앞에 내밀었다.

제온은 있는 힘을 다해 숨을 들이마셨다. 녹색 가루는 공기에 섞여 제온의 콧속으로 흡입되었고, 밍우이는 가죽 주머니를 다시 허리에 찬 다음 제온의 팔다리를 주무르기 시작했다.

"지하로 내려왔는데 멀리서 문이 닫히고 있더라. 전력질주해서 문을 박살 내고 들어왔는데 네가 쓰러져 있어서 깜짝 놀랐어."

"……."

"그래도 놀란 것치고는 판단이 빨랐지? 사실 판단이라기보다는 몸이 알아서 움직인 거지만. 그런데 뭔가 함정에 빠진 거야? 유르카도 안 보이는데 어떻게 네 역장이 뚫릴 수 있지?"

"아……."

순간 막혔던 목이 풀리는 느낌을 받으며 제온은 나지막한 신음 소리를 흘렸다. 밍우이는 반가운 표정을 지으며 제온의 팔다리를 더 빠르게 주무르기 시작했다.

"이야! 효과 좋은데? 벌써 마비가 풀린 거야?"

"…약간."

마비는 얼굴에서부터 시작해 손끝과 발끝부터 천천히 풀리기 시작했다. 제온은 길게 심호흡을 한 다음 맥 빠진 목소리로 물었다.

"페트로는?"

"페트로? 아, 저 남자 말이지?"

밍우이는 고개를 돌려 박살 난 유리더미 너머에 쓰러져 있는 남자를 바라보았다.

"일단 기절시켜 놓았어. 적 맞지?"

"맞아. 반카와 유르카에게 명령을 내리던 녀석이야."

"저게 바로 대장이었구만? 그런데 어떻게 인간이 반카와 유르카에게 명령을 내릴 수 있는 건데?"

그것을 설명하려면 녀석의 출신부터 시작된 길고 긴 이야기를 풀어놓아야 했다. 제온은 잠시 고민하다 한숨을 내쉬며 말했다.

"좀… 나중에 설명하는 게 좋겠어."

"좋아, 뭐, 급한 건 따로 있으니까."

"밖은… 밖은 어떻게 됐지? 아이들은?"

"전부 피난시켰어. 남은 건 너랑 나뿐이야."

밍우이는 제온의 몸을 뒤집은 다음 강한 힘으로 등 전체를 지압하며 말했다.

"그러니까 너도 빨리 움직여야 해. 아직 여기 어딘가에 여덟 명이 더 남아 있지? 둘이서 전부 데려가려면 고생 좀 해야 할 거야. 다들 걸을 수 있는 상태면 좋겠는데……. 어때? 너도 슬슬 움직일 수 있겠어?"

"아, 그래."

아직 온몸이 저린 듯한 마비 증상이 남아 있긴 했지만, 제온은 팔다리를 천천히 움직이며 몸을 일으키기 시작했다. 코로 마시게 한 가루약도 약이지만 그 후 엄청난 속도로 이어진 전신 마사지도 큰 역할을 한 것 같았다.

"고마워. 대충 움직일 수 있을 것 같아."

"좋아, 역시 지압이 효과가 있네."

"그 지압은 마도대전 때도 도움을 많이 받았지."

제온은 오래전에 있었던 전쟁을 떠올리며 말했다. 마도대전 당시 격렬한 전투로 마력이 바닥까지 고갈된 나인제로 몬스터즈의 멤버들은 모두 밍우이의 특별한 지압에 힘입어 마력과 몸 컨디션을 빠르게 회복한 경험이 있다.

밍우이는 환하게 웃으며 말했다.

"그야 우리 부족 비전의 특별한 지압법이니까. 외상 빼고는 모든 것에 잘 들어."

"그래, 온몸의 피가 다시 도는 느낌이야. 그런데……."

제온은 엄청난 양의 유리 파편 너머에 쓰러져 있는 페트로를 바라보며 말했다.

"안타깝지만, 아무래도 더 이상 구할 아이들은 없는 것 같아."

"정말? 그럼… 죽은 거야?"

밍우이의 표정이 순간적으로 어두워졌다. 제온은 고개를 끄덕이며 페트로가 있는 곳을 향해 걸음을 옮기기 시작했다.

"이미 죽었거나… 아니면 이미 돌이킬 수 없게 되었을 거야."

"돌이킬 수 없다니? 그게 무슨 말이야?"

"말 그대로야. 자세한 건 이 녀석에게 물어봐야 해."

두 사람은 걸음을 멈추고 쓰러진 페트로를 내려다보았다. 밍우이는 우울한 얼굴로 오른 주먹을 만지작거리다 입을 열었다.

"처음부터 모두 무사할 거라고 생각하진 않았어. 그래도 열다섯 명이나 무사히 구했으니까……. 그런데 이 녀석 깨울까?"

"깨울 수 있어?"

"응. 물어보려면 깨워야지. 아직 뭐가 뭔지는 잘 모르겠지만… 이름이 페트로라고? 뭐하는 인간이야?"

"그러니까… 연구원."

"연구원? 뭔가 연구하는 사람이라는 말이야?"

제온은 고개를 끄덕였다. 그리고 무거운 표정으로 밍우이를 바라보았다.

"지금부터 이 남자한테 알아내야 할 일이 많아. 그런데 이 남자가 한 일은 우리에게, 특히 너한테 끔찍한 일이야."

"당연하지. 이 녀석이 대장이라며? 그럼 반카에게 우리 아이들을 납치하라고 시킨 게 바로 이 녀석일 거 아냐?"

"그것도 그렇지만… 납치된 아이들로 뭘 했는지가 더 문제야."

"응? 뭘 했는데?"

"그전에 한 가지 약속해 줘. 나중이라면 얼마든지 이 남자를 죽여도 좋아. 하지만 지금 당장 죽이면 안 돼. 약속할 수 있어?"

"약속할게."

밍우이는 단 1초도 고민하지 않고 곧바로 대답했다.

"안 죽일게. 무슨 소리를 듣더라도 말이야."

"…늑대 인간, 그러니까 유르카가 바로 납치된 아이들이야."

순간 밍우이의 몸이 경직되었다.

그리고 제온은 돌처럼 굳은 그녀의 표정이 하얗게 질리는 것을 지켜보았다. 그녀는 그 자리에 털썩 주저앉고는 믿을 수 없다는 목소리로 중얼거리기 시작했다.

"말도 안 돼. 유르카가… 내가 죽인 유르카만 몇 마리 데……."

"밍우이? 괜찮아?"

제온은 마른침을 삼키며 물었다. 아무리 약속을 받아냈다 해도 지금 당장 밍우이가 기절한 페트로의 머리통을 주먹으로 터뜨려 버려도 할 말이 없는 상황이었다.

"아, 응, 괜찮아."

밍우이는 힘없이 고개를 끄덕였다. 그리고는 앉은 자세 그대로 페트로의 상체를 일으킨 다음 그의 등 쪽으로 자세를 바꿨다.

"우리는… 그러니까… 수인은 싸우다 죽는 게 가장 명예로운 죽음이야. 그것도 상대가 강하면 강할수록 더 좋아. 그러니까… 그 아이들은 명예롭게 죽은 거야. 나쁘지 않아."

겉으로는 그렇게 말했지만, 심하게 떨리는 목소리가 그녀의 마음을 대신 말해주고 있었다. 밍우이는 페트로의 양어깨를 손으로 잡은 다음 등골의 정 가운데에 무릎을 대고 순간적으로 함성을 질렀다.

"합!"

우득!

동시에 페트로의 몸에서 마치 뼈가 부러지는 듯한 소리가 울렸다. 제온은 순간 몸을 움찔 떨며 긴장했다.

'설마 등뼈를 부러뜨린 건가?'

하지만 제온의 우려와는 달리 기절해 있던 페트로는 갑자기 눈을 번쩍 뜨며 숨을 크게 들이마시기 시작했다.

"히이이이이이이이이이익!"

그리고는 부릅뜬 눈으로 미친 듯이 주위를 살피기 시작했다. 자신이 방금 무슨 짓을 당했는지 전혀 모르겠다는 듯 당황한 기색이 역력했다.

"뭐, 뭐야? 대체 뭐가……."

페트로는 급히 몸을 일으키려 했다. 하지만 그의 몸은 이미 밍우이의 손에 제압당한 상태였다.

그녀는 등 뒤에서 페트로의 목을 양팔로 조인 자세로 나지막하게 말했다.

"가만히 있어. 반항하면 목을 부러뜨릴 거야."

이미 얼굴이 붉게 달아오를 만큼 세게 조이고 있는 상태였다. 페트로는 겁에 질린 얼굴로 소리쳤다.

"누구야? 넌 누구냐?"

"밍우이."

"밍우이? 아, 옴 부족의 족장 딸?"

제온은 몰라도 밍우이에 대해서는 확실히 알고 있는 모양이었다. 밍우이는 그의 몸에 바짝 붙은 채로 귓가에 숨을 불어 넣듯이 가깝게 말했다.

"맞아, 옴 부족. 네가 유르카로 만들어버린 그 아이들의 부족 말이야."

"자, 잠깐! 기다려!"

페트로는 밍우이의 팔에 점점 더 힘이 들어가는 것을 느끼며 소리쳤다.

"내 말을 들어! 날 죽이면 안 돼! 이, 이봐, 제온! 이 여자한테 말해! 날 죽이면 안 된다고!"

"내가 왜 그런 말을 해야 하지?"

제온은 한심하다는 눈으로 페트로를 내려다보았다. 페트로는 자신의 정면에 서 있는 제온을 마치 유일한 구세주인 양 올려다보며 말했다.

"넌 최후의 세대를 알고 있잖아! 난 정말 중요한 인간이야! 인류의 보물이야! 유일한 유산이라고! 이렇게 죽어선 안 돼! 절대 안 돼!"

"너 같은 게 인류의 보물이라면… 인류 같은 건 망하는 게 바람직하겠지."

"뭐, 뭐?"

"후우……."

제온은 길게 한숨을 내쉰 다음, 페트로에 바짝 붙어 얼굴이 보이지 않는 밍우이에게 말했다.

"괜찮아, 밍우이? 죽일 때 죽이더라도 지금 죽이진 말아 줘."

"응. 하지만 허튼짓을 하면 바로 죽일 거야."

"허튼짓 안 해! 난 근력이 인간의 다섯 배에 달하는 수인에게 반항할 만큼 멍청하지 않다고!"

페트로는 필사적으로 고개를 저었다. 제온은 고개를 끄덕이며 페트로에게 물었다.

"여기 있는 연구원은 너뿐인가? 다른 사람은 아무도 없어?"

페트로는 고개를 끄덕였다. 제온은 알바스 산맥과 라바인 사막의 연구실에 있던 수십 명의 연구원을 떠올리며 다시 물었다.

"어째서 너 혼자지? 다른 연구원은?"

"다른 연구원? 무슨 소리지? 네가 뭘 안다고? 여긴 처음부터 나 혼자뿐이었어."

페트로는 비웃는 듯한 표정을 지었다. 제온은 손바닥에 전류를 일으키며 페트로의 얼굴에 천천히 가져가며 말했다.

"똑바로 말해. 허튼소리하면 눈알을 튀겨 버릴 테니까."

"잠깐! 이러지 마!"

페트로는 고개를 뒤로 빼기 위해 전력으로 몸을 비틀었다.

하지만 육체적으로 평범한 인간인 그는 밍우이의 손아귀에서 조금도 빠져나갈 수 없었다.

"그만! 알고 있는 건 모조리 말한다니까! 난 통증에 약해! 쇼크로 죽어버릴지도 몰라!"

"그런 놈이 다른 인간의 몸을 실험체로 개조해 버리나?"

"그야 내 몸이 아니니까… 으아악!"

제온은 페트로의 얼굴 대신 허벅지에 손바닥을 댔다. 페트로는 비명을 지르며 온몸을 바동거렸고, 제온은 무표정한 얼굴로 페트로를 노려보며 말했다.

"쓸데없는 소리 하지 마. 당장 죽여 버리고 싶어지니까. 묻는 질문에만 답해. 여긴 정확히 뭘 하기 위해 만들어진 연구실이지? 천 년 전에 여기서 무슨 일이 있었던 거야?"

"귀, 귀가 없나? 여기가 무슨 연구실인지는 아까 말해줬을 텐데? 아니, 잠깐!"

제온이 다시 손바닥에 전류를 일으키자 페트로는 기겁하며 말을 토해냈다.

"제대로 설명할게! 그만해! 여긴 아젤 공화국의 파이상 연구실이야!"

"파이상?"

"지명이야! 아젤 공화국 소유의 섬! 지금은 베이라 군도라고 불리지만 예전에는 파이상 섬 하나뿐이었어! 초신수들이

지각 변동을 일으켜서 다른 섬들이 새로 생긴 거야!"

"제온, 지금 이 녀석이 대체 무슨 소리를 하고 있는 거야?"

밍우이가 이해할 수 없다는 표정으로 제온을 바라보았다. 제온은 가볍게 숨을 들이마시며 말했다.

"나중에 자세히 설명해 줄게. 지금은 일단 이야기를 먼저 듣고."

"알았어. 아무튼 너는 이 인간이 하는 이야기를 이해하고 있다는 거지?"

제온은 고개를 끄덕였다. 그러자 페트로 역시 이해할 수 없다는 표정으로 물었다.

"저, 정말 내가 하는 말을 이해하고 있는 건가? 어떻게? 아젤 공화국이 어떤 나라인지 알고 있는 건가?"

"불리스 합중국과 함께 천 년 전에 존재하던 가장 큰 두 개의 세력 중 하나. 불리스에 대항하기 위해 신수를 만들었지. 하지만 최후에 만든 초신수에 의해 세계가 멸망했고."

제온은 기계적인 말투로 대꾸했다. 페트로는 놀란 눈을 껌뻑거리며 한동안 말을 잇지 못했다.

"너… 정말로 최후의 세대가 아닌 거냐?"

"질문은 내가 한다. 넌 이 연구실에 대해 계속 설명이나 해."

"…여긴 수인을 개발하던 연구실이다. 수인은 신수와 함께 불리스의 마족군대에 대항하기 위한 생물병기였다. 하지만 완성품에 결함이 많아 프로젝트가 폐기될 위기에 처했고, 그 결함을 보완하기 위해 전쟁 중반에 내가 투입되었다."

"그래서? 결국 어떻게 된 거지?"

"아젤의 연구 자금은 대부분 신수를 제작하는 데 사용되었다. 그 때문에 우리 연구실에 돌아오는 자금은 쥐꼬리만 했어. 난 부족한 연구 자금을 최대한 활용해서 수인의 제어 시스템을 개발하려 했지만 완성 직전에 수용 시설에 있던 수인들이 대규모로 탈출하는 사건이 일어났어. 남은 건 거의 없었고, 연구실은 결국 폐쇄되었다."

그것은 대부분이 라바인 사막의 연구실을 떠나기 전에 데커에게 들었던 것과 같은 이야기였다. 제온은 날카로운 눈으로 페트로를 노려보며 물었다.

"그런데 어째서 넌 여기 있는 거지?"

"그야… 알다시피 초신수들이 반란을 일으켜 세상이 붕괴하기 시작했지. 기후나 환경적인 면으로 인간이 살 땅이 거의 남지 않았어. 그래서 난 폐쇄된 연구실에 다시 돌아와 동결시킨 연구 시설을 개조하기 시작했다."

"개조?"

"연구실에는 실험용 동물들을 장기 보존하기 위해 설치된 냉동수면장치가 있었거든. 물론 인간이 쓰기 위해 만들어진 건 아니었지만… 약간의 개조를 통해 내가 쓸 수 있도록 만들었지. 3세대 나노머신 치료를 받은 인간이라면 충분히 버틸 수 있을 거라는 계산이 있었어. 그리고 결과는 이렇게 성공으로 끝났지. 어때, 대단하지 않나?"

페트로는 그 와중에도 자랑스러운 미소와 함께 만족스러운 표정을 지었다. 제온은 입꼬리를 살짝 올리며 표정 없이 웃어 보였다.

"그것 참 대단하군. 그래서 목적은? 초신수에 대한 복수인가?"

"그 문제라면 아까도 이야기한 것 같은데?"

"아직 살 만한가 보군. 밍우이, 더 조여."

밍우이는 고개를 끄덕이며 페트로의 목을 좀 더 강하게 조르기 시작했다. 페트로는 눈알이 튀어나올 듯 새빨개진 얼굴로 캑캑거리며 신음했다.

"끄어… 아, 아니, 제발… 그만. 미안해. 내가 잘못했어."

"좋아. 밍우이, 조금만 힘 빼."

"목뼈가 부러지고 싶지 않으면 똑바로 하는 게 좋을 거야."

밍우이는 페트로의 귀에 속삭이듯 말하며 천천히 힘을 풀었다. 페트로는 충혈된 눈으로 눈물을 줄줄 흘리며 빈정대듯이 중얼거렸다.

"목뼈는 무슨. 수, 숨이 막혀서 먼저 죽겠구만."

"거기에 감전사라는 방법도 있으니까 좋을 대로 선택하면 되겠군."

"…사실 그렇게 확실한 목적이 있던 건 아니야."

페트로는 거친 숨을 몰아쉬며 말을 이었다.

"물론 할 수만 있다면야 좋겠지. 초신수가 행성의 표면을 유지하는 마력의 밸런스를 무너뜨렸기 때문에 우리가 멸망한 거니까. 복수도 복수지만… 초신수는 행성의 시스템을 완전히 바꿔 버렸어. 거기에 대륙에서는 그 초신수를 신으로 섬기는 종교가 판을 치고 있다며? 완전히 그 녀석들 세상으로 바뀌어 버린 거지. 하지만 이제 와서 초신수를 제거하는 건 난이도가 너무 높은 과제야. 문명이 극에 달하던 천 년 전에도 실패했는데 이제 와서 뭘 어떻게 할 수 있겠어? 난 그저……."

페트로는 떨리는 손을 들어 눈물을 닦으며 말했다.

"살고 싶었을 뿐이야. 무너지는 세상에서 내가 살 수 있는 유일한 길을 발견해서 도박을 걸었고… 다행히 성공해서 여기 온 거지. 미래에 말이야. 거대한 화산이 폭발해서 하늘이 잿더미로 뿌옇게 변하고, 바다에서는 수십 미터짜리 해일이 끝도 없이 몰려오고, 숲이 사막으로 변하고, 강이 말라붙지 않는 그런 세상에 도착했다고. 그야말로 만세라고 할 수 있지. 비록 나 혼자뿐이었지만……."

"그런데 왜 우리 아이들을 납치해서 그 지경으로 만든 거야!"

그러자 밍우이가 이를 갈며 소리쳤다. 페트로는 귀청이 따가운 듯 눈을 질끈 감고는 나지막한 목소리로 대답했다.

"…달리 할 일이 없었으니까."

"뭐라고?"

"가능성이 희박하다는 건 알고 있어. 하지만 그래도 내가 할 수 있는 건 초신수를 제거하기 위해 내가 가진 자원을 활용하는 것뿐이었다. 처음에는 반카를 가지고 여러 가지 실험을 했는데……."

페트로는 한숨을 내쉬며 말을 이었다.

"…쉽지 않았어. 그 녀석들은 유전적인 돌연변이를 일으켜 밸런스가 무너진 상태였거든. 애초에 수인 자체가 그런 위험성을 가지고 있었다. 워낙 다양한 동물의 유전자를 섞어서 말이야. 그나마 초신수를 상대하려면 일단 비행이 가능해야 했기 때문에 반카들에게 조류의 유전자를 발현시켜 봤는데……."

"숲 위에 있던 조인(鳥人)이 네놈이 만든 거란 말이야?"

페트로가 말을 채 끝내기도 전에 제온이 얼굴을 바짝 붙이며 소리쳤다.

페트로는 밍우이의 팔에 감겨 가동 범위가 거의 없는 목을 힘겹게 끄덕이며 말했다.

"그래, 내가 만들었다. 하지만 불안정한 유전자에 더 불안정한 유전자를 발현시킨 바람에 완전히 컨트롤이 불가능한 상태가 되어버렸지. 애초에 포유류와 조류의 특징을 섞는다는 건 자살행위였어. 비행이 가능한 포유류의 샘플을 가지고 있었다면 좋았겠지만 아쉽게도 이 연구실에는 그런 게 없었거든. 그래서 우선 좀 더 우량한 유전적 샘플을 확보하기 위해 반카를 부려서 수인 아이들을 납치하도록 했다."

"이런 악마 같은! 대체 우릴 뭐로 보는 거야!"

밍우이가 울 것 같은 얼굴로 소리쳤다. 페트로는 양심의 가책이라곤 조금도 느끼지 못한 얼굴로 한숨을 내쉬며 대답했다.

"그야 물론 우리가 만들어낸 실험체지."

"뭐라고?"

"자, 잠깐. 더 이상 힘주지 마. 난 내가 알고 있는 것과 생각하고 있는 걸 솔직하게 대답한 것뿐이다."

페트로는 절대로 풀리지 않는 밍우이의 팔을 손으로 움켜쥐며 말했다.

"동일한 근량일 때 인간의 몇 배에 달하는 이 근력도… 초인적인 반사신경과 시각, 청각, 후각까지 모두 우리 연구실에서 심혈을 기울여 만들어낸 작품이다. 다만 정상적인 생식 활동으로 후손을 남길 수 있을 거라곤 상상도 못했지만……."

"아니야! 정말로 네가 우릴 만들었다고 해도 그렇게 맘대로 하면 안 되는 거야!"

밍우이는 고개를 세차게 저으며 소리쳤다.

"부모가 아이를 낳았다고 아이의 생명을 부모가 맘대로 결정할 수는 없어! 당연하잖아!"

"그야 물론 정론이다만……."

페트로는 맥 빠진 얼굴로 자신의 정면에 있는 제온을 바라보았다.

"어쩔 수가 없어. 난 뼛속부터 연구자니까. 사실대로 말하자면 상대가 수인이 아니라 같은 인간이라 해도 상관없다. 목적을 위한 수단을 희생시키는 데 주저한다면 살아 있는 생물의 머릿속에 칩을 박아 넣는 짓 따위는 결코 할 수 없지. 그건 그렇고, 제온이라고 했지?"

"뭐지?"

"듣고 싶은 이야기를 모두 듣고 나면 날 어떻게 할 거지? 죽일 건가?"

"그건……."

제온은 눈을 가늘게 뜨고 잠시 생각하다 말했다.

"밍우이에게 맡기겠다."

"하! 이 꼬마 수인 아가씨한테? 그럼 뭐 물어볼 것도 없군."

페트로는 체념한 듯 팔을 축 늘어뜨렸다. 밍우이는 당장에라도 페트로의 몸을 물어뜯을 듯 송곳니를 드러내며 으르렁거리고 있었다.

"넌… 넌 젯값을 치러야 해. 네가 희생시킨 우리 아이들의 목숨만큼."

"내 목숨이 하나라서 아쉽게 됐군."

"그래, 정말 아쉬워."

"난 정말 소중한 목숨이고, 너희가 정신적으로 천 년을 더 진화한다 해도 도착할 수 없는 높은 수준의 지식을 보유한 유일한 인간이라고 생각했지만… 아무래도 너랑 이야기를 해보니 그게 아니었던 것 같다."

페트로는 제온을 바라보며 말했다.

"또 있는 거지? 나 말고 천 년의 시간을 건너온 최후의 세대가? 너는 그들과 접촉해서 과거의 일들을 알게 된 거지?"

페트로는 정곡을 찔렀다. 하지만 제온은 고개를 끄덕이지도, 대꾸를 하지도 않은 채 잠자코 그를 노려보았다.

"그러니까 내가 죽어도… 딱히 상관없다는 말이지. 사실대로 말하면 난 죽는 게 두렵고 아픈 게 싫은 겁쟁이니까… 가능한 한 고통 없이 끝내줬으면 좋겠군."

"싫어. 누가 고통 없이 끝내줄 것 같아?"

밍우이는 페트로의 몸을 더욱 바싹 끌어안으며 말했다.

"죽는 걸로는 죗값을 치를 수 없어. 넌 평생 동안 희생당한 아이들의 가족을 위해 살아야 해. 끊임없이 고통 받으면서 말이야."

"큭, 그래서? 평생 동안 채찍질이라도 하면서 노예처럼 부려먹을 생각인가?"

페트로는 코웃음을 쳤다. 밍우이는 고개를 끄덕였다.

"생각이 아니라 실제로 그렇게 할 거야. 채찍 대신 주먹으로 치고 발로 걷어찰 거야. 네가 정말 괴롭고 고통스러워서 살려달라고, 제발 그만 해달라고 울부짖어도 절대 멈추지 않을 거야. 알겠어? 정말이야. 난 정말로 할 거야. 옴 부족의 이름을 걸고 맹세해도 좋아."

울먹거리는 밍우이의 목소리에서 제온은 등골이 오싹해지는 것을 느꼈다.

페트로는 입술을 깨물며 눈을 질끈 감았다.

"그건… 너무 가혹하군."

"가혹은 네가 납치한 아이들을 맘대로 가지고 놀아난 걸 가혹이라고 하는 거야. 이건 대가야. 네가 한 짓의 대가."

"…아직 개조 중인 유르카와 '신형'을 무사히 풀어주겠다."

"뭐라고?"

밍우이는 깜짝 놀라며 물었다. 페트로는 마른침을 삼키며 말을 이었다.

"실험실에 아직 컨트롤 칩을 넣지 않은 유르카가 두 명 있다. 그리고 그동안 수인을 연구해서 얻어낸 자료도 있다. 그걸 활용하면 수인들 사이에서 최근 급증하고 있는 출산에 관한 문제를 해결할 수도 있지."

"출산에 관한 문제라니?"

"반카 말이다."

페트로는 장난기라고는 조금도 찾아볼 수 없는 진지한 목소리로 설명했다.

"수인들 사이에서 최근 백 년간 반카의 출생이 급증하고 있는 것은 처음부터 예견된 문제다. 대립유전자에 발생한 돌연변이에 관련된 문제인데… 조금 더 연구하면 간단한 치료를 통해 해결할 수 있다."

"무슨 소린지 모르겠어. 더 이상 반카가 태어나지 않게 된다고?"

밍우이는 혼란스러운 표정으로 고개를 저었다. 페트로는 붉게 달아오른 얼굴로 심호흡을 하며 대답했다.

"그래, 적어도 너희의 기준으로 볼 때 정상적인 수인들만 태어나게 할 수 있다. 이걸로 내 죗값을 대신 치를 수 없을까?"

"……"

밍우이는 눈을 가늘게 뜨며 입술을 깨물었다.

수인들의 사회에서 급격히 높아지고 있는 반카의 출생 비율은 종족 전체의 존망을 뒤흔들 정도로 위협적인 문제였다.

제온 역시 그것을 알고 있기에 그 어떤 충고도 함부로 할 수 없었다.

'괴롭겠지. 쉽게 결정할 수 없는 문제다.'

제온은 입을 다물고 있는 밍우이를 잠시 바라보다 페트로를 향해 시선을 옮기며 물었다.

"그런 일이 정말로 가능한가?"

"가능하다. 내 목숨이 걸려 있는데 거짓말은 안 해."

"그러면 컨트롤 칩을 넣지 않은 유르카는? 그 아이들은 앞으로 어떻게 되지?"

"딱히 어쩔 것도 없어. 육체는 유르카지만 정신은 그대로다. 수인들이 받아주기만 한다면 정상적으로 살 수 있겠지."

"…밍우이?"

제온은 밍우이를 보며 그녀의 의사를 확인했다. 밍우이는 침울한 얼굴로 천천히 고개를 끄덕이며 말했다.

"육체는… 외모는 상관없어. 돌아와 주기만 한다면. 마음이 그대로라면 모두 똑같은 수인이야."

"그런가……."

제온은 말끝을 흐리며 수인들의 관대한 사고방식에 감탄

했다. 만약 평범한 인간이 키가 3미터나 되는 거대한 늑대 인간이 되어 마을로 돌아온다면?

아무리 정신적으로 인간이라 해도 다른 사람들은 결코 그를 받아들여 주지 않을 것이다.

제온은 한숨을 내쉬며 계속 물었다.

"다른 유르카는 원래대로 되돌릴 수 없나?"

"다른 유르카? 컨트롤 칩을 넣은 완성품 말인가?"

제온은 즉시 약한 전기를 일으켜 페트로의 가슴을 가격했다. 경련을 일으키며 비명을 지르는 페트로를 노려보며 제온은 차가운 목소리로 경고했다.

"표현에 주의해. 수인을 물건 취급하지 마라."

"크윽, 컥⋯⋯."

페트로는 쉽게 말문을 잇지 못한 채 고개만 끄덕였다. 제온 스스로가 그렇게 물건 취급당하며 실험체로서 살아온 경험이 있었다.

때문에 자신의 눈앞에서 누군가가 그런 취급을 당하는 것을 쉽게 참고 넘길 수가 없었다.

제온은 위협하듯 손에 전기를 일으켜 보인 다음, 여전히 우울한 표정으로 페트로를 제압하고 있는 밍우이를 바라보았다.

"괜찮아? 힘을 조절하고 있긴 한데."

"웅? 아무렇지도 않아. 살짝 찌릿한 정도야. 오히려 더 강하게 지져 버리면 좋겠어."

밍우이는 고개를 저으며 말했다. 제온은 고개를 끄덕이며 페트로를 노려보았다.

"계속 말해. 정신적으로 개조당한 유르카를 원래대로 되돌릴 수 있나?"

"그건… 경우에 따라 다르다."

페트로는 자신의 뜻과는 상관없이 입으로 나오는 거품을 삼키며 말했다.

"다시 머리를 열고 수술을 해야 하는데… 조직과의 유착 정도에 따라 칩을 분리하는 게 불가능할 수도 있어."

"조직?"

"뇌 말이다."

"그걸 수술 전에 알 수 있나?"

"어느 정도는. 자기공명 촬영 장치로 검사해 보면 된다. 무슨 말인지 모르겠으면… 그냥 사람 몸속을 들여다보는 기계라고 생각해라."

페트로는 그렇게 말한 다음 괴로운 표정을 지으며 고개를 숙였다. 계속된 전기 고문으로 심장 쪽에 무리가 온 것 같았다. 제온은 손바닥에 일으켰던 전기를 다시 거둬들이며 말했다.

"그럼 가능한 유르카를 전부 수술해서 원래대로 돌려놔. 그리고 난 비슷한 경우를 알고 있어. 만약 수술을 성의 없이 해서 후유증이 남는다든가 하면 가만두지 않겠다."

"큭, 별걸 다 알고 있군."

페트로는 힘없이 웃으며 말했다.

"최후의 세대에게 들은 이야긴가? 아무튼 걱정 마라. 난 연구자이기 전에 의사다. 일부러 수술을 망칠 일은 없어."

"좋아. 그런데 아까 문득 들었는데, 신형이 뭐지?"

"신형은 말 그대로 신형이다. 난 아르카라고 부르고 있지."

"아르카?"

"유르카가 늑대라면, 아르카는 호랑이다."

"호랑이라면… 아까 그 커다란 짐승 말이지? 이런 잔인한……. 아이들을 그렇게 끔찍한 걸로 만든 건가?"

제온은 다시 한 번 전기를 일으켜 녀석의 얼굴을 움켜쥐고 싶은 충동을 느꼈다. 그러자 뜻밖에도 잠자코 있던 밍우이가 제온을 바라보며 고개를 저었다.

"제온, 그건 괜찮아."

"괜찮다고? 늑대 인간도 모자라서 아이들을 그런 괴물로 만들어 버렸는데?"

"수인들은 자신의 외모가 짐승과 닮은 것은 신경 안 써. 반카처럼 균형이 무너지면 심각하지만… 그리고 호랑이는 괴물이 아니야. 대륙에는 호랑이가 없어서 잘 모르겠지만 여기서는 아주 강하고 신성한 동물 중 하나야. 그리고 드물게 호랑이와 비슷한 외모를 가지고 태어나는 수인도 있어. 우린 그걸 축복받았다고 하고."

밍우이의 목소리는 차분하게 가라앉아 있었다. 제온은 어처구니없다는 얼굴로 잠시 그녀를 바라보다 이내 한숨을 내쉬며 고개를 끄덕였다.

"그래, 그 문제는 그냥 넘어가지. 아무튼 머릿속의 칩을 모두 제거해서 정상적으로 생각할 수 있도록 돌려놔. 알겠나?"

"알겠다. 물론 날 살려준다고 약속하면 말이지만."

"처음부터 죽일 생각은 없다고 했잖아?"

밍우이는 페트로의 목을 조르던 팔을 천천히 풀며 말했다.

"정말로 그렇게 하면, 그리고 더 이상 반카가 태어나지 않게 해준다면 죽을 때까지 괴롭히는 건 포기할게. 하지만……."

"하지만?"

페트로는 힘겹게 팔을 들어 빨갛게 변한 자신의 목을 쓰다듬었다.

밍우이는 날렵한 움직임으로 그의 정면으로 몸을 옮긴 다음 상대의 이마에 이마를 붙이며 코앞에서 그를 쏘아보았다.

"이건 양보 못해. 넌 이미 죽은 아이들의 가족을 찾아가서 사과해야 해."

"사과?"

"잘못했다고 빌어. 무릎 꿇고. 얼굴을 땅에 박고 사죄해."

"…그걸로 끝인가?"

페트로는 그녀의 시선을 피해 바닥을 바라보며 물었다. 밍우이는 움켜쥔 주먹을 페트로의 명치에 가져가 대며 고개를 끄덕였다.

"응. 끝이야. 그거면 돼. 하지만 명심해. 앞으로도 무언가 허튼짓을 하면 내가 널 못살게 굴 거야."

"큭, 못살게 군다고?"

페트로는 코웃음을 쳤다. 그러자 밍우이도 희미하게 웃으며 말했다.

"응. 못살게. 정말 도저히 이렇게는 살 수 없어서 제발 죽여 달라고 빌게 만들 거야. 팔다리를 잘라 벌레처럼 기어 다니면서 벌레만 먹일 거야. 안 먹으면 먹을 때까지 가시로 네 몸을 찌를 거야. 숲에 구덩이를 파고 얼굴만 내놓고 묻어버린 다음 얼굴에 꿀을 바를 거야. 피부에 구멍을 뚫어서 쇠로 만든 반지를 끼울 거야. 더 이상 끼울 자리가 남지 않을 때까지 끼울 거야. 알겠어? 난 정말 기쁜 마음으로 그렇게 할 거야. 내 남은 시간을 모두 바쳐서라도."

한마디 한마디 할 때마다 밍우이의 주먹이 가볍게 페트로의 명치를 두드렸다.

　하지만 페트로는 한 대씩 맞을 때마다 마치 바윗덩이에 얻어맞는 것처럼 부들거리며 몸을 떨었다.

　"명심… 하지. 다시는 이런 짓을 안 하겠다. 맹세하지."

　페트로는 가까스로 목소리를 내어 말했다. 그것은 그저 야만의 협박이었다. 하지만 그 야만의 힘이 지식으로 무장한 고대인의 정신에 지워지지 않는 각인을 새겨 버렸다.

24장

고대신의 섬

페트로의 연구실은 전체적으로 라바인 사막의 연구실을 축소해 놓은 듯한 구조를 가지고 있었다.

제온이 전투를 벌인 거대한 공동 안쪽으로 열 개의 커다란 유리관이 있는 육성실이 있었고, 안쪽으로 더 들어가면 연구원들의 생활 구역, 그리고 케인과 흡사한 커다란 기계들이 꽉 들어차 있는 기계실이 자리 잡고 있었다.

"이 모든 시설을 혼자 관리하고 있던 건가?"

연구실을 모두 둘러본 제온이 의자에 앉은 페트로를 바라보며 물었다. 다리 힘이 풀린 듯 의자에 주저앉은 페트로는 고개를 끄덕이며 맥 빠진 목소리로 말했다.

"그래, 처음부터 폐쇄된 연구실이었으니까. 나 혼자 들어와서 나 혼자 미래로 넘어왔지."

"동력은? 여기도 신수를 이용해서 동력을 얻나?"

"신수를 이용한다고? 이 연구실에 그런 기술력은 없어."

페트로는 고개를 저은 다음 통로 안쪽에서 열린 문으로 육성실을 노려보고 있는 밍우이를 응시했다.

"대신 지열 발전을 이용하고 있지. 시설이 노화돼서 효율은 최악이지만 나 혼자 연구실을 움직일 정도로는 충분해."

"지열 발전? 땅의 열을 이용하는 건가?"

"그걸로 물을 끓여서 터빈을 돌리는 거지. 그런데 저 수인… 정말로 괜찮은 건가?"

"밍우이? 왜?"

"한참 전부터 저기만 계속 노려보고 있지 않나. 속으로 무슨 생각을 하는지 알 수가 있어야지."

페트로는 초조한 얼굴로 다리를 떨기 시작했다. 밍우이가 노려보고 있는 것은 육성실의 유리관 속에 들어 있는 개조된 수인들이었다.

총 열 개의 유리관 중에 네 개의 유리관이 가동되고 있었고, 그 안에는 한 명의 늑대 인간과 한 명의 호랑이 인간, 그리고 끔찍한 형상의 반카 두 명이 들어 있었다.

제온은 나지막한 목소리로 경고하듯 말했다.

"각오해 두는 게 좋아. 약속은 지키는 녀석이지만 너무 화가 나면 주먹으로 몇 대 후려칠지도 모르니까."

"몇 대까지 갈 것도 없이 한 대면 죽을 것 같은데?"

"그러니까 누가 생명을 맘대로 가지고 놀래? 천벌이 두렵지 않나?"

"미안하지만 그런 걸 겁냈다면 연구자로 밥 먹고 살 수 없지. 하지만… 앞으로 수인들을 개조하는 연구는 정말로 그만두도록 하겠다."

"당연하지. 약속이니까. 딴짓을 했다간 내 손으로 너를 포함한 이 연구소 전체를 끝장내 주겠어."

"약속도 약속이지만 전체적으로 가능성이 희박한 짓이라는 걸 깨달았다."

페트로는 양손에 얼굴을 파묻으며 한숨을 내쉬었다.

"처음부터 확신이 있던 건 아니지만 그래도 내가 죽을 때까지 연구에 매진하면 무언가 희망이 보일 거라고 생각했다. 초신수를 제거하는 일 말이지. 하지만……."

"하지만?"

"대륙엔 너 같은 마법사가 많이 있겠지? 그런데도 세상은 여전히 초신수의 지배하에 있고, 이야기를 들어보니 초신수를 섬기는 종교까지 있다고 하더군. 내가 아무리 수인의 유전적 가능성을 향상시킨다 해도 너 같은 출력을 가진 존재를 만들어낼 수는 없어. 소재의 한계다. 그렇다고 이제 와서 그 소재를 인간으로 바꿀 수도 없어. 내 전공은 마법도, 신수도 아니고 수인이니까. 물론 그랬다가 너희에게 맞아 죽는 건 차치하고서라도 말이지."

"…나 같은 마법사가 많은 건 아니야."

제온은 눈을 가늘게 뜨며 잠시 생각하다 말했다.

"하지만 늑대 인간의 손톱은 활용 여부에 따라서는 효과가 있을 것 같기도 한데… 고대의 안티 매직 기술인가?"

"안티 매직 블레이드라면 원래는 보병이 쓰던 근접병기였다. 불리스는 마법을 쓰는 괴물들을 만들어냈으니까. 녀석들이 사용하는 역장을 뚫기 위해 개발되었지만… 실제로는 그걸 가지고도 녀석들의 몸에 흠집조차 내기 힘들었어."

"어째서? 내 역장은 종잇장처럼 찢어버리던데?"

"그야 너도 인간이니까."

페트로는 코웃음을 치며 말했다.

"아무리 강도 높은 군사훈련을 받아도 평범한 인간은 불리스의 괴물들 반응 속도를 따라갈 수 없어. 물론 좀비 같은 느린 녀석들이라면 상관없겠지만, 어차피 그런 녀석은 원거리에서 사격만으로도 잡을 수 있으니까. 아, 그러고 보니 나중에는 그런 언데드들이 총알로는 커버할 수 없을 만큼 몰려왔군. 후후, 재밌는 이야기지."

페트로는 자조적으로 웃으며 고개를 저었다. 제온은 데커에게 들었던 천 년 전의 이야기와 페트로의 이야기에서 공통점을 찾아내며 말했다.

"불리스의 인간들은 스스로 언데드가 되길 원했고, 불리스 정부는 그렇게 언데드가 된 인간들을 대규모로 수송해서 아젤 공화국에 풀어놓았지."

"바로 그거야. 정말로 말이 통하는군. 이거야 원… 50년 전쯤에 널 만났다면 이렇게 자포자기로 이상한 짓을 하지 않았을지도 모르겠군. 내 입으로 말하긴 뭣하지만 백 년 정도 혼자 살다 보니 정신이 좀 이상해질 때가 많았거든."

"미안하지만 난 아직 서른 살도 안 됐어. 그리고 그렇게 외로웠다면 그냥 수인들과 정상적인 교류를 하는 편이 좋지 않았을까?"

"그건… 자존심 같은 거였지."

페트로는 또다시 밍우이를 힐끔거리며 말했다.

"내가 만들어낸 종족과 인간적인 교류를 나눈다는 것은 도저히 용납할 수 없었다. 이제 와서 생각하는 거지만 죄책감 같은 것도 있었고."

"그건 놀랍군. 너 같은 연구원의 입에서 죄책감이라는 말이 나올 줄이야."

"인간적인 죄책감을 말하는 건 아니다. 단지 연구원으로서 맡은 연구를 끝까지 성공시키지 못한 것에 대한 부끄러움이지."

"뭐라고?"

제온은 불쾌한 표정으로 눈살을 찌푸렸다. 페트로는 아무래도 상관없다는 듯 자신의 생각을 늘어놓기 시작했다.

"아까도 말했지만 수인들 사이에 돌연변이가 발생하는 건 예견된 문제였다. 반카 말이지. 그 밖에도 다양한 문제의 여지가 있었고, 또 전투적으로도 지금보다 훨씬 강력하게 개량할 가능성이 충분했다. 그런데 정부가 신수 개발팀에 자금을 몰아주는 바람에 이쪽 연구실은 문을 닫게 되었지. 그것도 중간에 수인들이 대규모로 연구실을 탈출했기 때문에 생긴 일이었지만."

"시끄러! 이 도마뱀 같은 인간!"

그때 멀리서 육성실을 바라보던 밍우이가 홱 고개를 돌리며 소리쳤다.

"그딴 동정은 듣고 싶지 않아! 아무튼 이제 그만 쉬고 이쪽으로 와! 빨리 안 오면 한 대 맞을 줄 알아!"

"귀도 밝군."

페트로는 작은 목소리로 투덜거리면서도 곧바로 의자에서 일어나 밍우이를 향해 걸어가기 시작했다. 제온은 쓴웃음을 지으며 짧은 시간에 공포로 조교당한 페트로의 뒷모습을 바라보았다. 그것은 창조자와 피조물의 관계가 완전히 뒤바뀐 아이러니한 광경이었다.

"정상적으로 풀어준다며? 저기 저 애들 말이야! 언제까지 저런 통 속에 담가 둘 생각이지?"

밍우이는 유리관 속에 들어 있는 두 명의 수인을 가리켰다. 페트로는 품속에서 작은 기계를 꺼내 거기에 출력된 숫자를 읽은 다음 한숨을 내쉬며 말했다.

"아직은 안 된다. 배양액의 수치가 떨어지려면 시간이 좀 더 필요해."

"정말이야? 혹시 그걸로 이상한 짓을 하려는 거면 가만 안 둔다?"

"이건 그냥 실험실 내부의 상황을 표시하는 단말기일 뿐이다. 문을 열고 닫는 정도의 간단한 조작 정도는 할 수 있지만… 어차피 너희들 앞에서 문 따위는 소용없으니까. 그 강화 유리벽을 일격에 박살 낼 정도라면……."

페트로는 공포와 굴욕이 섞인 복잡한 표정으로 밍우이의 오른팔을 바라보았다.

"…마법을 쓰는 건가? 수인들은 원래 마법을 쓰도록 디자인되지 않았는데?"

"자꾸 그런 식으로 말할래? 한 대 맞고 싶어?"

밍우이가 으르렁거리며 주먹을 들어 올렸다. 페트로는 반사적으로 몸을 숙이며 손으로 머리를 가렸다.

"아, 아니, 말하자면 그렇다는 것뿐이다."

"아무튼 수인은 수인일 뿐이야! 우린 수백 년 동안 이 섬에서 살아왔어! 마력이 전혀 없는 수인도 있고, 나처럼 조금은 있는 수인도 있어. 그러니까 마치 네가 모든 걸 만들어낸 것처럼 말하지 마! 너라고 아무것도 없는 곳에서 수인을 만들어낸 건 아닐 거 아냐!"

밍우이는 들어 올린 주먹을 부들거리며 입술을 깨물었다. 제온은 그런 밍우이의 손목을 붙잡고 천천히 아래로 내리며 조용한 목소리로 말했다.

"흥분하지 마. 연구원이란 족속은 원래 저러니까."

"그치만……."

밍우이는 눈을 질끈 감고는 주먹을 풀었다. 그리고 날카로운 눈으로 페트로를 노려보며 물었다.

"그 무슨 수치가 다 떨어지려면 얼마나 걸리는데?"

"이런 속도면 두 시간… 빨라도 한 시간은 걸린다. 너무 빠르게 진행하면 실험체… 아니, 수인의 몸에 심각한 후유증이 남을 수도 있으니까 무리하지 않는 게 좋아."

"흥! 그럼 위에 있는 다른 유르카는?"

"이미 연구실로 돌아오라는 명령을 내렸다. 지금쯤 활동실에 집결해서 대기 중이겠지."

"활동실?"

"강화유리가 쳐져 있던 곳 말이다. 지금은 유리 파편밖에
안 남았지만."

"설마 유르카를 몽땅 모아서 우릴 공격하게 하려는 건 아
니겠지?"

밍우이는 손쓸 틈도 없이 페트로의 멱살을 움켜쥐며 끌어
당겼다. 페트로는 그녀의 눈을 마주 보는 것도 두려운 듯 눈
을 감으며 말했다.

"절대로 아니야. 맹세한다."

"맹세? 뭘 걸고 맹세?"

"뭘 걸다니? 그래, 내 의사로서의 명예를 걸고 맹세하지."

페트로는 힘없이 한숨을 내쉬었다.

"내가 처음 의사가 된 건 아픈 게 싫어서다. 내가 아팠을
때 어떤 처치를 하면 통증이 사라질지 알고 싶어서 의사가 되
려고 했지. 그러니까… 내 스스로를 고통에 몰아넣는 선택 따
위는 절대로 안 해."

"그렇게 자기 아픈 걸 겁내는 인간이 왜 다른 사람이 아픈
건 몰라!"

밍우이는 멱살을 쥔 채로 페트로의 몸을 앞뒤로 흔들었다.

"아무튼 명심해! 유르카를 전부 해방시켜 주고 우리 수인

들 사이에 반카가 태어나는 걸 막아줄 때까지 넌 포로야! 인질이라고! 조금이라도 허튼짓을 하면 협상이고 뭐고 없을 줄 알아!"

"…명심하지."

멱살이 풀린 페트로는 힘겨운 듯 헛기침을 하며 말했다.

"혹시나 해서 미리 말해두는 거지만, 모든 일에 100퍼센트라는 건 없다."

"뭐라고?"

"내가 유전적 치료 방법을 완성해서 처치한다 해도 반카가 태어날 확률이 0퍼센트가 되는 건 아니라는 말이다. 여전히 낮은 확률로 반카라든가 너희의 기준으로 수인이라 인정할 수 없는 돌연변이가 태어날 가능성은 여전히 존재한다."

"낮은 확률이면 어느 정도인데?"

"1퍼센트 미만. 통상적인 돌연변이가 발생할 확률에서 아주 크게 벗어나지는 않는다."

페트로는 담담한 목소리로 말했다. 밍우이는 눈살을 찌푸리며 잠시 생각하다가 말했다.

"그 정도라면 어쩔 수 없다고 생각할게. 지금은 아이를 네 명 낳으면 그중에 한 명이 반카일 정도니까."

"그러고 보니 반카는 어떻게 조종하고 있던 거지? 설마 그 녀석들 머릿속에도 그 칩이란 걸 일일이 박아 넣은 건가?"

제온이 문득 생각난 듯 물었다. 페트로는 고개를 저으며 설명했다.

"그렇지 않아. 반카는 그냥 지배하고 있다."

"뭐?"

"정확히 언제부터인지는 모르겠다만… 수인들이 이 섬에 어린 반카들을 버리기 시작하더군. 난 실험체를 확보할 생각으로 그 녀석들을 데려와 먹이를 주며 키웠다."

"설마… 반카를 길들였다는 거야?"

밍우이가 눈을 크게 뜨며 물었다. 페트로는 잠시 생각하다 고개를 끄덕였다.

"그렇다고 할 수 있겠지. 하지만 그 과정에서 좀 더 중요한 요인이 있었다."

"중요한 요인?"

"유르카다. 처음에는 반카를 이용해 유르카를 만들었지. 물론 지금의 유르카에 비하면 모든 면에서 불안정했지만… 중요한 건 반카들이 유르카를 숭배했다는 거다. 덩치가 큰 늑대 인간의 형상이 그들에게 본능적인 복종심을 만들어냈다고 분석했지만, 뭐 실제로 어떤지는 모르겠다."

그리고 유르카는 머릿속에 심어진 칩에 의해 페트로에게 복종했다. 때문에 반카들은 자연스럽게 페트로의 명령에 복종했던 것이다.

진상을 알게 된 제온은 자신이 죽인 유르카의 등장에 환호하던 반카들의 모습을 떠올리며 물었다.

"그럼 유르카가 본래의 정신을 되찾으면 결국 수인이 반카들을 통솔할 수 있게 된다는 건가?"

"그것도 가능하겠지. 반카는 정신적으로 불안정하지만 유르카의 지시만큼은 잘 따르니까."

"그런가? 넌 어떻게 생각해? 괜찮겠어?"

제온은 밍우이를 돌아보며 물었다. 그녀는 심각한 표정으로 한동안 생각하다 말했다.

"잘 모르겠어. 유르카를 데려가는 건 아무 문제 없겠지만… 반카는 좀 곤란해. 아버지나 장로들과 이야기를 해봐야 할 것 같아."

무엇보다 이곳에 있는 반카들은 밍우이의 고향인 땅의 은혜 섬에서만 온 것이 아니었다.

다른 모든 섬에 살고 있는 수인 부족들이 반카를 낳으면 외딴 곳이나 작은 섬에 버렸고, 그들이 점차 이 높은 나무 섬에 모여들어 대규모의 조직이 된 것이다.

"일단은 아이들과 함께 돌아간 다음에 여기 있던 일부터 부족에 알려야 해. 반카에 대한 문제는 그다음이야."

"어떻게 되더라도 개인적으로는 좀 남겨두고 갔으면 좋겠군. 반카들이 섬에서 식량이나 생필품을 모아오기 때문에……."

페트로는 밍우이의 날카로운 시선에 눈을 피하며 고개를 숙였다. 제온은 그 와중에도 자신의 안위를 챙기고 있는 연구원의 모습에 한숨을 내쉬며 말했다.

"쓸데없는 걱정이군. 어차피 유르카가 없다면 반카를 부릴 수도 없을 거 아냐?"

"그렇긴 하다만… 창고에 식량을 채워 넣는 건 추가적인 명령이 없어서 습관적으로 계속할 테니까."

페트로는 그렇게 말하고는 한숨과 함께 고개를 저었다.

"아니, 네 말대로 쓸데없는 걱정이군. 어차피 초신수를 죽이기 위한 연구를 계속할 필요가 없다면… 아무래도 상관없는 일이다."

"초신수를 죽이기 위한 연구라……."

제온은 자신이 베이라 군도에 온 이유를 떠올리며 물었다.

"아프레온에 대해서는 얼마나 자세히 알고 있나?"

"아프레온? 그야 알고 있을 만큼은 알고 있지. 네 마리의 초신수 중 하나. 물의 힘을 다루며 홍수와 해일을 일으키지."

"혹시 이 베이라 군도 너머에 있다는 녀석의 근거지에 대해서는 모르나?"

"근거지?"

축 처져 있던 페트로는 순간 눈을 반짝이며 제온을 보았다.

"자세한 정보는 아니지만, 확실히 의심 가는 곳이 있지."

"말해봐."

"수인의 전설에 대해서는 알고 있나? 베이라 군도에 있는 일곱 개의 섬에 대해서."

"수인과 고대신이 오랫동안 싸웠고, 일곱 개의 섬 중에 여섯 개를 수인이 얻었다는 이야기 말인가?"

"그래, 일명 고대신의 섬이지."

페트로는 간만에 활기를 띠며 설명했다.

"내가 냉동 수면에서 깨어났을 때 가장 먼저 한 것이 바로 베이라 군도의 섬들에 대한 조사였다. 작동하는 정찰 드론(Drone)을 뿌려서 섬의 생태를 확인했지."

"드론?"

"모르나? 그냥 기계로 만든 새라고 생각해. 그 새가 본 걸 내가 볼 수 있게 해주는 능력을 가지고 있지. 아무튼 간에……."

페트로는 품속에 넣어뒀던 작은 기계를 꺼내 테이블 위에 내려놓으며 말했다.

"다른 모든 섬은 별다른 문제 없이 정찰을 할 수 있었다. 하지만 가장 서쪽 끝에 있는 섬은 전파 장해가 심해 드론을 근처로 진입시킬 수조차 없었어. 자, 이걸 봐라."

페트로가 기계를 조작하자 기계에 붙어 있는 화면에 뿌연 섬의 정경이 모습을 드러냈다. 제온은 안개에 싸인 섬의 모습을 노려보며 중얼거렸다.

"이게 고대신의 섬……."

"수인이 말하는 고대신이란 신수를 뜻하는 거니까. 즉 이 섬은 신수의 섬이라고 할 수 있지."

페트로가 손가락을 문지르자 화면이 계속 바뀌며 다양한 각도에서 찍은 섬의 모습이 차례대로 모습을 드러냈다. 하지만 어느 각도에서 봐도 섬의 모습은 별다른 차이 없이 거의 똑같은 모습으로 보일 뿐이었다.

"섬의 크기는 대략 높은 나무 섬의 1.5배다. 이렇게 거대한 섬이지만 그동안 알아낸 정보는 극히 드물지. 확실한 건 지난 백여 년 동안 초신수가 두 차례 이 섬에서 날아가는 모습이 목격되었다는 거다."

페트로가 마지막으로 보여준 사진에는 거대한 비룡과 같은 형상의 괴물이 섬의 반대편 하늘로 날아가고 있었다. 비록 매우 흐릿하고 형체를 알아보고 힘든 사진이었지만, 제온은 꿈에서조차 그 괴물의 모습을 잊어버릴 수가 없었다.

"아프레온……."

"그래, 케인의 기록과 대조해 봐도 85%의 확률로 아프레온이라고 하더군."

"여기도 케인이 있나?"

제온은 무심결에 페트로에게 되물었다. 페트로는 순간적으로 의미심장한 표정으로 웃으며 고개를 끄덕였다.

"물론 있지. 기종에 따라 다르겠지만. 그런데 이거 알고 있나? 케인은 모든 자동 연산장치 중에서 가장 마지막으로 나온 녀석의 이름이다. 비용 문제가 있어서 정식으로 설치되어 운용된 곳은 오직 두 군데의 연구실뿐이지."

"…뭐?"

"그래, 그랬군. 제온 네가 어디서 과거의 이야기를 알게 되었는지 이제야 좀 알 것 같은 기분이 드는군. 그 연구실도 아직까지 살아남은 건가."

페트로는 만족스런 표정으로 고개를 끄덕였다. 제온은 페트로가 라바인 사막의 연구실 존재를 눈치챘다는 것을 느꼈지만 이제 와서 숨겨봤자 소용없다고 생각하며 오히려 당당하게 나섰다.

"무슨 소리지? 그거야 당연한 것 아닌가?"

"당연하다고?"

"그 오랜 세월 버티고 아직까지 활동할 수 있는 시설이 그 연구실 말고 어디 있다는 거지? 오히려 여기에 있는 연구소가 아직까지 움직이고 있는 게 신기한 일 아닌가?"

"뭐… 그건 확실히 그렇지."

페트로는 눈을 크게 뜨며 짐짓 놀란 표정으로 말을 이었다.

"수인 연구 시설이 이렇게 남아 있는데 신수 연구 시설이 남아 있지 않다면 말이 안 되지. 그쪽은 우리가 문을 닫기 전에도 지원금이 열 배가 넘었으니까."

"알았으면 아프레온에 대한 이야기나 계속하는 게 어때?"

"그래, 나쁠 거 없지."

페트로는 대화 자체가 즐거운 듯 순순히 고개를 끄덕이며 말했다.

"고대신의 섬, 그 섬이 녀석의 근거지인지는 정확하지 않다. 아무튼 관련이 있는 건 확실하지. 그래서 내 첫 번째 목표도 아프레온으로 잡았다. 이제 와서는 아무래도 상관없는 일이지만 말이야."

"…섬에 들어가 본 적은 없나?"

"한 번도. 물론 시도는 해본 적 있다. 반카와 유르카로 된 정찰대를 몇 번 보내봤지. 하지만 아무도 돌아오지 않았다."

"고대신의 섬은 위험한 곳이야."

그 순간 잠자코 듣고 있던 밍우이가 불쑥 끼어들며 말했다.

"그 섬은 함부로 들어가면 안 돼. 수인들 사이에 금지되어 있어."

"하지만……."

"그 섬에 프로나가 있다고 생각하는 거지?"

제온은 고개를 끄덕였다. 밍우이는 유리관에 들어 있는 유르카에게로 시선을 옮기며 말했다.

"아니었으면 좋겠는데……. 그럼 몇 년 된 거야? 3년?"

"3년? 뭐가?"

"프로나가 그 섬에 납치되어 있는 시간."

"그거라면… 대충 그 정도."

"……."

밍우이는 한층 심각해진 얼굴로 눈을 깜빡였다. 제온은 불길함을 느끼며 재촉하듯 물었다.

"대체 왜 그래? 무슨 문제라도 있어?"

"문제도 문제지만… 아니, 문제가 심각해."

밍우이는 작은 주먹을 꽉 움켜쥐고 천천히 두드리며 말했다.

"프로나가 살아 있길 바라는 것도 힘들지만… 만약 살아 있더라도 넌 도움이 안 돼."

"무슨 소리야? 내가 도움이 안 된다고?"

"응. 왜냐하면……."

밍우이는 안타까운 표정으로 제온을 돌아보며 말했다.

"고대신의 섬은 마법을 쓸 수 없어. 마법사는 거기서 그냥 평범한 인간이야."

제어 칩을 넣지 않은 유르카를 해방시키는 것만으로도 하루가 꼬박 걸리는 작업이었다. 제온과 밍우이는 페트로를 감시하기 위해 계속 연구실에 머물러 있었고, 페트로는 지친 기색이 역력한 모습으로 밍우이에게 휴식을 요청했다.

"싫어. 한 명 끝냈잖아. 나머지 한 명도 빨리 끝내."

밍우이는 단칼에 거절했다. 페트로는 아직 실험관에 남아 있는 두 번째 유르카, 바로 호랑이의 형상을 하고 있는 인간을 가리키며 애걸했다.

"미안하지만 이건 좀 다르거든? 육성 과정이 전 세대 유르카에 비해 복잡해서 그렇게 쉽게 끝낼 수 없어. 정상적인 상태에서 밤을 새운다 해도 다 할 수 있을지 모르는데……."

"그럼 밤을 새우면 되잖아? 내가 옆에서 지켜보고 있을 테니까."

"…너도 알다시피 내가 오늘 좀 힘든 하루였잖아? 제발 여섯 시간만 자게 해줘."

"시끄러. 그냥 빨리 끝내고 편하게 자는 게 어때?"

"이대로 가면 일하다 졸 수도 있어. 조정 작업 중에 잠들어 버리면 실험체가 다시는 깨어나지 않을지도 모른다고."

"내가 그렇게 부르지 말랬지!"

밍우이는 순간 무릎을 들어 올리며 페트로의 명치를 가격했다. 그녀로서는 최대한 약하게 친 것이지만, 페트로는 일격에 몸이 새우처럼 꺾이며 신음 소리를 내기 시작했다.

"모두 착한 아이들이었어! 너 따위에게 짓밟혀도 좋은 그런 애들이 아니었다고!"

"커흑……."

"잠깐, 밍우이."

그러자 제온이 급히 끼어들어 두 사람 사이를 갈라놓았다.

"그만하자. 지금은 그냥 쉬게 해주는 게 좋겠어."

"왜 그래, 제온? 이런 녀석에게 다정하게 해줄 필요 없어!"

"아니, 그런 게 아니야."

제온은 바닥에 웅크린 채로 몸을 바들거리고 있는 페트로를 돌아보며 말했다.

"인간의 체력을 수인의 기준으로 생각하면 안 돼. 더 이상 닦달하면 제대로 일할 수 없을 거야."

"그렇지만……."

밍우이는 고개를 돌려 실험관 안의 호랑이 인간 아르카를 바라보며 입술을 깨물었다. 제온 역시 그녀의 마음이 어떨지 누구보다 잘 알고 있지만 지금은 그녀의 흥분을 가라앉히고 페트로에게 휴식을 주는 것이 중요했다.

"그리고 나도 피곤해. 이 녀석만큼은 아니지만 몇 시간만 자게 해줘. 그리고 교대하자. 어때?"

"…교대는 할 필요 없어."

밍우이는 시무룩한 얼굴로 고개를 저으며 말했다.

"난 사흘 정도는 안 자고 버틸 수 있어. 그러니까 너나 푹 자둬. 감시는 내가 할 테니까."

"알았어. 부탁할게."

밍우이의 강철 같은 체력은 마도대전을 함께 치른 동료라면 누구라도 알고 있을 만큼 유명했다. 제온은 웅크리고 있는 페트로의 몸을 잡아 일으키며 감정 없는 목소리로 말했다.

"들었지? 원하는 만큼 자게 해줄 테니까 잠깐 기다리고 있어. 내가 담요를 가져오도록 하지."

"다, 담요?"

"아까 안쪽에 있는 거주구역에서 봤다. 그걸 가져오면 되겠지?"

"아, 아니, 그냥 거기 가서 자면 안 될까?"

페트로는 가슴을 움켜쥔 채 괴로운 얼굴로 물었다. 제온은 즉시 고개를 저으며 말했다.

"안 돼. 잠은 여기서 잔다."

"여기? 실험실에서?"

"그래, 눈에 띄는 곳에 있어야지. 여러 군데를 동시에 감시할 수는 없으니까."

"여러 군데라니? 그럴 필요 없어. 그냥 모두 거주구역으로 와서……."

무언가를 항의하려던 페트로는 밍우이의 날카로운 시선을

감지하고는 이내 고개를 떨어뜨리며 한숨을 내쉬었다.

"…알았다. 여기서 자도록 하지."

"침대로 쓸 만한 선반이 많으니까 잘 곳을 걱정할 필요는 없겠지?"

제온은 실험실 내부에 수없이 설치되어 있는 금속의 넓은 선반을 가리키며 차갑게 웃었다. 페트로는 방금 전까지 자신이 조정 작업을 하던 선반을 보며 숨을 크게 들이마셨다. 그곳에는 온몸이 물기에 젖은 유르카가 의식을 잃은 채 고른 숨을 내쉬며 누워 있었다.

"그럼 밍우이."

제온은 밍우이에게 시선을 주며 실험실 밖으로 나갔다. 밍우이는 가볍게 고개를 끄덕인 다음 그 어떤 늑대보다도 진짜 늑대 같은 시선으로 페트로를 노려보았다. 실험실에 둘만 남게 된 페트로는 자신도 모르게 벽 쪽으로 등을 붙이며 미끄러지듯이 바닥에 주저앉았다.

'설마 그사이에 일을 저지르진 않겠지.'

밖으로 나온 제온은 불길한 상상을 하며 거주구역을 향해 걸음을 옮겼다. 물론 수인의 존망이 페트로의 손에 걸려 있는 이상 밍우이라고 함부로 행동하진 않겠지만, 그녀의 격정을 알고 있는 제온으로선 완전히 마음을 놓을 수도 없는 상황이었다.

마도대전 당시 프로나가 큰 부상을 입었을 때 제온 다음으로 흥분해서 날뛴 것이 바로 밍우이였다.

멀리 떨어진 전장에서 레스톤 왕국의 지원군과 함께 싸우고 있던 그녀는 소식을 듣자마자 한 나절 만에 달려와 프로나의 병상을 지켰고, 이후 물밀 듯이 몰려오는 마족의 군대를 피해 일시적으로 진형을 물리자는 지휘관을 주먹으로 때려눕히고 접근하는 모든 것을 상대로 격렬한 저항을 벌였다.

그런데 그때, 복도 너머 멀리서 남자들의 목소리가 울리기 시작했다.

"아무도 없습니까?"

"스승님? 제온님? 여기 안 계시나요?"

"분명히 여기 계실 거야. 아까 들어가는 걸 봤으니까."

덕분에 거주구역으로 가려던 제온은 즉시 방향을 돌려 유리벽이 있던 돔을 향해 걸음을 옮겼다. 그곳에는 반카의 야영지를 함께 습격했던 밍우이의 제자 중 세 명이 도착해 불안한 표정으로 주위를 살피고 있었다.

"우루! 밖은 어떻게 됐지?"

제온은 세 명의 수인 중 한 명을 알아보며 손을 흔들었다. 세 명은 즉시 제온이 있는 곳으로 달려온 다음 매직 아카데미에서 쓰는 방식으로 경례를 붙였다.

"무사하셨군요, 제온님. 스승님도 이쪽으로 들어오셨는데

어디 계신지 알고 계십니까?'

그중에서 리더 격인 우루가 걱정스런 표정으로 물었다. 제온은 열아홉 살의 나이라고는 믿겨지지 않는 우락부락한 외모의 수인을 바라보며 괜찮다는 얼굴로 고개를 끄덕였다.

"걱정 마. 안쪽에 무사히 있으니까."

"그렇습니까? 후우, 천만다행이군요. 그런데……."

우루는 길게 한숨을 내쉰 다음 몸을 돌려 돔의 중심부에 우두커니 서 있는 다섯 명의 유르카를 보며 말했다.

"저건 어떻게 된 겁니까? 어째서 유르카가 저렇게 모여 꼼짝도 하지 않고 있는 거죠?"

"저건……."

제온은 마치 혼이 빠져나간 듯한 유르카를 보며 입술을 깨물었다. 페트로의 명령으로 실험실에 돌아온 유르카는 추가적인 명령이 있을 때까지 그 자리에 꼼짝달싹도 못한 채 대기 중인 상태였다.

"무언가 마비라도 걸린 것 같은데… 혹시 제온님의 마법입니까?"

"아니, 그건 아니야. 그러니까……."

제온은 당장 어떻게 설명해야 할지 난감함을 느꼈다. 우루는 증오가 가득한 눈으로 유르카를 노려보며 주먹을 꽉 움켜쥐었다.

"아무튼 문제가 없다면 이 기회에 저희가 해치우도록 하겠습니다. 아무리 유르카라도 움직이지 못한다면……."

"아니야! 안 돼! 죽이면 안 돼!"

제온은 즉시 소리치며 수인들의 행동을 제지했다. 그리고는 짧은 한숨과 함께 지금까지 자신이 이곳에서 알게 된 사실들을 차근차근 설명하기 시작했다.

제자들의 합류는 고립되어 있던 제온과 밍우이의 숨통을 트이게 만드는 희소식이었다. 덕분에 제온은 모포를 찾아 실험실로 가져다 놓은 후 거주구역에 있는 침대를 찾아 그곳에서 잠을 자는 호사까지 누릴 수 있게 되었다.

거주구역의 구조는 라바인 사막의 연구실에 있는 거주구역을 그대로 가져와 축소시켜 놓은 것 같았다. 기본적으로 문 옆에 달려 있는 유리판에 손을 대면 문이 열리는 구조도 똑같았고, 벽에 붙어 있는 둥그런 판에 손을 대면 조명이 켜지고 꺼지는 것까지 같았기 때문에 별다른 고생 없이 불을 끄고 잠들 수 있었다.

그렇게 폭풍 같은 수면에 빠져 몇 시간을 허우적댔을까.

"으……."

잠에서 깨어난 제온은 온몸의 뼈마디가 쑤시는 것을 느끼며 가까스로 몸을 일으켰다. 기분 같아서는 이대로 죽은 것처럼 계속 자고 싶었다. 하지만 일단 정신을 차린 이상 실험실 쪽의 상황이 걱정되어 더 이상 누워 있을 수가 없었다.

그렇게 비틀거리며 도착한 실험실의 상황은 어제 마지막으로 봤을 때와 극적인 차이를 보이고 있었다.

우선 의식을 잃고 선반에 누워 있던 유르카가 몸을 일으켜 앉아 있고, 어제까지만 해도 실험관 속에 들어 있던 호랑이 인간 아르카가 또 다른 선반 위에서 페트로의 손에 조정을 받고 있었다.

"아, 일어나셨군요, 제온님."

감시의 눈으로 페트로를 지켜보던 우르가 제온을 향해 걸어오며 말했다. 제온은 고개를 끄덕인 다음, 정신을 차리고 앉아 있는 유르카를 바라보며 말했다.

"저 친구도 깨어났군. 상태가 좀 어떤가?"

"아주 좋습니다. 조개잡이 마을에 살던 라군이라는 녀석인데, 의식도 또렷하고 건강도 문제없는 것 같습니다."

"그거 다행이군. 그런데 그런 쪽으로 말고……."

"네?"

"정신적으로, 그러니까 심리적으로 문제는 없나?"

제온은 조심스럽게 물었다. 누가 뭐래도 열 살쯤 먹은 작은 소년이 정신을 차리고 나니 키가 3미터에 달하는 거대한 늑대 인간이 되어 있는 것이다.

아무리 생각해도 정신적으로 충격이 없을 수 없을 것 같았다. 하지만 우르는 놀랍게도 가볍게 미소를 지으며 고개를 끄덕였다.

"괜찮습니다. 그런 거라면 크게 걱정하지 않으셔도 됩니다."

"…정말인가?"

"처음에는 조금 당황한 것 같았지만 지금은 안정됐습니다. 좀 전에는 갑자기 크고 강해져서 횡재한 기분이라고 같이 농담도 했는 걸요."

"그것참, 뭐라고 할까……."

제온은 할 말을 찾지 못한 채 말을 흐렸다. 물론 어제 밍우이도 비슷한 이야기를 하긴 했지만, 실제로 이런 상황을 아무렇지도 않게 넘기는 수인들의 정신적인 강인함은 말로 설명하기 어려운 부분이 있었다.

우르는 고개를 돌려 라군이라는 이름의 유르카를 보며 말했다.

"저희는 수인이니까요. 그리고 원래 늑대는 우리 땅 은혜섬의 영물입니다."

"영물?"

"꼭 그런 건 아니지만 섬마다 자신과 비슷한 성향을 가진 수인들이 모여 살거든요. 저희 섬에는 늑대와 비슷한 특징을 가진 수인이 많습니다. 저만 해도 털과 귀가 늑대 같죠? 섬에는 저보다 훨씬 늑대처럼 생긴 녀석도 많이 있습니다. 그러니까……."

"진짜 늑대 인간이 되어도 크게 상관은 없다는 건가?"

"나쁠 건 없다고 봅니다. 하지만 밖에 있는 녀석들은……."

우르는 이빨을 드러내며 괴로운 표정을 지었다. 제온은 그가 말하는 게 여전히 인형처럼 밖에 서 있는 또 다른 유르카임을 느끼고는 한숨을 길게 내쉬었다.

"시간은 좀 걸리겠지만 모두 정상적으로 돌아올 수 있을 거야. 너무 걱정하지 마라."

"대충 설명은 들었습니다. 머릿속에 집어넣은 뭔가를 제거해야 하는데… 문제가 생길 가능성이 높다고 하더군요."

"저 녀석이 얼마나 해주느냐에 달렸지."

제온은 페트로를 노려보며 말했다. 아르카가 누워 있는 선반 옆의 기계를 조작하고 있던 페트로는 퀭한 눈으로 제온을 돌아보며 투덜거렸다.

"흥, 침대에서 아주 푹 잔 모양이군."

"덕분에 잘 잤지. 일은 잘돼가나?"

제온은 페트로의 옆으로 다가가며 말했다. 페트로는 관으로 연결된 주사기를 아르카의 몸에 새로 꽂아 넣으며 심드렁

한 표정을 지었다.

"잘되고 말 것도 없어. 그냥 조정 작업이니까. 정신력은 많이 소모되지만 보람은 없는 그런 일이지."

"사실은 보람 있는 일인데 말이야. 수인들이 인간이라고 생각되지 않나?"

"만약 그랬다면……."

페트로는 멀리 실험실 구석에 웅크리고 잠들어 있는 밍우이를 힐끔거린 다음 작은 목소리로 말했다.

"애초에 시작도 안 했지. 하지만 그거 아나? 아무리 뛰어난 의사라도 자기가 아는 사람들을 수술하는 건 쉬운 일이 아니야. 손에 사심이 들어가니까. 보통 다른 사람을 시키지."

"그래서?"

"이런 식으로 얽혀 버렸으니 예전처럼 그저 실험체로 수인을 볼 수는 없게 됐다는 거다. 그렇다고 변명하거나 회개하는 건 아니야. 단순히 양심의 문제지."

"그거 재미있군. 네 입에서 양심이라는 말이 나오다니."

"날 무슨 정신 나간 미치광이 연구자로 생각하는 모양인데……."

페트로는 선반에서 손을 놓고는 길게 한숨을 내쉬었다.

"상상력이 있다면 내 입장도 좀 생각해 봤으면 좋겠군. 난 처음부터 뭔가 대단한 목적을 위해서 이 미래로 넘어온 게 아냐. 그냥 살기 위해서 선택했을 뿐이다. 하지만 그렇게 살아남은 사람은 나 혼자였어. 물론 지금은 그게 아니란 걸 알았지만… 아무튼 난 철저하게 혼자가 되어버린 거다."

"밖으로 나와서 수인이나 현 세대의 인간들과 어울릴 수도 있었을 텐데?"

"그건… 두려웠다."

페트로는 천천히 고개를 저은 다음 다시 기계를 조작하기 시작했다.

"넌 모를 거다. 이 세상이 자신의 세상이라는 게 얼마나 고마운 건지. 하지만 물고기가 물을 고마워할 리가 없지. 물론 나도 물속에서 숨을 쉴 수는 있다. 하지만 난 물 밖에서도 살수 있게 진화했어. 그런데 물 밖의 세상이 완전히 사라져 버린 거야. 그 기분을 이해할 수 있겠나? 이 연구실만이 세상에서 유일하게 남아 있는 나의 세상이야. 난 거기서 밖으로 나갈 만큼 용감한 인간이 아니고. 단지 그것뿐이다."

"그런 것치고는 꽤나 대담한 일을 한 것 같은데?"

제온은 선반 위에 누워 있는 호랑이 인간을 바라보았다. 페트로는 아르카의 가슴에 붙어 있는 납작한 단추 같은 장치를 손으로 잡아떼며 말했다.

"그것도 마찬가지다. 두려웠으니까. 내 세상을 멸망시켰던 초신수가 천 년이 지나도 여전히 세상을 지배하고 있었다. 난 딱히 초신수를 해치우겠다는 목표를 가지고 있던 건 아냐. 하지만 초신수가 내 존재를 알게 된다면 날 그냥 내버려 둘까? 자신들이 멸망시킨 문명의 잔재를? 그래서 난 어쩔 수 없이 새로운 연구를 시작한 거다. 그게 내가 이 연구실에 숨어서 할 수 있는 유일한 일이었으니까."

"딱히 밖으로 나온다고 초신수가 널 죽이러 올 것 같지는 않은데……."

"그건 모르는 일이다."

페트로는 고개를 저었다. 제온은 그런 페트로의 기분을 조금은 이해할 수 있을 것 같았다. 데커를 비롯한 라바인 사막의 연구실에 있는 고대인들도 매우 드문 경우를 제외하면 대부분의 시간을 연구실 안에서 보냈다.

더욱이 그들은 대규모의 동료들을 거느리고 함께 미래로 왔다. 하지만 페트로는 오직 혼자. 세상에서 혼자 고립되었다는 두려움이 그를 이 연구소 깊은 곳에서 묶어놓은 것이다.

"…그런데 제온."

페트로는 자신이 하던 작업에 시선을 고정한 채 물었다.

"넌 대체 목적이 뭐지? 보아하니 저 수인 여자를 돕기 위해 일부러 여기까지 온 건 아닌 것 같은데. 혹시 너와 연관 있는 최후의 세대가 보낸 건가? 신수 연구소에서?"

"그건… 아니야."

제온은 이 고대인에게 어디까지 말해줘도 될지에 대해 잠시 고민했다. 하지만 그는 이미 라바인 사막의 연구소의 정체에 대해 충분히 유추해 낸 상태였다. 이제 와서 감추는 것은 의미 없는 일이라는 생각이 들었다.

"내가 그들과 접촉한 건 사실이다. 하지만 그들이 날 여기로 보낸 건 아니야."

"그럼? 여행이라도 하러 온 건가? 아니면 옛 친구를 만나려고?"

"사람을 찾기 위해서다."

"사람?"

제온은 고개를 끄덕였다. 당장에라도 그 사람을 찾기 위해 고대신의 섬이란 곳으로 날아가고 싶은 심정이다.

제온은 차분한 목소리로 물었다.

"혹시 고대신의 섬에 대해서, 그리고 아프레온에 대해 감춘 정보가 있나?"

"일부러 감춘 건 아니지만… 정보야 어느 정도 있지."

"그럼 우린 거래를 할 수 있겠군."

"거래?"

페트로는 흥미롭다는 표정으로 제온을 보았다. 제온은 고개를 끄덕이며 대답했다.

"간단한 거래다. 난 그 섬에 들어가야 해. 여차하면 아프레온과 분란이 일어날 수도 있지. 아무튼 정보를 모두 알려줘. 그럼 나중에 신수 연구소와 너를 연결해 주도록 하지."

"정말인가? 나중이라면 언제를 말하는 거지?"

"그야 할 일을 모두 끝낸 이후지. 유르카를 모두 해방시키고, 반카에 대한 문제를 해결하고 나면 그때 반드시 연결해 주도록 하겠다."

그것이 바로 제온이 생각한 페트로에 대한 두 번째 족쇄였다. 비록 지금은 밍우이에 대한 두려움이라는 족쇄에 묶여 순순히 말을 듣고 있는 상태이지만, 프로나를 찾기 위해 자신이 이 섬을 떠난 다음에도 계속해서 말을 들으리란 보장은 없었다.

하지만 페트로의 가장 큰 문제는 자기 혼자 살아남았다는 고립감과 외로움이었다. 그렇기에 살아남은 다른 고대인들과 만나게 해준다는 조건을 걸어놓는다면 그는 다른 누구의 감시 없이도 솔선수범해서 자신의 할 일을 끝마치는 데 최선을 다할 것이다.

"그 거래, 받아들이지."

페트로는 마른침을 삼키며 심각한 표정으로 제온을 바라보았다.

"하지만 문제가 있어. 물론 나는 거래를 지키겠다. 하지만 만약 네가 다시 돌아오지 못하게 되면?"

"…고대신의 섬에서 돌아오지 못한다는 건가?"

"어제 저 수인 여자가 호들갑을 떨기도 했지만, 확실히 위험하고 불확정 요소가 많은 곳이다. 재수 없는 이야기부터 해서 미안하지만, 아무튼 거래라면 그것도 생각해 두는 게 좋을 것 같은데?"

"절대로 죽을 생각은 없어. 하지만 걱정 마라. 그것도 대비해 놓을 테니까. 어떻게 하면 고대인과 접촉할 수 있는지에 대한 정보를 남겨놓고 가도록 하지. 네가 모든 일을 무사히 마쳤는데도 내가 돌아오지 못하게 된다면 그 정보를 네게 알려주도록 말해놓겠다. 그럼 되겠지?"

"그런 거라면… 좋아."

페트로는 고개를 끄덕였다. 제온은 냉정한 표정으로 페트로를 노려보며 경고하듯 말했다.

"하지만 정보는 정보일 뿐이다. 확실한 건 내가 살아 돌아와서 널 직접 안내해 주는 거겠지. 알겠나? 그러니까 네가 가진 정보나 기술을 최대한으로 이용해서 날 죽지 않게 하는 게 좋을 거야. 정말로 확실하게 옛 동료들을 만나고 싶으면 말이다."

"알았다. 딱히 얼마나 도움이 될지는 모르겠지만 최선을 다하도록 하지. 하지만 좀 아쉽게 됐군. 이제는 유르카를 쓸 수가 없으니까 말이야."

"뭐?"

"예전 같았으면 유르카에게 명령을 내려 고대신의 섬에 널 호위하라고 할 수 있었겠지. 처음부터 유르카의 제작 목적에는 '그 섬'에서 활동하는 것이 들어 있었다. 하지만 지금은 내 소관이 아니니까."

"그런 식으로 책임전가를 하려는 거지?"

그 순간, 언제 잠에서 깨어났는지 밍우이가 한달음에 달려와 페트로의 목덜미를 휘어잡으며 소리쳤다. 페트로는 거의 뱀 앞의 개구리처럼 온몸이 경직된 채 양손을 펼치며 뻣뻣한 자세로 고개를 저었다.

"오, 오해다. 난 그저 사실을 말했을 뿐이야."

"시끄러! 저 아이들은 처음부터 네 게 아니었어! 그러니까 뭘 하려면 다른 걸로 해! 수인과 관련된 건 우리 수인이 힘을 모아서 제온을 도울 테니까!"

밍우이는 씹어 먹을 것처럼 송곳니를 드러내며 으르렁거린 다음, 획하니 페트로의 몸을 풀어주며 제온을 바라보았다.

"알았지? 그러니까 너무 걱정하진 마. 어제는 그렇게 말했지만 어떻게든 내가 힘을 모아줄 테니까."

"그래, 고맙다."

제온은 웃으며 고개를 끄덕였다. 하지만 마음속으론 도저히 불안을 지울 수가 없었다. 지금까지 들은 정보만 종합해 보면 고대신의 섬이란 곳은 마법사들에게 있어 무덤과도 같은 장소였기 때문이다.

이후 사흘 동안 페트로는 모두 일곱 명의 유르카를 원래대로 해방시키는 데 성공했다. 그중 두 명이 정신을 차린 이후 가벼운 언어 장애 같은 후유증이 남았지만, 거의 절반이 운동 능력에 이상이 생길 거라는 페트로의 예상에 비하면 놀라울 만큼 경미한 후유증에 다를 바 없었다.

어느 정도 상황이 정리되었다고 생각한 제온은 일단 연구실을 나와 높은 나무 섬의 동쪽에 정박해 있을 페슈마르 왕국의 배로 돌아갔다. 중간에 수인을 보내 무사하다는 소식을 전하긴 했지만, 실제로 닷새 만에 제온과 재회한 슈레이는 가까스로 안도의 한숨을 내쉬며 마음을 놓을 수 있었다.

"대체 무슨 일이 생긴 건지… 이 늙은이가 조마조마해서 심장이 멈추는 줄만 알았습니다."

"걱정을 끼쳐 드려서 죄송합니다, 슈레이님. 저도 도무지 예상하지 못한 일이라……. 그래도 그저께 수인이 와서 사정을 알려드리지 않았습니까?"

"왔지요. 그런데 와서는 하는 말이 '제온님은 살아 계시다. 하지만 지금은 자리를 비울 수 없다'고만 하니 대체 무슨 일인지 알 수가 있겠습니까? 아무튼 이렇게 직접 얼굴을 보니

한시름 놓았습니다. 대체 그동안 무슨 일이 있었는지 설명해 주실 수 있겠습니까?"

설명하는 것은 어렵지 않았지만 페트로와 고대인의 연구실과 관련된 이야기는 아직 외부인에겐 비밀로 감춰야 할 이야기였다.

제온은 수인들과 반카에 관련된 문제를 적절히 섞은 다음, 어깨의 흉터를 보여주며 자신이 부상을 입어 그동안 움직이지 못했다는 걸로 이야기를 마무리 지을 수밖에 없었다.

"제온 경이 부상을 입으실 정도라니… 이 섬은 생각보다 훨씬 더 위험한 곳이었군요."

슈레이는 부릅뜬 눈으로 제온의 상처를 바라보며 한숨을 내쉬었다. 제온은 다시 옷을 여미며 경고하듯이 말했다.

"확실히 그렇습니다. 가급적 선원들을 배 아래로 상륙시키지 마십시오."

"지금까지도 그렇게 하고 있습니다. 그저 부하들을 보내 섬의 상공을 몇 차례 정찰시켰는데… 그때마다 날개 달린 수인들이 나와서 공격하는 바람에 큰 낭패를 볼 뻔했습니다."

"그것도 반카의 일종입니다. 아무튼 좀 더 상황을 파악할 때까지 여기서 대기해 주십시오. 옴 부족과의 교섭이 끝나면 땅의 은혜 섬으로 배를 옮길 수 있도록 조치하겠습니다."

"땅의 은혜 섬이라니… 그건 또 무엇입니까?"

"옴 부족의 고향 섬입니다. 베이라 군도엔 이런 섬이 모두 여섯 개가 더 있습니다."

"이렇게 큰 섬이 여섯 개나 더 있다는 말입니까?"

"그렇다고 합니다. 그럼……."

제온은 몇 가지 당부할 말을 전한 다음 곧바로 페트로의 연구실로 돌아왔다. 그곳에서 밍우이와 합류한 다음 섬을 가로질러 서쪽의 해안가로 향했고, 그곳에 대기 중이던 배를 타고 땅의 은혜 섬을 향해 이동하기 시작했다.

"아버지나 장로들을 설득하는 건 큰 문제가 아니야. 하지만 다른 섬의 부족들까지 모두 끌어들이려면 시간이 많이 필요해."

밍우이는 커다란 노를 마치 장난감처럼 다루는 늑대 인간을 바라보며 말했다. 그는 가장 먼저 페트로의 정신 지배에서 벗어난 유르카로, 실제로는 고작 열두 살밖에 되지 않은 어린 수인이었다.

배에 타고 있는 것은 제온과 밍우이, 그리고 라군까지 세 명뿐이었다. 제온은 노를 쥐고 있는 라군의 손톱이 생각보다 별로 길지 않다는 것을 확인하며 밍우이에게 말했다.

"더 이상 반카가 태어나지 않게 되는 거잖아? 무조건 좋은 일인데 다른 부족이라고 거절할 이유는 없지 않을까?"

"그렇게 간단한 문제가 아니야. 우리 옴 부족은 모든 수인

중에서 가장 개방적인 부족이거든. 그래서 나처럼 대륙에 나와서 마법을 배우고 싶어하는 이상한 녀석도 태어나고, 또 마도대전이 터졌다는 소식을 듣고 대륙에 지원군을 보내기도 했던 거야."

"하지만 다른 부족들은 폐쇄적이다?"

"다 그런 건 아닌데, 좀 심하게 갑갑한 부족이 하나 있어. 아마 고대인에 대한 이야기 자체를 이해하지 못할 거야. 사실 나도 완전히 알아먹은 건 아니지만."

밍우이는 한숨을 내쉬며 파도가 거의 없는 고요한 수면을 바라보았다. 그녀는 이 일의 당사자이기 때문에 비밀을 감출 수가 없었다. 제온은 자신이 알고 있는 고대인들과 고대에 벌어진 사건에 대해 모두 밍우이에게 설명할 수밖에 없었다.

"그런데 그 사막에 있는 고대인들은 어때? 대충 이야기를 들어보니 페트로보다는 훨씬 괜찮은 인간들 같던데? 차라리 페트로는 그냥 감옥 같은 데 가둬 버리고 그 고대인들에게 도와달라고 하는 것도 괜찮지 않을까?"

밍우이는 어지간히 페트로가 싫은 듯 인상을 찌푸리며 물었다. 제온은 잠시 생각하다 고개를 저으며 대답했다.

"좋은 생각이 아냐. 같은 연구원이라도 전문 분야가 다르니까 라바인 사막의 고대인들이 수인의 문제를 해결해 줄 수 있을 거란 보장은 없어. 그리고 무엇보다… 근본을 따지면 다

똑같은 인간이야."

"똑같은 인간이라고? 설마? 아무리 그래도 그 뱀같이 잔인한 페트로와 똑같을까?"

"내가 어린 시절에 무슨 짓을 당했는지 이야기한 적 있지?"

"응? 무슨 소리야?"

밍우이는 모르겠다는 얼굴로 잠시 눈을 깜짝였다. 그러다 순간 깜짝 놀라며 박수를 쳤다.

"앗, 그거? 무슨 지하실 같은 데서 고문당하고 서로 싸우게 했다는… 앗! 이거 비밀이었는데!"

"아니. 괜찮아."

제온은 묵묵히 노를 젓고 있는 라군의 표정을 잠시 바라보다 말했다.

"이 아이도 나와 비슷한 처지니까. 고대인들의 실험 도구로 사용된 거지."

"아…….."

"그래, 날 그렇게 한 것도 라바인 사막의 연구원 중에 일부였어. 내가 수인이 아니라 이렇게 말할 수 있는지도 모르지만… 페트로는 그들에 비하면 아무것도 아니야. 그러니까 차라리 이 일은 계속 맡겨놓는 게 좋아. 적어도 페트로는 야심은 없으니까."

"야심?"

"목표라고 할까? 목숨을 걸고서라도 반드시 성공시키려는 집념 같은 거. 페트로는 그냥 죽기 싫어서 미래로 건너온 것뿐이야. 하지만 라바인 사막의 연구원들은 반드시 초신수를 죽이겠다는 집념을 가지고 있어. 그래서 더 위험해. 비록 지금은 서로 협력하고 있긴 하지만……."

그러나 프로나가 살아 있는 가능성이 생긴 이상 제온은 더 이상 초신수를 죽이는 데 맹목적으로 협력할 수 없게 되었다. 만약 프로나를 무사히 구해낼 수 있다면 더 이상 복잡한 문제에 휘말리지 않고 어딘가 조용한 곳에 안전하게 숨어 살고 싶은 심정이다.

한편 땅의 은혜 섬 수인들은 큰 혼란에 빠져 있는 상태였다. 밍우이가 제자들을 먼저 보내 높은 나무 섬에서 벌어진 소식을 이미 알렸고, 납치당했던 아이들도 무사히 돌아와 자신들이 겪은 일을 가족들에게 퍼뜨리기 시작했기 때문에 수인들 중에 그 이야기를 하지 않는 사람이 아무도 없을 정도였다.

덕분에 땅의 은혜 섬의 중심지인 큰 바위 마을에 도착한 제온은 별다른 이목을 끌지 않고 조용한 시간을 보낼 수 있었다. 외지인에 대한 흥미나 경계보다는 당장 자신들이 처한 상

황을 이해하고 해결하는 데 온 신경을 집중해야 했기 때문이
다.

밍우이는 제온을 마을의 손님방에 데려다 놓은 다음, 곧장
부족회의에 붙잡혀 끊임없는 토론과 자기주장을 펼쳐야 했
다.

제온은 밍우이에게 여전히 높은 나무 섬에 머물러 있는 페
슈마르 왕국의 배를 이쪽으로 오게 하는 문제와 고대신의 섬
에 들어가는 문제를 말해 달라 부탁했지만 당장 산적한 문제
가 너무 많아서 그 문제는 곧바로 논의되지 못하는 상태였다.

그렇게 이틀이라는 시간이 하릴없이 지나갔다.

제온이 더 이상 참고 기다리기 힘들어질 무렵, 하루 종일
코빼기도 안 보이던 밍우이가 급히 손님방으로 달려와서는
가쁜 숨을 몰아쉬며 소리쳤다.

"미안해, 제온! 오래 기다렸지?"

"결론이 나왔나?"

제온은 투박하게 생긴 나무 의자에서 몸을 일으키며 물었
다. 밍우이는 상기된 얼굴로 고개를 끄덕이며 말했다.

"응. 일단 반카 문제는 한시름 돌렸어. 네가 타고 온 배를
우리 쪽 항구에 정박시키는 문제도 통과됐고. 곧바로 사람을
보내서 이쪽으로 오라고 할게. 그래도 이틀은 걸리겠지만 말
이야."

"다행이네. 그런데 고대신의 섬은?"

"거긴 당장은 힘들 것 같아. 원래 고대신의 섬과 관련된 문제는 다섯 부족이 동시에 논의해야 하거든. 하지만 어차피 우리가 허락하든 말든 넌 거기 갈 테니까……."

밍우이는 품속에서 작은 돌을 꺼내 제온에게 건네주며 말했다.

"이건 옴 부족 족장의 증표야. 이게 있으면 부족의 모든 마을에서 협력을 받을 수 있어."

"협력?"

"이걸 가지고 조개잡이 마을로 가서 배 한 척을 빌려. 그러면 고대신의 섬에 들어가진 못하더라도 근처까지는 갈 수 있을 거야. 가능하면 내가 같이 가주고 싶지만 지금 도저히 발을 빼기 힘들어서……."

"괜찮아. 이 정도면 충분해."

제온은 미안해하는 밍우이의 머리를 가볍게 쓰다듬었다. 밍우이는 걱정스러운 표정으로 제온을 올려다보며 말했다.

"하지만 정말로 무턱대고 들어가면 안 돼. 일단 배로 근처까지 간 다음 충분히 시간을 들여서 탐색해 봐. 알았지? 며칠만 시간을 주면 내가 이쪽을 정리한 다음 제자들을 동원해서 함께 갈 테니까. 그때까지는 정찰만 하는 거야. 알았지?"

"알았어. 걱정하지 마."

제온은 몇 번이나 다짐을 받는 밍우이를 바라보며 쓴웃음을 지었다. 어차피 지금까지 들었던 고대신의 섬에 대한 정보를 종합해 보면 제온은 그 섬에서 민간인이나 다름없는 무력한 존재일 뿐이었다.

　고대신의 섬.

　마법을 쓸 수 없는 공간.

　'하지만 정말일까? 그냥 밑도 끝도 없이 마법을 쓸 수 없는 장소라는 게 가능한 걸까?'

　제온은 마음속으로 의문을 가진 채 밍우이가 말한 조개잡이 마을이란 곳을 향해 움직였다. 만약 그렇다면 아프레온에게 '납치' 당한 프로나가 지금까지 자신의 힘으로 탈출하지 못한 것도 충분히 납득할 수 있었다. 그녀는 비록 미들 위저드였지만, 섬과 섬 사이의 거리 정도는 마음만 먹으면 레비테이션으로 날아갈 수 있었기 때문이다.

　"……"

　"……"

　"……"

　"……"

　'이건 며칠 전에도…….'

　제온은 말없이 노를 젓고 있는 늑대 인간을 바라보며 데자

뷰와 비슷한 감각을 느꼈다.

며칠 전에 높은 나무 섬에서 땅의 은혜 섬으로 올 때도 저 늑대 인간이 배의 노를 저었는데, 지금 땅의 은혜 섬을 빠져나와 고대신의 섬을 향하는 배 역시 똑같은 늑대 인간이 배의 노를 젓고 있는 것이다.

비록 소년이라 부를 수 없는 외모를 가지고 있지만, 아무튼 라군이란 이름을 가진 이 소년의 출신이 다름 아닌 밍우이가 보낸 조개잡이 마을이란 건 우연의 일치가 아니었다. 밍우이는 제온을 그쪽으로 보내기 전에 먼저 사람을 보내 소식을 알려놓았고, 이야기를 들은 라군이 직접 이 위험한 임무에 자원한 것이다.

"…이름이 라군이라고 했지?"

배가 떠난 지 거의 한 시간 만에 겨우 꺼낸 이야기가 그것이다. 제온은 뭐라 형용할 수 없는 착잡한 표정으로 라군을 바라보았다. 비록 상대가 정신적으로 정상적인 수인으로 돌아왔다는 것은 익히 알고 있지만, 처음 만나 싸운 유르카에 대한 공포와 경계심은 여전히 몸에 남아 있어 불편하기 짝이 없었다.

막말로 지금 당장 상대가 안티 매직 블레이드를 꺼내 휘두른다면 이 좁은 배 위에서 꼼짝도 하지 못하고 살육당할 수밖에 없는 상태이다. 그렇다고 정상으로 돌아온 수인을 경계해서 역장과 라이트닝 볼로 몸을 지키는 것도 보통 꼴사나운 짓이 아니다.

거기에 정상으로 돌아온 다음에도 목에 문제가 있는지 라군은 지금까지 동행하면서도 단 한 마디도 하지 않은 상태였다. 이번에도 무언가 대답을 바라고 한 질문은 아니었고, 예상대로 라군은 말없이 고개만 끄덕이는 것으로 제온의 질문에 답했다.

"마을에선 좀 어때? 가족들이나 마을 사람들이 꽤 놀랐을 것 같은데."

"⋯⋯."

라군은 말없이 조용한 눈으로 제온을 바라보았다. 제온은 쓴웃음을 지으며 긍정과 부정만으로 답을 할 수 없는 이야기를 시작해 버린 자신의 실책을 후회할 수밖에 없었다.

그런데 그때, 라군이 늑대의 긴 주둥이를 천천히 벌리기 시작했다.

"⋯놀랐지만 다들 반겨줬어요. 정말 좋았어요."

그것은 처절할 정도로 쉬고 짓이겨진 끔찍하기 이를 데 없는 목소리였다.

"⋯⋯."

제온은 순간 숨을 멈추며 놀란 눈으로 라군을 바라보았다. 라군은 푸른 눈동자를 가늘게 뜨며 노를 쥐지 않은 손으로 자신의 목을 만지기 시작했다.

"제 목소리… 너무 이상하죠?"

"아니, 아니야. 말을 할 수 있었구나. 다행이야."

"…감사합니다. 하지만 제 귀에도 정말 끔찍하게 들려요."

라군은 괴로운 표정으로 눈을 질끈 감았다. 늑대 인간 소년이 정신을 차린 이후로 지금까지 거의 말을 하지 않은 이유는 다름 아닌 변한 자신의 목소리가 너무나도 끔찍하게 망가져 있기 때문이었다.

"죄송합니다. 절 구해주셨는데… 지금까지 감사하다는 말도 못 드렸네요."

"아니, 뭘… 괜찮아. 신경 쓰지 마."

소름 끼치는 목소리에 비해 말투는 그저 평범한 어린아이인 것이 제온의 마음을 더 괴롭게 만들었다. 라군은 고개를 숙인 채 배의 밑창을 바라보며 나지막한 목소리로 말했다.

"그래도 전 운이 좋은 편이에요. 유르카가 된 다른 아이들처럼 죽거나 동족을 해치지 않고 풀려날 수 있었으니까요. 그리고 강해졌고요. 전 원래 몸이 약했거든요. 밍우이님을 동경해서 언젠가 제자로 들어갔으면 했는데… 절대로 불가능하다고 생각하고 있었어요."

"그렇구나. 마투사가 되고 싶었던 거야?"

"꼭 마투사가 아니라도 아무튼 밍우이님께 배우고 싶었어요. 그분은 우리 모두의 영웅이에요. 수인인데도 대륙에 나가서 인간들과 함께 마도대전을 승리로 이끌었잖아요. 그런 건 처음이에요. 나이 든 어른들은 좀 못마땅하게 보기도 하지만… 대부분은 밍우이님을 좋아해요. 그런데……."

라군은 잠시 노를 놓고는 자신의 손바닥을 내려다보았다. 제온 역시 무심결에 그것을 따라 보았다. 자신의 머리통을 한 손에 움켜쥘 수 있을 만큼 거대한 그 손바닥.

"이런 몸으로 밍우이님의 기술을 배울 수 있을지 모르겠네요. 너무 커져 버려서……."

"아니, 체격은 상관없지 않을까? 물론 밍우이가 좀 작긴 하지만."

"정말요?"

"그래."

제온은 고개를 끄덕이며 오래전 밍우이와 나누었던 이야기를 떠올렸다.

"마투격의 핵심은 타이밍이니까. 아카데미에 다닐 때 같이 연구해서 나도 좀 알아."

"제온님도 마투격을 익히셨어요?"

"그런 건 아니고, 조언을 하거나 연습하는 걸 도와줬지. 사실 기술적인 문제는 마그나스나 샤리 담당이었고… 나랑 네프카는 몸으로 직접 맞아주는 역할이었지."

"몸으로 직접 맞아주다니, 그런 게 가능한가요?"

라군이 놀란 눈으로 물었다. 제온은 그 무시무시한 늑대의 얼굴에 일일이 반응하지 않도록 무심한 표정을 지으며 대답했다.

"물론 역장으로 말이야. 역장이 뭔지는 알고 있지?"

"아, 네. 마법사들이 만들어내는 방벽 말이죠?"

"그래, 허공에 휘둘러 봤자 연습이 안 되니까 우린 밍우이가 쓰는 마투격을 역장으로 막아내며 연습을 도와줬어. 그러고 보니 그것도 꽤 오래전의 일이구나. 마도대전이 터지기 전이니까. 아무튼 이야기가 좀 샜는데, 중요한 건 마법을 폭발시키는 순간의 타이밍이야. 속도라고 해도 상관없겠네."

"속도요?"

"주먹을 휘두르는 속도와 빼는 속도. 마투격은 마법을 폭발시키기 직전까지 주먹을 휘두르는 속도에 따라 위력이 달라져. 아직도 원리는 정확히 모르겠지만… 실험 결과가 그랬으니까. 마그나스는 뭔가 이해한 것 같기도 했지만, 아무튼 그래. 중요한 건 속도야."

"음, 그렇군요. 속도라……."

라군은 주먹을 들어 허공에 휘두르며 고개를 끄덕였다. 가볍게 휘두른 것 같았는데도 제온이 눈으로 따라잡기 힘들 만큼 엄청난 속도였다.

"…그 정도면 충분할 것 같은데? 그리고 명중시킨 다음 빼는 속도도 중요해. 아무리 수인이 기본적인 항마력이 높아도 폭발의 중심에 오랫동안 주먹을 노출시키면 위험하니까."

"그것도 역시 속도군요. 주먹을 빼는 속도라……."

"거기에 넌 기본적인 마력도 있어. 원래부터 있었는지 이렇게 된 이후에 생긴 건지는 모르겠지만… 아무튼 마투격을 쓸 수 있을 정도로는 충분해. 아마도 밍우이보다는 많을 거야."

"정말요? 그걸 어떻게 아세요?"

"마법사는 다른 사람의 마력을 느낄 수 있으니까. 로우 위저드 등급만 되어도 충분히 가능해. 그런데 생각해 보면……."

제온은 라군의 손을 잠시 바라보다 말을 이었다.

"정작 넌 마투격을 배울 필요가 없지 않을까?"

"네? 어째서요?"

"안티 매직 블레이드가 있으니까. 상대방의 역장을 파괴하는 게 목표라면 그쪽이 훨씬 효율적이야."

"에… 안티 매직 블레이드가 뭔데요?"

"손톱."

"손톱이요?"

"그래, 전에 싸울 때 봤는데… 혹시 유르카는 손톱을 자유롭게 넣었다 뺐다 할 수 있는 거야?"

처음 유르카와 싸웠을 때 적의 손엔 길이가 50㎝에 달하는 기다란 손톱이 돋아 있었다. 하지만 지금 라군의 손톱은 특별할 것 없는 평범한 수준이고, 안티 매직의 독특한 기운조차 조금도 느껴지지 않았다.

"손톱이라……."

라군은 눈살을 찌푸리며 자신의 손을 이리저리 돌려 보았다. 그러다 순간,

쉬이이익!

손등과 손가락이 만나는 마디 지점의 피부가 열리며 세 가닥의 기다란 칼날이 순간적으로 솟구쳐 나왔다. 제온은 거의 반사적으로 몸을 뒤로 물리며 역장을 전개했지만, 라군은 그저 신기하다는 눈으로 자신의 손에서 튀어나온 칼날을 바라보며 중얼거리듯 말했다.

"와, 이런 게 나오네? 칼… 칼인가?"

"…바로 그걸 말한 거다. 전에 봤을 땐 손톱인 줄 알았는데 지금 보니 확실히 칼이군."

"이게 그렇게 강해요? 전 잘 모르겠는데."

"강하다. 내 역장이 버티지 못할 정도였으니까."

"제온님의 역장이……."

라군은 놀란 눈으로 자신의 칼을 바라보다 이내 제온이 무

척 경계하고 있다는 것을 발견하고는 급히 안으로 집어넣으며 고개를 숙였다.

"아, 죄송합니다. 그만 신기해서."

"아니, 괜찮아. 그보다 노를 계속 저어줬으면 좋겠는데."

라군은 고개를 끄덕이며 다시 노를 잡아 들었다. 키가 약 3미터에 달하는 거대한 늑대 인간이 양팔로 노를 젓자 배는 그야말로 쏜살같이 바다를 가르며 나가기 시작했다.

그렇게 몇 시간이 더 지나자 바다에 짙은 안개가 끼기 시작했다. 제온은 주변의 시야가 점점 좁아지는 가운데 묘한 한기가 올라오는 것을 느꼈다. 분위기가 심상치 않았기 때문에 일단 역장을 펼쳐 몸을 보호하며 주위를 경계하기 시작했다.

"이 근처는 안개가 자주 껴서 위험해요. 저도 마을 고기잡이배를 타고 바다에 많아 나와 봤지만 이 근처로는 몇 번 못 와봤어요."

"…고대신의 섬이 가까워져서 그런 건가?"

"그럴지도요. 위험한 물고기가 산다는 말도 있고……."

"위험한 물고기?"

"덩치가 너무 커서 배를 뒤집어 버리는 물고기가 산대요. 사실 여기까지 오는 것도 금지된 일이에요. 고대신의 섬 근처는 너무 위험해서 수인들이 오면 안 돼요."

"위험한 일에 끌어들여서 미안하다. 여기부터는 날아서 정찰할 테니까 배를 멈추고… 음?"

몸을 일으키고 레비테이션을 쓰려던 제온은 순간적으로 몸이 휘청거리는 충격을 느끼며 다시 배 위로 주저앉았다. 라군은 깜짝 놀라며 노를 놓고 제온을 향해 다가왔다.

"괜찮으세요, 제온님?"

"아니, 괜찮긴 한데……."

제온은 자신의 몸을 압박하는 정체불명의 기운에 전율했다. 그것은 마치 몸 전체가 붕대로 칭칭 감긴 듯한 느낌이었다. 덕분에 가볍게 펼치고 있던 역장이 순식간에 소멸되어 버렸고, 다시 펼치는 데는 전보다 더 강한 집중력과 마력이 필요했다.

'이게… 밍우이가 말하던 고대신의 섬의 힘인가?'

제온은 마른침을 삼키며 심호흡을 했다. 라군은 무섭지만 걱정스런 얼굴로 제온의 안색을 살피며 말했다.

"저는 신경 쓰지 마세요. 위험하다고 한 것도 그냥 그렇다는 거니까요. 밍우이님의 부탁도 받았고, 절 구해주신 제온님의 일인데 여기서 그냥 도망칠 생각은 없으니까요."

"아니, 그런 문제가 아니라……."

"저, 집에 돌아와서 엄마를 다시 만나서 너무 좋았어요. 납치되어 갇혔을 때는 꼼짝없이 다시는 못 볼 거라고 생각했거든요. 그러니까 목숨을 걸고서라도 제온님을 도와드릴게요.

그냥 이대로 고대신의 섬까지 돌진할 테니까 제온님은 마음 편하게 배 위에 앉아 계세요."

라군은 그렇게 말하고는 엄청난 속도로 노를 저어 서쪽으로 배를 몰기 시작했다. 심호흡을 하던 제온은 몸이 앞으로 쏠릴 정도의 빠른 속도에 휘청하고 균형을 잃으며 소리쳤다.

"잠깐! 라군! 네 마음은 알았으니까 일단 속도를 늦춰!"

"걱정 마세요. 무슨 일이 있어도 제온님을 고대신의 섬까지……."

"그런 문제가 아니야! 지금 마력이 막히고 있다니까!"

"네? 마력이요?"

라군은 처음 듣는 이야기라는 듯 눈을 껌뻑였다. 제온은 시간이 지날수록 점점 더 강해지는 마력의 압박에 전력으로 저항하며 말했다.

"섬에 가까워질수록 압박이 강해지고 있는 것 같아. 하지만 적응하지 못할 정도는 아니니까… 일단 속도를 늦춰. 아니, 일단 배를 멈춰."

라군은 급히 노를 반대 방향으로 저으며 배를 멈췄다. 제온은 얼굴에 흐르는 식은땀을 닦으며 마력을 계속 끌어올리기 시작했다.

"말로만 들었을 때는 무슨 소린가 했더니… 이거 정말 대단한데? 라군, 넌 문제없는 거야?"

"문제요? 저는 딱히⋯⋯."

라군은 털로 뒤덮인 자신의 몸을 이리저리 바라보다 순간 양 주먹을 쥐었다 폈다 하며 소리쳤다.

"앗! 아까 그 칼이 다시 안 나와요!"

"안티 매직 블레이드도 마력으로 작동하는 건가? 다른 건? 혹시 몸이 압박 받는 느낌은 없어?"

"그런 느낌은 별로⋯ 잘 모르겠어요."

라군은 고개를 저었다. 아무래도 자신이 가지고 있는 마력의 크기만큼 느끼는 압박감도 달라지는 모양이었다. 제온은 서서히 마력의 출력을 높여 몸 주위에 다시 역장을 펼치며 힘을 조절하기 시작했다.

'같은 위력의 마법을 쓰는데 마력의 소모 값이 커졌어. 20퍼센트⋯ 아니, 25퍼센트 정도인가?'

마력을 조절하던 제온은 다시 라군에게 부탁해 배를 움직이기 시작했다. 라군은 천천히 노를 저으며 고대신의 섬으로 배를 몰았고, 제온은 시간이 지남에 따라 마력이 소모되는 비율이 점점 더 커지는 것을 느끼며 나지막한 신음을 내뱉기 시작했다.

"후우, 아아, 이거⋯ 위험한데?"

"괜찮으세요, 제온님?"

"여기서 고대신의 섬까지는 얼마나 남았지?"

"네? 그건 저도 확실히는 몰라요. 소문에는 안개가 끼기 시작하는 곳에서부터 한 시간 정도 더 들어가면 섬이 보인다는데……."

라군은 눈살을 찌푸리며 섬이 있을 방향을 노려보았다. 사방이 짙은 안개에 가려 있어 보이는 거라곤 하늘 한가운데 떠 있는 태양의 희미한 흔적뿐이었다.

"꽤 가까이 왔을 거예요. 눈에 보이진 않지만……."

"…좋아, 일단 배를 멈춰."

제온은 레비테이션을 사용해 천천히 배 위로 떠올랐다. 평소보다 마력의 소모가 크긴 했지만 이 정도면 어떻게든 섬으로 접근할 수는 있을 것 같았다.

"섬을 둘러보고 올 테니까 여기서 기다려 줘."

"괜찮으시겠어요? 고대신의 섬에는 고대신이 살고 있는데……."

"그래, 신수 말이지."

제온은 고개를 끄덕이며 말했다.

"어떤 신수일지는 모르지만 아무튼 부딪쳐 보는 수밖에. 일단은 정찰만 할 생각이지만. 라군?"

"네, 제온님."

"혹시 못 돌아오게 될 수도 있으니까, 만약 해가 질 때까지 안 오면 그냥 마을로 돌아가. 알겠지?"

"저 혼자 돌아가라고요? 그럴 수는 없어요."

"어차피 밤에는 나도 움직이지 못해. 일단 돌아갔다가 내일 다시 와줘."

"하지만……."

라군은 눈살을 찌푸리며 고민했다. 제온은 걱정 말라는 얼굴로 웃으며 말했다.

"사실 여기까지 오는 것도 안내가 필요했던 거지 배가 필요했던 건 아냐. 일단 위치를 알았으니 마음만 먹으면 섬 사이를 날아가는 건 문제도 아니라고."

"비행 마법으로 섬 사이를 날아갈 수 있다고요?"

"그래, 비록 속도는 좀 느린 편이지만 누구보다 오래 날 수 있지."

제온은 고개를 끄덕이며 서쪽을 향해 날아가기 시작했다. 등 뒤로 조심하라는 라군의 목소리가 들렸다. 고개를 돌렸지만 어느새 안개에 가려 아무것도 보이지 않았다.

'이런 안개는 처음이야. 섬의 영향을 받고 있는 건가? 외부의 접근을 막기 위해?'

확실한 건 눈으로는 사물을 구분할 수 없다는 것이다. 수면에서 2미터쯤 위를 날고 있는데도 수면이 흐릿하게 잘 안 보일 지경이다.

그것은 마치 하얀 밤과 같은 세상이었다. 귓가에 들리는 것은 희미한 물결 소리뿐이다. 제온은 자신의 감지력에 모든 것을 맡기고 서쪽을 향해 비행을 계속했다.

방향이 정확하다는 것은 시간이 지날수록 마력의 소모와 압박이 커진다는 것으로 확신할 수 있었다. 5분쯤 지나자 레비테이션에 소모되는 마력의 소모가 평소의 1.5배 이상으로 늘어났고, 몸이 느끼는 압박 또한 갑갑하기 이를 데 없었다.

그러나 더 심각한 문제는 감지력의 범위가 점점 좁아지고 있다는 것이었다. 제온은 아무런 방해가 없을 경우 최대 40미터 떨어진 곳에 있는 생물의 생체전류를 감지할 수 있었다. 하지만 지금은 상당한 집중력을 발휘하고 있는데도 그 절반 이하였다. 심지어 발밑에 있는 바다 속은 수면에서 1미터 아래 있는 것조차 제대로 감지하기 어려울 지경이었다.

'이게 페트로가 말한 전파 장애라는 건가? 마치 머릿속까지 안개가 낀 것 같군.'

마치 두꺼운 금속으로 된 상자 속에 갇힌 기분이다. 직립 자세로 비행하던 제온은 마치 장님이라도 된 것처럼 양손을 앞으로 뻗고 더듬거리듯 움직였다.

그런데 그 순간, 손바닥에 단단한 무언가가 닿았다.

"큭!"

제온은 깜짝 놀라며 즉시 비행을 멈췄다. 손바닥에 닿은 것은 검은빛의 돌벽이었다.

"…절벽인가?"

제온은 어이없는 표정을 지으며 천천히 위쪽으로 올라갔다. 갑자기 눈앞에 나타난 것은 높이가 20미터에 달하는 절벽이었다.

"고대신의 섬은 절벽에 둘러싸여 있는 건가?"

제온은 나지막한 목소리로 혼잣말을 중얼거렸다. 절벽의 꼭대기에 도착하자 바위로 된 평지가 모습을 드러냈지만, 여전히 안개에 싸여 있어 안쪽으로 어떤 풍경이 펼쳐져 있는지 조금도 파악할 수 없었다.

'조용하다. 풀벌레 소리조차 들리지 않는군.'

제온은 마른침을 삼키며 섬의 안쪽으로 걸어가기 시작했다. 불시의 기습에 대비해 역장으로 몸을 보호하고 있었는데, 소모되는 마력의 양은 평상시의 거의 두 배에 달할 정도로 치솟은 상태였다.

밍우이는 고대신의 섬이 마법을 쓸 수 없는 공간이라 했다. 그 진실은 외부로부터 마력을 짓누르는 압박이 너무 심해 평상시는 숨 쉬듯 외부로 방출할 수 있는 마력도 몇 배의 노력이 필요하다는 것이다.

로우 위저드 등급의 마법사라면 이런 공간에서 파이어 애로우 같은 2등급의 마법조차 제대로 쓸 수 없을 것이다. 그나마 제온 정도 되니까 역장으로 몸을 보호하며 걸어 다닐 수라도 있는 것이었다.

'9등급 마법은… 쓸 수 없다. 8등급도 쉽지 않아. 볼 라이트닝 같은 7등급 마법 정도나 그나마 자유롭게 쓸 수 있으려나?

제온은 자신이 처한 상태를 냉정하게 확인하며 식은땀을 흘렸다. 이런 상황은 시간이 지나면 지날수록 더욱 심하면 심해지지 개선되진 않을 것이다.

"……."

그리고 제온은 숨을 크게 들이마시며 걸음을 멈췄다. 언제부턴가 돌로 된 땅이 끝나며 허리까지 올라오는 풀숲이 모습을 드러내기 시작했다.

위험하다.

본능적인 경고가 제온의 다리를 붙잡았다. 섬에 상륙한 이후로 계속 위축된 감지력은 기껏해야 사방 5미터 정도밖에 커버하지 못하는 상황이다.

지금은 다시 뒤로 돌아가야 했다. 어차피 오늘은 정찰만 하려고 온 게 아닌가? 이쯤에서 땅의 은혜 섬으로 돌아가 상황을 정리하고 만반의 준비를 갖춰 훗날을 도모하는 게 냉정한 판단이었다.

하지만 제온은 몸을 돌릴 수가 없었다.

이 섬 어딘가에 프로나가 있을지도 모른다.

그것만이 유일한 희망이었다. 하지만 직접 섬에 도착하고 보니 그 희망이 점점 무너지기 시작했다.

이미 3년이 지났다.

이토록 마법사에게 가혹한 땅에서 과연 프로나가 3년 동안 생존하는 게 가능할까?

불길한 상상이 제온의 온몸을 공포로 물들였다. 그리고 수많은 가정이 머릿속을 흔들며 소용돌이쳤다.

만약에,

정말 만약에 가까스로 지난 3년을 버텨낸 그녀의 최후가 바로 내일이라면?

일단 땅의 은혜 섬으로 돌아가 만반의 준비를 마치고 다시 돌아온 자신이 발견한 것이 아직 몸이 다 식지도 않은 그녀의 시체라면?

"큭⋯⋯."

제온은 피가 날 정도로 입술을 깨물었다. 그것은 너무도 희박한 가정이었다. 하지만 가능성이 제로인 가정도 아니기에 제온은 여기서 몸을 돌려 뒤로 돌아갈 수가 없었다.

제온은 잠시 호흡을 가다듬으며 자신이 가진 것을 확인했다. 하루면 다 마실 물 한 통, 그리고 한 끼면 다 먹을 말린 고기 약간이 전부였다.

'이럴 줄 알았으면 좀 더 많이 가져오는 건데⋯⋯.'

제온은 쓴웃음을 지으며 고개를 저었다. 그리고 석상처럼 굳은 다리를 천천히 움직이며 앞으로 걸어 나가기 시작했다.

허리까지 돋아난 풀은 지금까지 본 적 없는 전혀 새로운 종류였다. 풀 전체가 하나의 기다란 잎으로 이뤄져 있어 줄기라는 개념이 없었다. 잎에서 바로 뿌리가 뻗어 자라는 형태였다. 제온은 뽑아 든 풀을 잠시 살피다 다시 바닥에 버리며 한숨을 내쉬기 시작했다.

"뭔가 먹을 걸 구할 수는 있는 걸까……."

그것은 자신이 먹을 걸 걱정하는 게 아닌, 섬에서 살아 있을지 모르는 아내에 대한 걱정이었다. 마법을 쓸 수 있든 없든 간에 사람이 생존하려면 먹을 것과 마실 게 있어야 하는데, 당장 지금까지 살펴보아선 도저히 사람이 살 수 있을 것 같은 환경이 아니었다.

풀숲을 헤매며 섬의 안쪽으로 나아간 지도 어느새 한 시간이 지났다. 그나마 안개가 조금 풀려 시야가 넓어졌지만 기껏해야 10미터 정도이다.

다행인 것은 마력의 압박이 안정되었다는 것이다. 마력의 소모가 약 2.5배 정도 되는 수준에서 더 이상 압박이 강해지지는 않았다. 어차피 한 시간을 걷는 동안 그 어떤 전투도 벌어지지 않았지만, 기본적으로 몸을 보호하는 역장에 소모되는 마력조차 무시할 수 없는 수준이었다.

그때, 전방에서 뭔가 소리가 들렸다.

뿌득.

제온은 반사적으로 몸을 낮추며 귀를 기울였다. 눈에 보이는 10미터 너머의 풀숲 어딘가에서 소리가 들리고 있었다.

뿌득.

뿌득.

뿌드득.

소리는 일정한 간격으로 반복적으로 들렸다. 분명 무언가 살아 움직이는 것이 그곳에 있었다. 잠시 동안 소리에 집중하던 제온은 자신의 옆에 있는 풀을 손으로 잡아 살짝 뜯어보았다.

뿌득.

소리는 작긴 했지만 분명 전방에서 들리는 것과 같은 종류였다. 분명히 무언가 풀을 뜯고 있었다.

하지만 어째서?

그 질문에 대한 답을 알기 위해 제온은 몸을 낮춘 채 천천히 앞을 향해 걸음을 옮겼다. 어쩌면 이 섬에 살고 있는 초식동물이 식사를 위해 풀을 뜯어 먹고 있는 걸지도 모른다. 양이나 토끼, 아니면 염소 같은.

"……"

그리고 잠시 후, 그것을 발견한 제온의 동공이 두 배로 확대되었다.

그것은 제온이 상상한 것처럼 그렇게 귀여운 동물이 아니었다. 엄청나게 뜯겨나가 텅 빈 풀숲에 언뜻 보인 것은 녹색의 애벌레 같은 몸통이었다.

뿌연 안개 사이로 그것의 모습이 언뜻언뜻 스쳐 보였다. 평범한 애벌레를 높이 2미터, 길이 15미터로 늘려놓은 것이 바로 그것의 모습이었다.

"랜드 웜……."

제온은 멍하니 벌어진 입으로 중얼거렸다.

B급 신수 중에 저렇게 생긴 신수가 있었다. 랜드 웜(Land worm)이라 불리는 녀석인데, 신수도감의 기록에 따르면 하급의 격토계 마법을 사용하는 강력한 생명력을 가진 신수 중 하나였다.

그리고 또 다른 특징은 기본적으로 땅 속에 살지만 일단 땅밖으로 나오면 대단히 흉포하게 변한다는 것이다.

"랜드 웜이 풀을……."

제온이 중얼거린 순간, 녹색의 거대한 애벌레가 그를 향해고개를 돌렸다.

"……."

제온은 숨을 죽였다. 뿌연 안개 사이로 보이는 랜드 웜의 얼굴엔 오직 입 밖에 없었다. 빨판처럼 생긴 입에는 톱니 모양의 날카로운 이빨이 둥글게 돋아나 있었다.

그 순간, 랜드 웜이 웅크렸던 마디를 펼치며 제온을 향해 몸을 날렸다.

촤륵!

씹던 풀 조각을 사방으로 뿌리며.

푸확!

이빨뿐인 날카로운 주둥이가 제온의 머리통을 단숨에 삼킬 듯 엄습했다.

'빨라!'

첫 일격은 몸으로 받아내는 수밖에 없었다. 제온이 역장을 강화한 순간, 랜드 웜이 입을 더욱 크게 벌리며 제온의 몸을 역장째 집어삼켰다.

그리고 순식간에 세상이 어두워졌다.

"이런!"

제온은 순간 당황하며 주위를 살폈다. 어두워진 것은 랜드 웜의 입속에 삼켜졌기 때문이다.

빠드드득!

랜드 웜의 톱니 모양의 이빨이 사방에서 역장을 갈아대며 기분 나쁜 소음을 만들어냈다. 제온은 눈살을 찌푸리며 이를 갈았다. 역장으로 보호 받고 있음에도 불구하고 후덥지근한

열기와 역겨운 냄새까지 막을 수는 없었다.

쿠우우우.

한편 제온을 역장째 집어삼킨 랜드 웜은 만족스러운 울음 소리를 내며 몸을 비틀어 다른 장소로 움직이기 시작했다.

그러나 만족은 잠시뿐이었다.

파지지지지직!

곧바로 강력한 스파크가 신수의 몸 전체로 퍼져 나갔다. 랜드 웜은 미친 듯이 몸을 비틀며 사방으로 날뛰기 시작했지만 아무리 날뛰어도 몸 안쪽으로부터 쏘아대는 뇌전의 공격을 피하는 건 불가능했다.

쿠워어어어!

신수는 괴성을 지르며 수십 초를 날뛰었다. 그리고는 도저히 견딜 수 없었는지 녹색의 곤죽으로 범벅이 된 커다란 덩어리를 토해내며 축 늘어졌다.

"큭……."

겨우 밖으로 빠져나온 제온은 역겨운 표정으로 이를 갈았다. 역장의 반발력으로 랜드 웜의 위장에 소화되던 풀죽이 몸에 묻는 것은 피할 수 있었지만, 이미 더러워질 대로 더러워진 기분을 되돌리는 것은 불가능했다.

'하지만 어째서? 랜드 웜은 흙이나 돌을 먹으면서 그 안에 깃든 마력을 흡수하는 신수일 텐데? 어째서 풀 같은 걸 뜯어 먹는 거지? 그리고 나까지?

도감에서 읽은 것과는 전혀 다른 신수의 생태에 의문이 들었다. 하지만 당장은 그것보다 눈앞에 꿈틀거리는 괴물의 숨통을 마저 끊는 것이 중요했다.

제온은 오른손을 뻗어 체인 라이트닝을 발사했다.

파지지지직!

번쩍이는 뇌전 줄기가 바닥에 축 늘어진 랜드 웜의 몸을 단숨에 휘감았다. 녀석은 소금을 뿌린 지렁이처럼 미친 듯이 몸을 뒤틀었지만, 뇌전의 충격이 가신 이후에도 여전히 꿈틀거리며 벌어진 입으로 녹색의 액체를 끊임없이 내뿜었다.

"말도 안 돼⋯⋯."

제온은 지긋지긋하다는 듯 고개를 저었다. 여전히 살아 있는 랜드 웜은 그 와중에도 조금씩 몸을 움직이며 제온을 향해 접근했다.

'아무리 그래도 B급 신수인데… 이렇게까지 생명력이 강할 수 있나?'

제온이 놀란 것은 잡아먹혔을 때 이미 몸속에서 다섯 발의 라이트닝 볼트를 날렸기 때문이다. 상대적으로 취약할 수밖에 없는 내부에서 직격으로 마법을 맞았는데도 녀석은 여전히 살아서 움직이고 있었다.

'어떻게 하지? 여기서 확실히 숨통을 끊어놔야 하나?'

제온은 거대한 괴물을 노려보며 갈등했다. 원래 그는 칼 같은 감지력으로 적의 역량을 정확히 파악해 최대한 효율적으로 마법을 사용하는 것이 특기였다. 하지만 이 고대신의 섬 위에선 아무것도 확신할 수 없었다. 당장 체인 라이트닝을 한 발 더 날린다고 녀석의 숨이 끊어지리란 보장조차 할 수 없었다.

'이미 마력을 많이 소모했어. 여기서는 같은 마법이라도 두 배 이상의 마력이 드니까. 어쩌지? 볼 라이트닝이라도 써서 확실하게 끝장내는 게 좋을까, 아니면 여기서는 라시드의 반지로······.'

제온은 왼손에 낀 반지를 힐끔 쳐다보았다. 그런데 그때,

쉬이익!

안개 너머로 바람을 가르는 소리와 함께 작은 화살이 날아왔다.

푹!

화살은 완만한 포물선을 그리며 지면을 기어가는 랜드 웜의 등에 정확히 파고들었다. 물론 길이가 15미터에 달하는 랜드 웜의 덩치로 보자면 그것은 사람이 작은 바늘에 찔린 수준에 불과했다.

그러나 그 작은 바늘이 꿈틀거리던 신수의 움직임을 완전히 멈추게 만들었다.

쿠우우!

화살에 맞은 랜드 웜은 갑자기 긴 한숨 같은 소리를 내며
축 늘어지기 시작했다. 제온은 반사적으로 화살이 날아온 방
향으로 손을 뻗으며 소리쳤다.

"누구야! 거기 누가 있지?"

그러나 안개 속에서 대답은 돌아오지 않았다. 1분 정도 제
자리에 멈춘 채 사방을 경계하던 제온은 길게 숨을 들이마시
며 꼼짝도 하지 않는 랜드 웜을 향해 천천히 다가가기 시작했
다.

"죽은 건 아닌데……."

감지 범위 안에 들어온 랜드 웜의 몸에선 여전히 살아 있는
생체전류의 흐름이 느껴졌다. 잠시 고민하던 제온은 녀석의
등에 꽂혀 있는 화살을 뽑아 살펴보았다. 매우 조잡하게 만들
어진 화살은 화살촉이 무려 돌로 만들어졌을 만큼 구식이었
다.

"하지만……."

제온은 입술을 깨물며 생각했다.

아무리 조잡하더라도 화살을 만들었다는 건 이 섬에 인간
이 있다는 증거였다. 누군가 활과 화살을 만들고, 화살촉에
랜드 웜을 마비시킬 수 있는 독약을 발라 명중시킨 것이다.

'누구지? 설마 프로나?'

하지만 그녀였다면 자신의 부르는 목소리에 반응하지 않았을 리가 없다. 하지만 그게 누구든 간에 제온에겐 희소식이 아닐 수 없었다. 적어도 이 무시무시한 섬에서 인간이 생존하고 있다는 사실이 밝혀졌기 때문이다.

물론 가장 가능성이 높은 것은 수인이다. 아무리 수인 사회에서 고대신의 섬이 접근조차 금지된 금단의 성역이라 해도 누군가 몰래 섬에 들어와 살고 있을 가능성을 배제할 수는 없었다.

"수인이라면 신체능력도 뛰어나니까… 이 섬에서도 어떻게든 생존할 수 있겠지. 원래 마법을 잘 쓰는 종족도 아니고."

제온은 일부러 혼잣말을 중얼거리며 화살이 날아온 방향으로 걸음을 옮겼다. 쓸데없이 희망에 부풀어 있다가 가혹한 현실을 마주하게 되면 도저히 견딜 수 없을 것 같았다.

하지만 그것도 쓸데없는 짓임에는 별 차이가 없었다. 어차피 프로나가 살아 있지 않은 걸로 밝혀진다면 그전에 희망에 부풀어 있든 절망에 빠져 있든 견딜 수 없는 건 마찬가지일 테니까.

"하아……."

제온은 한숨을 내쉬며 계속 걸었다. 걸으면 걸을수록 고관절과 왼쪽 다리에 뻗히는 듯한 통증이 느껴졌다. 아주 오래전

자신의 몸에 심어진 제어 장치를 칼로 파낸 이후 그는 직접 걷거나 달리는 데 매우 부적합한 몸이 되어버렸다.

하지만 마력을 함부로 소모할 수 없는 지금 그의 이동 수단은 오직 두 개의 다리뿐이었다. 아무리 고통스러워도 계속 걷는 수밖에 없었다.

그렇게 얼마나 더 걸었을까.

"……."

제온은 순간 눈을 부릅뜨며 걸음을 멈췄다.

눈앞에 펼쳐진 것은 마치 칼로 오려낸 것처럼 지금까지보다 한 단계 움푹 파인 분지였다. 그리고 구름처럼 분지에 깔린 안개 속으로 셀 수 없을 만큼의 랜드 웜이 서로 뒤엉킨 채 꿈틀거리고 있었다.

얼핏 봐도 수십, 아니, 수백 마리는 될 법한 엄청난 숫자였다. 제온은 자신도 모르게 뒷걸음치며 풀숲으로 몸을 숨겼다. 방금 전 한 마리를 상대하는 데도 그렇게 고생했다. 수백 마리까지 갈 것도 없이 딱 열 마리만 동시에 공격해 와도 속수무책으로 당할 수밖에 없었다.

"이건 대체……."

제온은 갑자기 숨이 차오르며 가슴이 답답해지는 걸 느꼈다. 냉정하게 생각하면 지금은 방향을 바꿔 녀석들이 없는 곳으로 비껴가는 게 답이었다. 하지만 너무도 압도적인 신수의 숫자에 두 다리가 얼어붙은 듯 움직여지지 않았다.

아무리 이 섬이 넓다 해도 저런 괴물들이 저렇게 많이 득실거리는 곳에서 과연 프로나가 살아남을 수 있을까?

이미 헛수고가 아닐까?

과연 이런 곳에서 아내의 유해 한 조각이라도 찾는 게 가능한 일일까?

"으……."

제온은 고개를 숙인 채 쥐여 짜는 듯한 신음 소리를 냈다. 어떻게든 포기하지 않으려 했다. 하지만 방금 전에 눈앞에 펼쳐졌던 광경이 너무도 절망적이라 쉽사리 마음을 다잡을 수가 없었다.

자신도 모르게 눈물이 흘렀다.

이렇게 괴로울 줄 알았으면 차라리 아무것도 모른 채 아프레온에게 복수만을 다짐하는 게 훨씬 좋았을 것을.

그때, 제온의 왼편에서 누군가의 목소리가 들렸다.

"…그쯤에서 돌아갈 것이지."

제온은 고개를 돌려 목소리가 들려온 방향을 바라보았다. 처음엔 아무것도 보이지 않았지만, 잠시 후 수풀이 바스락거리며 허연 털북숭이 같은 게 불쑥 모습을 드러냈다.

"…당신은?"

자세히 보자 하얀 수염이 얼굴을 뒤덮고 있는 노인이었다.

건장한 수인의 모습을 상상하던 제온은 전혀 뜻밖의 모습에 멍한 표정을 지으며 눈을 깜짝였다.

"인간… 입니까?"

"당연히 인간이지. 그러는 자네야말로 수인인 줄 알았는데 인간인 모양이군."

노인은 제온의 모습을 위아래로 유심히 살피며 말했다.

"좀 전에 신수를 상대한 게 자네 맞지?"

"그렇습니다만……."

"난 또 오랜만에 혈기 넘치는 수인이 들어와서 난동을 부리나 했지. 진짜 튼튼한 녀석들은 여기까지 들어오기도 하니까. 하지만 믿을 수가 없군. 정말 신기한 일이야."

"…뭐가 신기한 일입니까? 그리고 당신은 누구십니까?"

제온이야말로 이해할 수 없다는 표정으로 노인을 바라보며 물었다. 노인은 얼굴의 절반을 덮고 있는 자신의 수염을 천천히 쓰다듬으며 고개를 갸웃거렸다.

"모르겠군. 뭔가 다른 법칙이 작용하고 있는 건가? 여기서 200년을 보냈지만 이런 경우는 처음이야. 놀랍군. 정말 놀라워."

"네? 200년이요?"

"그러네. 내가 비록 여기서 이 꼴로 살고 있지만 하루하루 흘러가는 날짜는 정확히 세고 있지. 명색이 대륙 최고의 마법사였는데 자기 나이도 모르면 웃긴 일 아닌가?"

노인은 클클거리며 웃었지만 얼굴 가득한 수염 때문에 눈 주위에 자글거리는 주름만 보일 뿐이다. 제온은 노인이 어깨에 메고 있는 화살과 화살 통을 바라보며 나지막한 목소리로 물었다.

"좀 전에 랜드 웜의 등에 화살을 쏜 게 당신입니까?"

"맞네. 귀찮은 일에 얽히긴 싫지만 수인 하나 구해주는 셈 치고 도와준 거야. 물론 자네는 수인이 아니었네만."

"제가 마법을 쓰는 걸 보지 못했습니까?"

"마법?"

노인은 순간 눈을 크게 뜨며 제온의 양어깨를 붙잡았다.

"그게 마법이었나?"

"물론 마법입니다만……."

"뭔가 파직거리는 소리는 들었네. 하지만 무시했지. 이 섬에서 마법을 쓸 수 있는 사람이 있을 리 없으니까. 하지만 정말 마법이었나? 자네는 마법을 쓸 수 있는 건가?"

"물론입니다. 평소보다 좀 힘들긴 하지만요."

제온은 즉시 역장을 만들어 자신을 붙잡고 있는 노인의 손을 가볍게 밀어냈다. 자연스럽게 뒤로 밀린 노인은 화들짝 놀라며 자신의 양손을 바라보았다.

"오오, 이것은……."

그것은 마치 손에 닿았던 역장의 느낌을 음미하는 것 같은 모습이었다. 제온은 잠시 입을 다물고 감격한 듯한 노인의 모습을 살폈다. 그의 정체도 궁금했지만, 어째서 그가 간단한 역장에 이런 반응을 보이는지도 궁금했다.

"정말… 역장이군. 충격계 3급 마법인 포스 필드야. 이렇게 반가울 수가……."

노인은 제온의 몸 주위를 둘러싼 역장의 둘레를 어루만지며 물었다.

"이거 말고 다른 것도 쓸 수 있나? 그래, 간단한 파이어 볼 같은 거 말이야."

"죄송하지만 어렵습니다. 제 속성이 화염계가 아니라서… 다른 속성의 마법은 3급까지밖에 쓸 수 없습니다."

"아아, 그런가? 내 기억이 맞는다면 화염계가 가장 흔했지. 그래서 지레짐작했네. 그럼 자네는 무슨 속성인가? 질풍계? 아니면 충격계? 아니, 드물지만 격토계일 수도 있겠군."

노인은 마치 새로운 장난감을 얻은 어린아이처럼 눈을 반짝였다. 제온은 쓴웃음을 지으며 고개를 저었다.

"뇌전계입니다."

"뇌전계?"

노인은 순간 멍한 얼굴로 제온을 바라보다 환한 얼굴로 박수를 치기 시작했다.

"그래그래, 맞아. 그런 속성도 있었지. 난 또 내가 노망이라도 들어서 기억이 안 나는 건가 걱정했네. 뇌전술사는 정말 드물었지. 마법협회에 꽤 오래 일했지만 등록된 마법사가 다섯 명도 안 됐지. 그래, 맞아."

"마법협회에 계셨습니까?"

제온은 깜짝 놀라며 물었다. 마법협회는 대륙 최대의 마법 조직이다. 비록 중립을 유지하고 있긴 하지만, 제온이 졸업한 매직아카데미조차도 실제로는 마법 협회의 하부 조직에 불과할 정도였다.

노인은 웃으며 고개를 끄덕였다.

"당연하지. 협회장도 지냈는걸."

"협회장이라니, 마법협회에서 가장 높은 자리가 아닙니까?"

"그래 봐야 돌아가면서 한 번씩 맡는 자리인걸. 그래, 지금은 누가 협회장인가?"

"지금은 이그니스님이죠. 아카데미에서 교수로 계셨던."

"그래? 이그니스라… 누군지 잘 모르겠군."

노인은 눈을 지그시 감으며 고개를 저었다.

"하긴… 당연하지. 그렇게 오랜 세월이 지났으니. 내가 아는 사람 중에 살아 있는 사람은 아무도 없겠구만. 그래, 아무도 살아 있을 리가 없어."

"…실례가 되지 않는다면 성함을 여쭤봐도 되겠습니까?"

제온은 긴장된 표정으로 물었다. 지금까지 노인이 한 말을 종합해 보면 한 사람의 이름이 떠올랐지만, 그 사람은 이미 오래전에 죽은 인물이라는 게 문제였다.

노인은 어깨를 으쓱이며 말했다.

"리스터라고 하네. 꽤 오래전 사람인데 젊은 자네가 알고 있을지는 모르겠군."

"리스터……."

제온은 마른침을 삼키며 노인을 바라보았다.

물론 모를 리가 없는 이름이다. 대마도사 리스터. 지금으로부터 200년 전, 페슈마르 왕국 최고이자 대륙 최고의 마법사로 이름을 날린 역사적인 인물이다.

더욱이 제온에겐 결코 잊을 수 없는 이름이기도 했다. 지금으로부터 2년 전인 성의력 98년, 레스톤 왕국의 수도인 라기아 시티에 초신수 아프레온이 출현했을 때 제온은 과거에 아프레온이 출현했던 기록과 사건을 상세하게 조사했다. 마지막으로 기록된 것은 200년 전의 페슈마르 왕국이었는데, 당시 페슈마르 왕국에 머물러 있던 대마도사 리스터는 자신이 제물이 되었다는 사실을 인식하고 왕국을 탈출해 어딘가로 도망쳤던 것이다.

"하지만… 리스터는 자살했을 텐데요?"

제온은 이해할 수 없다는 얼굴로 물었다. 기록에 따르면 리스터는 이후 3년간 이어진 세상의 추적에 시달리다 결국 추운 북쪽 지방의 어딘가에서 스스로 목을 매었다.

하지만 노인은 코웃음을 치며 고개를 저었다.

"웃기는 소리. 내가 자살했을 리가 있나? 세간엔 그렇게 소문이 퍼졌나 보군."

"자살한 게 아닌가요?"

"당연하지. 그랬으면 여기 이렇게 살아 있을 리가 없잖나?"

노인은 손으로 자신의 가슴을 두드리며 말했다.

"물론 고생 좀 하긴 했지. 그 망할 신수교단 놈들이 어찌나 끈질기게 따라붙는지……. 그래도 난 절대 포기하지 않았네. 난 마법의 연구에 내 인생을 바쳤으니까. 죽으면 연구고 뭐고 할 수 없지 않은가?"

"하지만 그렇다 해도… 이미 200년 전의 일입니다."

제온은 눈살을 찌푸리며 노인을 바라보았다. 비록 수염투성이에 정확한 나이를 추정할 수 없을 정도로 늙어 보였지만, 그래도 인간은 그렇게 오랫동안 살 수 없었다.

"그러하네. 정확히는 203년 전의 일이지. 허허."

노인은 허탈하게 웃으며 안개 위로 꿈틀거리는 랜드 웜의 분지를 내려다보았다.

"내가 이 지긋지긋한 섬에 온 지도 203년이 되었다는 말이 네. 긴 시간이었지. 생각보다 지루하지는 않았지만 말이야."

"대체… 어떻게 된 일입니까?"

"어떻게 200년 넘게 살아 있을 수 있냐는 말인가? 아니면 어떻게 이 섬에 오게 되었는지? 아니면 어째서 200년 동안 있으면서 이 섬에서 빠져나가지 못했는지?"

노인은 놀리는 듯한 말투로 물었다. 제온은 자신이 이 섬에 오게 된 목적을 떠올리며 차분하게 대답했다.

"어째서 이 섬에 오게 되었는지부터 말씀해 주십시오."

"자네가 날 알고 있다면 내가 말년에 어땠는지도 알고 있 겠지?"

"아프레온의 제물이 되는 걸 피하기 위해 페슈마르 왕국을 탈출하셨죠. 그 때문에 3년 동안 온 세상의 추격을 받았다고 들었습니다."

"온 세상은 아니야. 주로 신수교단이었지. 샐러맨더 킬러 가 좀 추격하기도 했지만."

"당시에도 페슈마르에 샐러맨더 킬러가 있었습니까?"

"당연하지. 자네 말을 들어보니 지금도 있나 보군. 페슈마 르는 아직 무사한가? 축제는 여전히 이어지고 있는 건가?"

"네, 무사히 이어지고 있습니다."

제온은 고개를 끄덕였다. 지금은 자신의 이야기보다 노인의 이야기가 우선이기 때문에 바로 올해의 축제는 자신이 대신 싸웠다는 말은 속으로 삼켜야 했다.

노인은 한숨을 내쉬며 말했다.

"다행이군. 폐슈마르는 언제나 불안했지. 내가 빙결술사만 아니었어도 한 번쯤은 폐하를 대신할 수 있었을 거야."

"자살한 게 아니면, 마지막에 어떻게 되셨던 겁니까?"

"음, 그렇지. 계속 도망 다니다가 마지막에는 알바스 고원으로 몸을 피했네. 거기라면 사람이 살지 않아서 추격도 힘들 거라고 생각했지. 그런데 알바스 고원 깊은 곳에서 사람보다 훨씬 무서운 걸 만나고 말았네."

"…아프레온 말입니까?"

"잘 아는군. 아프레온 말이네."

리스터는 고개를 끄덕이며 말했다.

"알바스 고원 깊숙한 곳에 있는 어느 언덕이었네. 언덕을 오른 나는 아프레온과 정면으로 마주쳤지. 그때 기분은… 말로 다 표현할 수가 없지. 기어이 나를 제물로 삼기 위해 여기까지 찾아올 줄이야. 그래, 공포보다는 억울한 기분이 더 강했네."

"그럼 그때……"

"정확히 무슨 일이 있었는지는 잘 모르겠네. 순간 의식을 잃었고, 눈을 떠보니 이 섬이었으니까. 아마도 아프레온이 날

기절시킨 다음 여기까지 움켜쥐고 날아온 게 아닐까 생각했네만… 최근에 그게 아니란 걸 알게 되었지."

"최근이요?"

"그러하네. 아프레온은 사실 살아 있는 생물을 순간적으로 먼 곳으로 이동시키는 마법을 쓸 수 있었던 거야. 말 그대로 공간이동 마법이지."

"텔레포트……."

제온은 나지막하게 중얼거리며 입술을 깨물었다. 리스터는 숨을 크게 들이마시며 발을 강하게 굴렀다.

"아무튼 그랬던 거라네. 덕분에 여기 오게 되었지. 수인들이 고대신의 섬이라 부르는 이 무시무시한 변경에 말이네."

"그럼 여기서 수인들과 접촉하신 적이 있습니까?"

"드물게 있었네. 하지만 대부분 4구역을 넘지 못하고 죽었지."

"4구역이라뇨?"

"저기 말이네."

리스터는 랜드 웜이 득실거리는 분지를 가리키며 말했다.

"이 섬은 전체가 절벽으로 둘러싸여 있네. 절벽을 올라오면 초원이 나오지. 섬 전체가 동일한 구조로 되어 있네. 이렇게 둥글게 말이야. 바로 여기가 5구역이네. 별거 없이 풀만 가득하네만, 자네도 봤다시피 랜드 웜이 드물게 올라와서 풀

을 뜯어 먹기도 하네. 마력은 거의 없지만 그래도 안 먹는 것
보다는 나으니까."

"마력이라니… 무슨 말씀이신가요?"

"말 그대로 마력 말이네. 랜드 웜은 이 섬에서 마력이 깃든
먹이를 분해해서 땅으로 돌려보내는 역할을 하고 있지. 그러
고 보니 자네를 공격한 것도 자네에게 마력이 남아 있기 때문
이겠군. 랜드 웜은 마력이 있는 것만 먹어치우니까 말이네.
그래서 이 늙은이는 바로 옆을 지나가도 손 끝 하나 안 건드
리지. 후후후……."

리스터는 자학적으로 웃으며 고개를 저었다. 제온은 리스
터의 몸에 마력이 전혀 느껴지지 않는 것을 재차 확인하며 물
었다.

"마력을… 전부 잃으신 겁니까?"

"잃었네. 매일매일 조금씩 사라지더니 언젠가는 아무것도
남지 않게 되어버렸지."

"매일매일 조금씩요?"

"물론 이 섬에 처음 왔을 때부터 마법은 쓸 수 없었네. 하
지만 마력이 사라져서 그랬던 건 아니야. 무언가 마력을 외부
로 방출할 수 없게 억누르는 힘 때문이었지. 지금 자네도 그
것을 느끼고 있지 않나?"

"네, 몸 전체를 누르는 것 같은 압박을 느끼고 있습니다."

"마력이 전부 사라지면 그 압박도 사라진다네. 그러니까 가능하면 빨리 이 섬을 떠나는 게 좋아. 뭐 며칠 정도는 큰 문제 없겠지만, 그 며칠이 지나면 자네도 이 섬을 떠날 수가 없게 된다네."

"떠날 수가 없게 되다니… 혹시 절벽 때문입니까?"

제온은 섬 주위를 둘러싼 절벽을 떠올리며 물었다. 하지만 리스터는 쓴웃음을 지으며 고개를 저었다.

"그럴 리가 있겠나? 절벽이야 마법을 못 써도 충분히 내려갈 수 있지. 넝쿨을 엮어서 밧줄을 만든다던가 하면 문제없네."

"그러면… 바다 때문입니까? 배가 없어서?"

"배도 만들면 그만이네. 하지만 의미가 없지."

"어째서 그렇습니까? 어째서 의미가 없습니까?"

제온은 재촉하듯 물었다. 리스터는 눈을 가늘게 뜨며 체념한 듯 대답했다.

"그야 죽으니까. 어쩔 수가 없네."

"네? 뭐라고요?"

"죽는다고. 이 섬을 떠나는 순간 죽게 된다네. 그래서 내가 지난 200년 동안 이 섬에 갇혀 있는 거지."

25장

해후

"이유가 뭡니까? 어째서 죽는 거죠?"

"자네, 이 섬에 들어와서 뭔가 먹은 게 있나?"

"네?"

"음식 말이야. 물이라든가."

"…가져온 물을 조금 마셨습니다만."

제온은 품에 넣어놓았던 물통을 꺼내 보였다. 리스터는 눈웃음을 지으며 고개를 끄덕였다.

"그렇군. 아직 남아 있나?"

"네, 별로 많지는 않습니다만."

"그럼 아껴 마시는 게 좋을 거야. 이 섬에서 나는 걸 계속 먹으면 자네도 섬을 떠나는 순간 죽게 될 테니까."

제온은 이해할 수 없다는 표정을 지었다. 리스터는 허리에 차고 있는 가죽 주머니에서 거무스름한 육포를 꺼내 앞으로 내밀며 말했다.

"이건 랜드 윔의 고기라네. 맛은 별로지만 못 먹을 정도는 아니야. 하지만 자네는 먹어선 안 되네."

"…독이라도 들어 있습니까?"

"어떤 의미로는 그렇다고 할 수 있지. 이 섬에서 나는 모든 것에는 독이 들어 있다네. 먹으면 서서히 몸 안에 독이 쌓여 가지. 평상시에는 아무런 상관도 없네만, 이 섬을 벗어나는 순간 독이 발작을 일으키며 죽게 된다네. 그러니까 자네가 무슨 일로 이 섬에 왔는지는 모르네만… 굶어 죽기 전에 다시 돌아가는 게 좋을 거야. 이 늙은이의 말을 믿게."

리스터는 꺼내 든 육포를 다시 주머니 속에 집어넣은 다음 제온의 어깨를 가볍게 두드렸다. 제온은 말없이 리스터를 바라보다 천천히 고개를 저었다.

"여기까지 와서 그냥은 돌아갈 수 없습니다. 전 이 섬에 사람을 찾으러 왔습니다."

"사람?"

"제 아내입니다. 3년 전 초신수의 기적이 있던 날 사라졌습니다."

"3년 전이라고? 그게 정말인가?"

리스터는 주름에 파묻혀 있던 눈을 부릅뜨며 소리쳤다.

"그럼 자네가 제온인가? 제온 스태틱?"

제온은 숨을 크게 들이마셨다. 그 질문만으로도 프로나가
이 섬에 왔다는 사실을 확신할 수 있었다.

하지만 프로나가 이 섬에 온 것과 아직까지 살아 있는 것은
별개의 문제였다. 제온은 차마 떨어지지 않는 입을 겨우 열어
물었다.

"아내는… 프로나는 살아 있습니까?"

"물론 살아 있네! 아니, 살아 있었네!"

리스터는 급하게 말을 고치며 불안한 표정으로 말을 이었
다.

"적어도 1년 전까지는 살아 있었네. 마지막으로 이야기를
나눈 게 그쯤일 거야."

"……."

제온은 순간 몸을 웅크리며 눈을 질끈 감았다. 그녀가 살아
있었다는 그 말 하나에 지금까지의 모든 고생이 눈 녹듯 사라
지는 기분을 느낄 수 있었다.

"지금… 어디에 있습니까?"

"잠깐 기다리게. 너무 급하게 생각하지 말고. 그렇게 간단

한 문제가 아니야."

"무슨 말씀이시죠? 이 섬 어딘가에 있는 게 아닙니까?"

"물론 있네. 그것도 1구역에 있지."

"1구역이요?"

"지금 여기가 5구역이라고 하지 않았나? 저기가 4구역이
고."

리스터는 안개 너머로 수백 마리의 랜드 웜이 꿈틀거리는
분지를 가리키며 말했다.

"4구역을 넘어가면 3구역이 있고, 그 안쪽에는 2구역이 있
네. 1구역은 섬의 중심부를 말하는 거야. 거기까지 가는 건
쉬운 일이 아니라네. 특히 이 몸으로는……."

"길을 안내만 해주십시오. 정말 위험해지면 저 혼자 들어
가겠습니다."

"그런 문제가 아니라고 하지 않았나."

리스터는 긴 한숨을 내쉬며 고개를 저었다. 제온은 양손으
로 리스터의 어깨를 움켜쥐며 낮은 목소리로 말했다.

"부탁드립니다. 제겐 목숨보다 중요한 일입니다."

"그야 부부이니… 떨어지기 힘든 인연이겠지. 대륙 최강의
마법사라고 하더니만 정말로 여기까지 잘도 찾아왔군그래."

"프로나가 제 이야기를 했습니까?"

제온은 순간 눈을 번쩍이며 물었다. 리스터는 쓴웃음을 지

으며 고개를 끄덕였다.

"했네. 이야기를 오래 나눌 시간은 없었지만 말이야. 하아, 하지만 그렇게 되면……."

리스터는 주저하는 얼굴로 연신 고개를 저었다. 제온으로 선 당장에라도 프로나가 있는 곳으로 안내하지 않으면 죽여 버리겠다고 협박이라도 하고픈 심정이었지만, 눈앞에서 주저 하는 노인의 표정이 너무도 심각해서 어떻게든 흥분을 참을 수밖에 없었다.

제온은 일 초가 하루 같은 심정으로 노인이 입을 열 때까지 기다렸다. 리스터는 랜드 웜이 득실거리는 4구역 너머로 안 개에 덮인 섬의 중심부를 바라보며 길게 한숨을 내쉬었다.

"…안내해 주도록 하겠네."

"리스터님!"

"아프니까 이 손은 좀 놓고 말하게나. 어디 도망 안 갈 테 니까."

제온은 다급히 리스터의 양어깨를 붙잡은 손을 놓으며 고 개를 숙였다.

"감사합니다. 정말 감사합니다, 리스터님."

"…이것도 인연이니 어쩔 수 없지. 서둘러 가면 이틀 정도 걸릴 거야."

"이틀이나요?"

"저 랜드 웜의 구덩이를 그냥 지나갈 수는 없지 않겠나? 녀석들이 없는 곳으로 돌아가려면 시간이 꽤 걸리네. 그리고 일단 내 집으로 가서 챙길 것들이 있어. 그럼 따라오게."

리스터는 몸을 돌려 4구역과 5구역의 경계선을 따라 서쪽으로 걸음을 옮기기 시작했다. 제온은 그의 뒤를 따라 걸으며 조심스럽게 물었다.

"전 아직 마력이 남아 있습니다. 레비테이션을 쓰면 쉽게 넘어갈 수 있지 않을까요?"

"레비테이션이라······. 정말 오랜만에 듣는 이름이군."

리스터는 풀숲을 헤치며 천천히 고개를 저었다.

"하지만 그러지 말게나. 이 섬에 있는 모든 것은 전부 마력에 강한 반응을 보인다네. 4구역의 랜드 웜이라면 모를까, 3구역부터는 최대한 들키지 않는 편이 좋을 거야."

"3구역에는 뭐가 있기에 그렇습니까?"

"여러 가지가 있네. 말로 설명하기 좀 힘든 것들이지. 아무튼 중요한 건······."

순간 뭔가를 설명하려던 리스터가 걸음을 멈추며 몸을 웅크렸다. 뒤따르던 제온 역시 숨을 죽이며 나지막한 목소리로 물었다.

"무슨 일입니까?"

"···하늘을 보게."

"하늘이요?"

제온은 안개로 가득 찬 뿌연 하늘을 올려다보았다. 보이는 것은 아무것도 없었지만, 시간이 지나자 멀리서부터 희미한 날갯짓 소리가 들리기 시작했다.

'이게 무슨 소리지?'

제온은 눈살을 찌푸렸다. 그리고 바로 그 순간, 안개의 중심부가 확 걷히며 믿을 수 없을 만큼 거대한 비행체가 모습을 드러냈다.

"……."

제온은 부릅뜬 눈으로 그것을 노려보았다.

그것은 드래곤이었다. 하늘색과 청색의 비늘을 가진 거대한 드래곤이 안개를 뚫고 나타나 4구역의 하늘 위에 고고한 모습으로 멈춰 서 있었다.

아프레온.

그것은 한때 제온의 모든 것을 빼앗아갔고, 또한 제온이 모든 것을 걸고서라도 죽이려 한 바로 그 세상의 섭리였다.

"……."

제온은 자신도 모르게 오른팔을 들어 멀리 보이는 초신수를 겨눴다. 그러자 리스터가 다급히 제온의 팔을 양손으로 붙잡아 내리며 나지막하게 소리쳤다.

"무슨 짓인가! 이런 곳에서 발각됐다간 모든 게 끝장이야!"

"아니……."

제온은 눈을 감으며 참았던 숨을 길게 내쉬었다.

"공격할 생각은 아니었습니다. 그냥 반사적으로 올라간 것뿐입니다."

"다른 때도 안 되지만 지금은 더더욱 마법을 쓰지 말게. 워터드래곤을 자극해서 좋을 건 하나도 없어. 모든 게 수포로 돌아간단 말일세."

제온은 순간적으로 끌어올린 마력을 다시 회수하며 고개를 끄덕였다. 지금 그의 목적은 예전처럼 복수가 아니었다. 물론 싸운다 해도 이런 환경에서는 무슨 짓을 한다 해도 이길 수 없겠지만.

4구역의 상공에 나타난 아프레온은 양다리에 쥐고 있던 무언가를 지상으로 떨어뜨리기 시작했다. 거리가 멀고 안개가 짙어 정확히 무엇을 떨어뜨리는지는 알 수 없었지만, 확실한 것은 분지에 넘실거리는 랜드 웜들이 온몸을 뒤흔들며 떨어지는 것을 필사적으로 받아먹는다는 사실이다.

"설마… 아프레온이 랜드 웜에게 먹이를 주는 겁니까?"

한참 동안 지켜보던 제온이 어이없다는 표정을 지으며 물었다. 리스터는 달리 뭐가 있겠냐는 듯 어깨를 으쓱여 보였다.

"랜드 웜뿐만 아니라네. 아프레온은 이 섬에 살고 있는 모든 신수에게 먹을 것을 공급하고 있지."

"어째서……."

"난들 알겠나? 아프레온에게 직접 물어보지 않는 이상 말이야. 하지만 한 가지 확실한 건 녀석이 뿌리는 먹이는 마력이 아주 풍부하다는 사실이네."

"마력이요?"

"이 섬에 살고 있는 신수들은 마력이라면 환장을 하지. 신수는 마력으로 사는 생물인데, 이 섬 자체가 신수의 마력을 빨아들이고 있으니 말이야. 물론 자네나 나도 마찬가지네만."

"그러니까… 마력이 깃든 먹이를 줘서 섬의 신수들이 죽지 않게 한다는 말입니까?"

"그럴지도 모른다는 것뿐이네. 아까 봤다시피 먹이를 제대로 못 받아먹은 랜드 웜은 자기 구역을 빠져나와 다른 곳에서 먹이를 찾는다네. 주로 여기 5구역에 와서 이 무성한 풀을 뜯어 먹지. 아, 이 풀은 사람이 먹어도 된다네."

리스터는 바로 옆에 자라고 있는 풀을 뜯어 입으로 가져가 우적거리며 씹기 시작했다.

"음, 음음. 물론 자네는 가급적 먹지 말게. 이런 풀이라도 섬에서 자라는 이상 독이 있으니까 말이야."

"…아프레온은 이 섬에 자주 나타나는 편입니까?"

"자주 나타나다 뿐인가? 이 고대신의 섬은 녀석의 둥지라네."

"둥지요?"

"그러네. 1구역에 녀석이 쉬는 장소가 있지. 지금 우리가 가려고 하는 바로 그곳 말이야."

리스터는 의미심장하게 말하고는 다시 걸음을 옮기기 시작했다. 제온은 여전히 남은 먹이를 놓고 날뛰는 랜드 윔의 난동을 지켜보며 이해할 수 없다는 표정을 지었다.

'대체 이 섬은 뭐지? 아프레온의 둥지? 어째서 먹이를 주면서까지 신수를 키우고 있는 거지? 그리고 섬이 마력을 빨아들이는 원리는? 그리고 독은 또 뭐고?'

모든 것이 제온의 이해의 범주를 아득히 뛰어넘고 있었다. 하지만 그 모든 의문을 뒤로하고서라도 당장 그에게 있어 가장 중요한 것은 이 섬의 중심부에 있는 프로나를 만나는 것이었다.

조금 시간이 지나자 아프레온은 천천히 날개를 움직이며 하늘 위로 사라졌다. 안개 속으로 거대한 드래곤의 날갯짓 소리가 희미하게 울리는 것을 들으며 제온은 먼저 걷기 시작한 리스터의 뒤를 따라 움직이기 시작했다.

"3년 전에 라기아 시티에 아프레온이 나타났습니다. 그리고 아내가 사라졌고… 레스톤 왕국에 비가 내리기 시작했죠."

"지금도 그걸 초신수의 축복이라고 부르나?"

리스터는 멀리 분지 아래로 꿈틀거리는 랜드 웜의 기색을 살피며 물었다. 제온은 차분한 얼굴로 고개를 끄덕였다.

"지독한 가뭄을 끝내주니까요. 덕분에 수만, 아니, 수십만 명이 목숨을 구했겠지만… 전 거기 남아 있을 수가 없었습니다. 사람들이 마시는 물이 아내의 피처럼 느껴졌습니다."

"그랬겠지. 하지만 자네 아내는 죽지 않았네. 나처럼 말이지."

"어떻게 이런 곳에서 살아남을 수 있습니까?"

"글쎄… 어떻게 살아남을 수 있었을까? 후후……."

앞서 가던 리스터는 재밌다는 듯 웃으며 고개를 저어 보였다.

"사실 그렇게 힘들진 않았네. 물론 정신적으로는 괴로웠지. 내게 있어서 마법이란 목숨 같은 것이었으니까. 하루하루 마력이 사라져 가는 건 마치 서서히 죽어가는 것과 비슷한 절망이었지. 하지만 그에 비해……."

리스터는 오른손으로 자신의 왼쪽 어깨를 두드리며 말을 이었다.

"몸은 무척 건강해졌네. 난 원래 왼쪽 어깨가 망가져서 왼

팔을 거의 움직이지 못했거든. 신관들의 회복 마법으로도 고칠 수 없는 지병이었네. 그런데 이 섬에 와서 이렇게 멀쩡해졌지. 그래서 그냥 계속 버텨봤네. 그리고 그렇게 200년이 지났지."

"하지만 인간은 200년을 살 수 없습니다."

"나도 알아. 심지어 난 지금 255살이라네."

리스터는 방향을 바꿔 4구역인 분지가 있는 곳을 향해 천천히 경사진 곳을 내려가기 시작했다. 제온은 리스터가 내려가는 경사진 곳에 작은 홈이 계단처럼 파여 있는 것을 보며 물었다.

"이 계단은 영감님이 만드신 겁니까?"

"그래, 내가 만들었지. 자네가 보기엔 대수로워 보이지 않겠네만… 내가 4구역에서 5구역으로 넘어가는 데만 40년이 걸렸다네."

"40년이요?"

"정확히는 적응하는 데 그만큼 걸렸다고 할까. 그래, 그러고 보니 자네는 어떤가?"

경사진 구역을 전부 내려온 리스터는 자신을 따라 내려온 제온을 바라보며 물었다. 제온은 약한 지진처럼 땅이 울리는 것을 느끼며 긴장한 얼굴로 대답했다.

"…4구역에 내려오니 랜드 웜의 움직임이 직접 느껴지는

군요."

"그런 거 말고, 몸이 좀 어떠냐는 말이네."

"특별히 문제없습니다. 그리고 보니 방금 전의 5구역보다 좀 더 압박이 강해졌군요."

"그런가? 압박이 좀 강해진 정도라…… 클클클."

리스터는 놀랍다는 듯 어깨를 들썩이며 웃어 보였다.

"대단하군. 사실 이 섬에 처음 왔을 때부터 대단하다고 생각했네만. 원래대로라면 자네는 움직일 수도 없어야 한다네. 그런데 이렇게 걸어 다니고 또 마법까지 쓰고 있지."

"…마법은 그렇다 치더라도 영감님도 이렇게 건강하게 걸어 다니고 계시지 않습니까?"

"그러니까 말하지 않았나? 40년이 걸렸다고 말이네."

리스터는 천천히 주위를 살피며 자욱한 안개 속으로 걸어가기 시작했다.

"여기서부터는 길을 잃기 쉬우니 잘 따라오게. 그리고 어지간하면 마법은 쓰지 말게. 이 길은 랜드 웜이 거의 다니지 않네만, 자극하면 금방 수십 마리가 몰려올 테니 말이야."

"주의하겠습니다."

"그래, 조금만 더 가면 내 집이 있으니 거기까지만 조심하면 되네. 내가 40년 동안 살던 집이지."

"어째서 그렇게 오래 계신 겁니까?"

"그야 3구역에서 4구역으로 나오는데도 그 정도 시간이 필요했으니까."

리스터는 당연하다는 듯 대답했다. 그사이 안개 사이로 몇 그루의 큰 나무가 하나씩 모습을 드러내기 시작했고, 리스터는 그런 나무들을 손으로 천천히 훑으며 계속 안쪽으로 걸음을 옮겼다.

"어떻게 설명하면 좋을까. 그래, 자네는 여기서 압박을 느낀다고 했지?"

"그렇습니다."

"그 압박은 안쪽으로 갈수록 점점 강해지네. 5구역이 가장 약하고 1구역이 가장 강하다고 생각하면 되지. 문제는 아프레온이 인간을 납치하면 섬의 중심부인 1구역에 떨어뜨려 놓는다는 거야. 물론 나도 200년 전에 처음으로 정신을 차렸을 때는 1구역이었네. 그야말로 죽는 줄 알았지. 마치 거대한 바위에 온몸이 눌리는 듯한 기분이었네. 그나마 그때는 마력이 있어서 버텼네만… 분명 마력이 없는 자가 갑자기 1구역에 떨어지면 온몸이 짓눌려 터져 죽을 게 틀림없네."

리스터는 상상하기도 싫은 듯 몸을 부르르 떨며 고개를 저었다. 반면 제온은 순간적으로 경직된 얼굴로 입술을 깨물었다. 리스터의 말은 프로나 역시 처음 이 섬에 와서 똑같은 일을 경험했다는 것과 같은 의미이기 때문이다.

"아무튼 1구역에서 그렇게 몇 달을 고생하고 겨우 익숙해질 수 있었네. 그래서 일단 1구역을 벗어나 2구역으로 올라갈 생각을 했지. 그런데 그것도 쉽지 않았네."

"2구역은 1구역보다 압박이 약한 게 아닙니까?"

"그렇지. 그런데 사람 몸이 간사한지… 일단 가장 강한 압박에 익숙해지니 그보다 약한 압박에 견딜 수가 없었네."

"그건 이해가 잘 안 가는군요. 파이어 볼을 막을 수 있는데 파이어 애로우를 막지 못하는 꼴이 아닙니까?"

"그러게 말이야. 나도 처음엔 납득할 수 없었네. 하지만 지금은 좀 이해가 간다네. 그러니까 인간의 몸은……."

리스터는 양손을 펼쳐 크게 벌렸다가 다시 줄여 보이며 설명했다.

"…밖에서 누르는 압력에 반응해서 내부에서도 똑같은 힘으로 밀어내는 성질이 있는 것 같네."

"밀어내는 성질이라고요?"

"그러니까 1구역의 엄청난 압력에 맞서 몸 내부에서 똑같은 힘으로 밀어내게끔 적응했던 것 같네. 그러니까 2구역에 와서 외부의 압력이 낮아지니 거기에 바로 적응을 못하고 몸이 이상을 일으킨 거야. 온몸이 터질 것처럼 부어오르고, 코와 입으로 연신 피가 터져 나왔네. 멋도 모르고 억지로 2구역에 올라갔다가 그야말로 죽는 줄 알았지. 가까스로 절벽에 굴러 떨어져 목숨을 구할 수 있었네."

"……."

제온은 경직된 얼굴로 숨을 삼켰다. 지금 리스터가 하는 이야기는 전부 프로나에게 똑같이 적용되는 문제라고 할 수 있었다.

"그때는 많이 울고 괴로워했지. 그래도 난 포기하지 않았네. 가능한 1구역과 2구역의 경계 부근에 살면서 몸을 서서히 2구역의 압력에 맞게 적응시켰지. 그렇게 2구역에 적응한 게 36년쯤 지나서였네. 그러니까 이제 알겠나?"

리스터는 고개를 돌려 제온을 바라보며 빙긋 웃어 보였다.

"자네가 얼마나 대단한지 말이야. 내가 4구역과 5구역을 자유롭게 오갈 수 있게 될 때까지 40년이 걸렸네. 그런데 자네는 단 몇 분 만에 훌쩍 따라 내려왔지."

"말씀을 들어보니… 확실히 그렇군요."

"뭔가 비밀이 있을 거야. 그동안 이 섬에 들어온 수인을 열 번 정도 만났는데… 전부 몸 상태가 심상치 않았네. 대부분 무척 괴로워했지. 인간보다 훨씬 튼튼한 자들인데도 4구역을 넘은 수인은 아무도 없었네."

"…그 수인들은 모두 어떻게 되었습니까?"

"대부분 죽었네. 자네처럼 5구역에서 만났다면 살려 보낼 수도 있었겠네만, 애초에 4구역 외곽에서 꼼짝도 못하고 쓰러져 있는 걸 발견한 경우가 많아서 말이야. 그나마 두 명은 겨우 살려서 5구역에서 좀 지내다가 돌려보냈는데… 한 명은 절벽을 내려가다 피를 토하며 추락해 죽었고, 한 명은 어찌어찌 배를 타고 섬을 벗어나는 순간 피를 토하며 죽어버렸네. 그래, 기억나는군. 드물게 섬에 안개가 많이 풀리던 날이었어."

"배 위에서 죽었다는 말씀이십니까?"

리스터는 안타까운 얼굴로 고개를 끄덕이며 말했다.

"그때는 섬의 음식에 독이 있다는 사실을 몰랐네. 내가 가지고 있던 음식을 많이 먹어서 돌려보냈거든. 혹시나 해서 마지막으로 발견한 수인은 굶어 죽지 않을 정도만 먹이고 최대한 빨리 돌려보냈네. 그랬더니 무사히 배를 저어 안개 속으로 사라지더군. 그게 아마 10년쯤 전의 일일 거야."

"…그래서 섬의 음식이 문제라는 걸 알게 되신 거군요."

"원래 가설을 세우고 그걸 증명하는 게 내 취미네. 예전에는 주로 마법을 그렇게 연구했네만… 마력을 잃은 지금은 이 섬에 대해 그런 식으로 하나씩 알아가고 있지. 뭐 나름 보람이 없지는 않다네. 자네도 봤다시피 워낙 신기한 섬이지 않은가?"

리스터는 양팔을 펼치며 어깨를 으쓱여 보였다. 제온은 자신이 가지고 온 음식으로는 이곳에서 오래 버티기 힘들다는 것을 직감하며 말했다.

"제가 가져온 식량으로는 하루나 이틀 정도가 한계입니다. 마지막으로 살아나간 수인은 섬의 음식을 얼마나 먹었습니까?"

"정말 조금 먹였네. 사흘 동안 랜드 웜 고기 두세 점과 도토리 떡을 반 개 정도 주면서 설득했지. 모두 가시넝불 섬이란 곳에서 온 수인인데… 그 섬의 수인들 사이엔 이상한 미신이 돌고 있는 것 같더군. 가족 중 한 명이 고대신의 섬의 정상에 도착하면 그 가족에 더 이상 반카라는 괴물이 태어나지 않는다고 말이야. 그래서 금지된 곳인데도 드물게 여기까지 오는 녀석들이 있었네."

우우우우우!

그때 멀리서 랜드 웜들이 동시에 포효하는 소리가 울렸다. 리스터는 몸을 살짝 움츠리며 좀 더 빠르게 걸음을 옮기기 시작했다.

"조금 서두르는 게 좋겠네. 이 섬에서 마력을 가진 자네는 너무 눈에 띄는 존재야. 집에 가면 숙성액이 있으니 그걸 바르면 도움이 될 걸세."

"숙성액이요?"

"이 근처의 나뭇잎을 숙성시켜 만든 물이라네."

리스터는 주변에 있는 나무를 손바닥으로 두드리며 말했다.

"4구역은 구역 전체가 랜드 웜의 서식지네만, 드물게 이 나무들이 자라고 있는 곳에는 거의 접근을 안 한다네. 그 이유가 궁금해서 여러 가지로 실험을 해봤는데… 신기하게도 랜드 웜들은 이 나무의 잎을 대단히 싫어하는 것 같더군. 한 아름 따다가 뿌렸더니 질색하며 다른 곳으로 도망쳤네."

"설마 직접 뿌린 겁니까? 바로 옆에서?"

제온은 경악한 얼굴로 물었다. 리스터는 허허 웃으며 수염을 쓰다듬기 시작했다.

"뭘 그렇게 놀라나? 아까도 말했다시피 랜드 웜은 마력이 없는 것에는 반응하지 않네. 내가 바로 옆에 다가가서 몸을 두드려도 신경 쓰지 않지. 물론 공격하면 반격하지만 말이야."

"아, 그렇군요."

"그래서 나중엔 아프레온이 먹이를 주는 순간을 노려봤네. 좀 위험하긴 했네만… 덕분에 좋은 것을 알게 됐지."

"랜드 웜이 먹이를 먹지 않던가요?"

"아니. 나뭇잎 정도는 그냥 대충 털어내고 먹더군. 그래서 나중엔 나뭇잎을 숙성시켜 엑기스를 모아 뿌려봤네. 그러자 그건 못 먹더군. 덕분에 가끔씩 목숨 걸고 섬 밖의 음식을 먹기도 한다네. 스릴 만점의 특별식인 셈이지. 후후후……."

리스터는 너스레를 떨며 계속 걸음을 옮겼다. 그리고 한참 동안 안개 속의 숲을 걷던 제온의 눈앞에 통나무로 만들어진 허름한 움막이 모습을 드러냈다.

"여기가 내 집이네. 별건 없지만 일단 들어오게나."

리스터는 움막 입구를 가려놓은 가죽을 걷으며 안으로 들어갔다. 움막 안은 열 명이 똑바로 누우면 꽉 찰 정도의 크기였지만, 벽마다 조잡하게 만들어진 항아리가 빽빽하게 놓여 있어 실제로 움직일 수 있는 공간은 훨씬 좁은 상태였다.

제온은 입구 근처의 항아리를 바라보며 물었다.

"이건 직접 만드신 겁니까?"

"물론 직접 만들었지. 거기 들어 있는 건 말린 버섯이라네. 이 섬에서 유일하게 먹을 수 있는 버섯인데 3구역의 동굴 근처에서 주로 자라지."

항아리 안에는 까맣게 마른 이끼 같은 것이 잔뜩 들어 있었다. 제온은 가만히 고개를 끄덕이며 다시 물었다.

"그렇군요. 그런데 항아리도 직접 만드신 겁니까?"

"항아리? 아, 항아리 말이군."

리스터는 쓴웃음을 지으며 고개를 저었다.

"그건 내가 만든 게 아니라네. 원래부터 여기 있었지."

"이 섬에 다른 사람도 살고 있는 겁니까?"

제온은 빠르게 되물었다. 리스터는 잠시 생각하다 고개를 저어 보였다.

"아니, 당장은 자네 부인과 나 정도만 있는 것 같네. 물론이 섬이 무척 크고 내가 섬 전체를 샅샅이 뒤진 건 아니지만 말이야."

"그럼 항아리는 어떻게 된 겁니까?"

"3구역의 동굴에서 발견했네. 아마 나보다 먼저 왔던 사람이 만든 거겠지. 으샤!"

리스터는 입구의 반대편에 놓인 항아리 하나를 방의 중심부로 끌어당기며 말했다.

"안타깝게 만나지는 못했네. 섬을 돌아다니다가 인간의 뼈를 몇 개 발견했는데… 분명 한참 전에 죽은 것이겠지. 자, 이걸 바르게나."

"…그냥 손으로 퍼서 바르면 됩니까?"

리스터가 내민 항아리 안에는 연한 녹색을 띤 투명한 액체가 반쯤 담겨 있었다. 리스터가 고개를 끄덕이자 제온은 내키지 않는 얼굴로 항아리 속에 손을 집어넣었다.

"너무 많이 바를 필요는 없네. 한 바가지만 뿌렸는데도 랜드 웜이 질색을 했으니까 말이야."

"…생각보다 냄새는 안 나는군요."

제온은 손에 묻은 액체를 몸 곳곳에 바르기 시작했다. 그사이 리스터는 움막 안의 다른 항아리를 살피며 말했다.

"그걸 바르면 4구역은 물론이고 3구역까지 무사히 지나갈 수 있을 거야. 그리고 보니 효과가 얼마나 오래가는지는 확인해 보지 않았군. 뭐, 하루 정도는 갈 테니까……."

"3구역에는 뭐가 있습니까?"

"바실리스크가 있네. 늪지에 사는 녀석들이지."

"바실리스크… 그것도 아프레온이 먹이를 줘서 키우는 겁니까?"

"아프레온이 먹이를 주는 건 랜드 웜뿐이네. 바실리스크는 랜드 웜을 먹고살지."

"신수가 신수를 잡아먹는단 말입니까?"

"그게 신기한가?"

리스터는 빙긋 웃으며 또 다른 항아리 속에서 묵직한 덩어리들을 꺼내 들었다.

"이것도 좀 들게. 3구역을 지나갈 때 필요할지도 모르거든."

"이건… 뭡니까?"

"랜드 웜의 고기라네. 말린 거지. 3구역에도 안전하게 지나갈 수 있는 길이 있긴 하네만, 가끔씩 바실리스크가 길을 막고 있을 때가 있어서 말이야. 먹이로 유인해서 지나가면 큰 문제는 없을 걸세."

리스터는 능숙하게 필요한 것을 챙긴 다음 곧바로 움막 밖으로 빠져나왔다. 제온은 양손에 랜드 웜의 고기를 안아 든 채 따라 나오며 물었다.

"지금 곧바로 가는 겁니까?"

"그래야 하지 않겠나? 1구역까지는 서둘러도 이삼 일은 걸릴 테니까. 왕복할 걸 생각하면 자네에겐 별로 시간이 없다네. 그리고 나도……."

리스터는 빠른 걸음으로 움직이며 나지막한 목소리로 말했다.

"…자네를 끝까지 챙겨줄 수는 없으니 말이야."

랜드 웜의 서식지인 4구역을 완전히 지나가는 데만 다섯시간이 걸렸다. 그사이 해가 저물었고, 3구역이 보이는 경계선에 멈춘 리스터는 잔뜩 찌푸린 얼굴로 아래를 내려다보기 시작했다.

"이 아래가 3구역이네. 경사가 가파르니 조심하게나."

하지만 정작 그렇게 말한 리스터는 좀처럼 움직이려 하지 않았다. 제온은 심한 갈증과 허기를 참으며 10여 미터로 보이는 경사진 곳을 가만히 노려보았다.

"아무리 봐도 이 섬은 누군가 인위적으로 만든 것 같습니다. 그렇지 않고서야 각 구역마다 이렇게 정확한 경계가 나뉘어 있을 리가 없죠."

"나도 그렇게 생각하네. 하지만 아프레온이 직접 만들었을

리는 없고… 뭐, 그것도 풀어야 할 수수께끼 중 하나겠지. 처음에는 신수교단이 몰래 초신수의 명을 받고 이곳에 와서 토목공사를 벌인 게 아닐까 생각하기도 했네만……."

리스터는 확신할 수 없는 듯 말을 흐리며 고개를 저었다. 제온은 분명 천 년 전의 최후의 세대와 관련이 있을 거라 생각했지만, 당장 어디서부터 이야기를 꺼내야 할지 막막했기 때문에 일단 입을 다물었다.

"아무튼 지금은 빨리 3구역으로 들어가는 게 좋겠네. 조금만 더 들어가면 동굴이 있으니 거기서 밤을 보낼 수 있을 거야."

"…제가 먼저 내려갈까요?"

리스터가 좀처럼 움직이지 않자 제온은 경사면에 나 있는 작은 홈에 발을 내렸다. 리스터는 눈을 질끈 감았다 뜨고는 고개를 저으며 제온의 몸을 살짝 밀어냈다.

"아니네. 길 안내를 하는데 내가 먼저 가야지."

"괜찮으십니까? 안색이 좀 안 좋아지신 것 같습니다만……."

"사실 좀 피곤하다네. 누워서 좀 자고 나면 괜찮아질 거야."

리스터는 성큼성큼 발을 내디디며 경사면을 내려가기 시작했다. 제온은 불안한 표정으로 리스터를 따라 내려가며 물었다.

"4구역에서 5구역에 적응할 때까지 40년이 걸리셨다고 하셨죠? 역시 다시 뒤로 돌아가는 건 몸에 무리가 가는 게 아닐까요?"

"……."

리스터는 대꾸 없이 경사면을 내려간 다음 지면에 발을 붙이며 긴 한숨을 내쉬었다.

"물론 무리가 가지. 하지만 3구역까지는 괜찮네. 원래 자주는 아니지만 필요한 게 있을 때마다 오기도 했으니 말이야."

"그럼 2구역은요?"

"2구역은… 글쎄."

리스터는 눈을 가늘게 뜨며 어둑어둑해진 3구역의 늪지대를 바라보았다. 제온은 바로 정면에서 부글거리며 늪지가 끓는 것을 바라보며 마른침을 삼켰다.

"일단 3구역을 다 지나가고 나서 생각해 보도록 하지. 서두르는 게 좋겠네. 바실리스크는 밤이 되면 본격적으로 움직이기 시작하니까 말이야."

리스터는 늪지가 아닌 길을 찾아 천천히 안쪽으로 걸어 들어가기 시작했다. 제온은 불안한 표정을 지으며 리스터를 따라 움직였다. 리스터의 몸에서 느껴지는 생체전류는 처음 만

낮을 때와는 명백하게 다른 패턴을 보이고 있었다.

지속적인 통증, 그리고 빠른 심장 박동.

그것은 제온에게 있어 무척 익숙한 반응 중 하나였다. 시치미를 떼고 있긴 했지만 리스터는 섬의 안쪽으로 가까워질수록 점점 더 몸 상태가 악화되는 것이 확실했다.

하지만 제온은 그를 멈출 수 없었다. 이곳에서 200년 동안 살아온 리스터의 도움 없이는 섬의 가장 안쪽에 있는 1구역까지 도착하는 것은 불가능한 일이었다.

'나도… 지독한 인간이군.'

제온은 입술을 깨물었다. 한시라도 빨리 아내를 만나고 싶다는 자신의 이기심 때문에 아무 죄도 없는 한 노인이 자신의 몸을 망치는 고난의 길을 걷고 있는 것이다.

3구역은 대부분이 질퍽한 늪지로 되어 있었지만, 군데군데 사람이 지나갈 수 있는 마른 땅이 이어져 있었다.

다만 처음 보는 사람의 눈에는 이게 마른 땅인지 살짝 마른 늪지인지 구분이 가질 않았다. 이곳에 익숙한 리스터조차도 가끔씩은 몸을 웅크리고 지면의 상황을 살핀 다음 천천히 길을 건너야 할 정도였다.

그렇게 시간이 더 지나고 해가 완전히 떨어질 무렵 두 사람의 눈앞에 커다란 언덕이 모습을 드러냈다. 언덕은 늪지의 진

흙이 말라서 만들어진 듯했는데 군데군데 커다란 동굴이 뚫려 있어 을씨년스러운 분위기를 만들고 있었다.

"마치 커다란 벌레 구멍 같군요."

제온이 언덕에 뚫린 동굴을 바라보며 말했다. 리스터는 클클거리며 웃다가 이내 목이 메는지 헛기침을 하며 말했다.

"콜록! 흐음, 그래. 사실 벌레 구멍이 맞네. 랜드 웜이 뚫어 놓은 구멍이거든."

"랜드 웜이 이 구역에도 살고 있습니까?"

"숫자가 늘어나면 이쪽으로 대거 몰려오기도 하네. 2, 30년에 한 번 정도 일어나는 일이지. 물론 대부분 바실리스크의 먹이가 되네만."

촤아아악!

그때 어딘가 먼 곳에서 기분 나쁜 소리가 울렸다. 제온이 움찔하며 주변을 살폈지만 이미 어둠이 깔려 있어 아무것도 확인할 수 없었다.

"이건……."

"바실리스크가 늪에서 헤치는 소리라네. 빨리 불을 피우는 게 좋겠군."

리스터는 가장 가까운 곳에 있는 동굴로 달려 들어가 미리 준비해 놓은 잔가지를 꺼내 불을 피우기 시작했다. 제온은 두 개의 돌을 두드리며 한참 동안 끙끙대는 리스터를 지켜보다 이내 손가락 끝에 작은 화염을 만들어 대신 불을 붙여 보였다.

"뇌전술사라고 뇌전계 마법만 쓸 수 있는 건 아닙니다."

"오, 이거 좋구먼."

리스터는 불이 붙은 잔가지에 좀 더 굵은 나뭇가지를 집어넣으며 흡족한 듯 말했다.

"마법을 쓸 수 있으면 이렇게 편한 걸, 보통 3, 40분은 고생하며 불을 붙인다네. 그런데 자네는 여기서도 똑같이 마법을 쓸 수 있는 건가?"

"똑같이는 아닙니다만······."

제온은 가볍게 마력을 끌어올리며 자신의 상태를 확인했다. 확실히 4구역에 비해 3구역에서 느껴지는 마력의 압박이 더 강했지만 이제는 오히려 압박에 적응이 됐는지 출력을 끌어올리는 데 더 수월해진 기분을 느낄 수 있었다.

"그래도 웬만한 마법은 쓸 수 있습니다. 물론 9등급은 무리지만요."

"9등급? 자네 지금 9등급이라고 했나?"

리스터가 놀란 표정으로 제온을 보며 물었다.

"뇌전계에는 9등급이 없을 텐데? 9등급은 오직 화염계와 냉기계에만 있지 않나?"

"사실은 제가 만들었습니다. 라이트닝 캐논이라고 하는

데……."

제온은 자신이 직접 만든 라이트닝 캐논의 마법적인 구조에 대해 설명하기 시작했다. 리스터는 연신 고개를 끄덕이며 흥미롭다는 얼굴로 제온의 이야기를 경청했다.

"오오, 과연. 그래, 그렇구먼. 그러니까 압축된 마력을 한 번에 끌어올려서 방출하는 개념이로군."

"그렇습니다. 역시 이해가 빠르시군요."

"이래 봬도 200년 전에는 대마도사라고 불린 사람이었네. 비록 지금은 한 방울의 마력도 남지 않았네만, 그래도 이론적인 건 잊어버리지 않고 잘 기억하고 있다네."

"사실 그사이에 질풍계도 9등급의 마법이 만들어졌습니다. 현재 질풍술사 중에 아크메이지가 없어 쓰는 사람은 없지만 말입니다."

"질풍계라면 캐슬 오브 윈드(Castle of wind)가 가장 급이 높은 마법이었지. 내가 살던 시절엔 말이야."

"그 캐슬 오브 윈드도 쓸 수 있는 마법사가 거의 없습니다. 제 친구인 마그나스라는 녀석이 유일하게 그 마법을 쓸 줄 아는데……."

그렇게 모닥불을 사이에 두고 두 사람은 시간 가는 줄 모르고 마법에 관한 이야기를 나누기 시작했다. 리스터는 오랜만에 듣는 바깥세상의 마법 이야기에 푹 빠진 듯했지만 제온은 시간이 지날수록 점점 나빠지는 노인의 안색과 스스로도 눈치채지 못하는 신음 소리에 무작정 이야기를 늘어놓을 수가 없었다.

"오늘은 이만 쉬는 게 좋겠습니다. 몸도 많이 힘들어 보이시구요."

"음, 그렇군. 자네 이야기가 너무 재밌어서 피곤한 줄도 모르고 듣고 있었네. 으……."

리스터는 나지막한 신음 소리를 내며 그대로 동굴 벽에 몸을 기댔다. 제온은 반대편 벽에 몸을 기대며 조용한 눈으로 모닥불을 바라보았다.

"바실리스크는 불을 싫어하지. 자네도 눈을 좀 붙이는 게 좋겠네. 몇 시간은 안전할 거야."

리스터가 눈을 감은 채로 말했다. 제온은 속이 텅 빈 것 같은 기분에 쓴웃음을 지으며 대답했다.

"배가 고파서 그런지 좀처럼 잠이 안 오는군요."

"그런가? 그건 좀 난감한 문제구만. 하지만 앞으로 며칠은 더 이곳에 있어야 할 테니… 최대한 허기에 익숙해지는 게 좋을 걸세."

말이 길어질수록 리스터의 목소리는 잠에 취한 듯 가물거렸다. 제온은 일부러 자극하지 않기 위해 가만히 입을 다물었다.

"내 생각에… 랜드 웜 고기 한 덩어리 정도는 먹어도… 될 것 같네. 전에 살아서 돌아간 수인도… 그 정도는 먹었지. 문제는 물인데, 아무리 굶어도 물은 마셔야 하니 말이야. 식량보다는 독이 적은 것 같지만 그래도 안심할 수는……"

리스터는 거기까지 말하고는 입을 다물었다. 제온은 노인의 숨소리가 고르게 변한 것을 확인하고는 나지막한 한숨을 내쉬었다.

섬 전체를 감싼 안개 탓에 해가 떠도 세상이 별로 환해지지 않았다. 잠시 쪽잠을 잔 제온은 땅이 천천히 울리는 것을 느끼며 눈을 번쩍 떴다.

'뭐지, 이건?'

규칙적인 진동으로 동굴 전체가 떨리며 모래가 떨어지고 있었다. 제온이 몸을 일으키며 동굴 밖으로 나가려고 하자, 언제 깨어났는지 리스터가 반쯤 쉰 목소리로 그를 가로막았다.

"나가지 말게. 바실리스크가 움직이는 거니까."

"…위험한 것 아닙니까?"

제온이 걸음을 멈추며 물었다. 리스터는 핼쑥해진 얼굴로 천천히 몸을 일으키며 기지개를 펴기 시작했다.

"그냥 가까운 곳을 헤엄치고 있을 뿐이야. 공격할 생각일면 이렇게 천천히 움직이지 않는다네."

리스터는 그렇게 말하며 품속에서 가죽 물통을 던졌다. 제온은 얼떨결에 물통을 받아 들며 말했다.

"아직 버틸 수 있습니다. 목이 마르긴 하지만요."

"마실 물이 아니야. 몸에 바르게. 효과가 떨어졌을 테니까."

물통에 들어 있는 것은 랜드 웜이 싫어하는 숙성액이었다. 제온은 숙성액을 손에 받아 몸에 뿌리며 물었다.

"이게 바실리스크에도 효과가 있습니까?"

"확인은 안 해봤네만… 안 하는 것보다는 낫지 않겠나?"

리스터는 진동이 약해지는 것을 확인하며 먼저 동굴 밖을 내다보기 시작했다. 아침 안개가 더욱 강해 제온의 눈에는 아무것도 보이지 않았지만, 리스터는 잠시 주위를 살피다 고개를 끄덕이며 밖으로 걸음을 옮기기 시작했다.

"괜찮은 것 같네. 슬슬 움직이도록 하지."

"뭔가 보이십니까?"

제온은 리스터의 뒤를 따라붙으며 물었다. 리스터는 고개를 숙이고 바닥을 유심히 살피며 고개를 저었다.

"보이는 건 자네와 똑같네. 난 냄새를 맡는 거지."

"냄새요?"

"이곳에 사는 바실리스크는 특유의 냄새를 뿜는다네. 악취라고도 할 수 있지. 아무래도 한 녀석이 근처까지 왔다가 다시 돌아가는 모양이네."

"…냄새로 그런 것까지 알 수 있습니까?"

제온은 짐짓 놀란 표정을 지으며 묻자 리스터는 클클거리며 웃기 시작했다.

"짐승 같다고 생각하나? 이 섬에서 오래 살다 보니 생긴 재주라네. 마력을 잃은 대신 오감이 발달했지."

"섬의 음식에 들어 있는 독이 그런 능력을 주는 걸까요?"

"나도 그런 생각을 했지. 어쩌면 그럴지도 모르겠네. 내가 200살이 넘게 살 수 있는 것도 같은 이유 같고 말이야."

리스터는 고개를 끄덕이며 말했다. 그리고 제온은 그의 말에서 순간적으로 어떤 가설을 떠올렸다.

'데커가 말했지. 자신이 오래 살 수 있던 건 나노머신이라는 눈에 보이지 않는 작은 기계 때문이라고. 어쩌면 리스터님이 말하는 독이란 그 나노머신이 아닐까?'

데커가 말한 나노머신은 인간의 몸속에서 자연적으로 생성하는 독소를 제거하며 인간의 수명을 몇 배로 증강시키는 능력을 가지고 있었다. 더욱이 나노머신은 목적에 따라 다양한 종류가 만들어졌는데, 그중에는 강제로 마력을 주입하는 데서 오는 후유증을 막기 위한 특별한 능력을 가진 것도 존재했다.

'어쩌면 이 섬의 생물 속에도 그 나노머신이 존재하고, 그 생물을 먹음으로써 인간의 몸에 축적되는 걸지도 모르겠군. 그것이 리스터님의 수명을 늘렸고, 동시에 섬의 밖으로 빠져나가면 목숨을 빼앗는 걸까?

하지만 모든 것은 가정일 뿐이다. 현재로서는 그 어떤 것도 확신할 수 없는 상태였고, 그저 리스터의 말대로 섬의 음식을 최대한 적게 먹는 것이 유일한 해답이라 할 수 있었다.

"이 섬에는 아주 드물게 안개가 걷히는 날이 있네."

리스터는 늪지 사이에 난 좁은 마른 땅을 천천히 걸어가며 말했다.

"매우 드물긴 하네만, 난 그게 아프레온이 무언가 다른 일을 하기 때문이라고 생각하고 있네. 이 섬의 안개는 아프레온의 힘에 의해 만들어지고 있는 거야. 때문에 녀석이 뭔가 다른 곳에 기적을 일으킨다든가, 마력을 쓴다든가 하면 순간적으로 안개가 사라지는 것이지."

"그건… 매우 가능성이 높아 보이는 이론이군요."

제온은 고개를 끄덕이며 수긍했다. 리스터는 지금부터가 본론이라는 듯 잠시 입을 다물고 뜸을 들이기 시작했다.

"…그리고 3년 전에 섬 전체가 활짝 갠 날이 있었네."

제온은 숨을 죽였다. 3년 전이라면 라기아 시티에 초신수의 축복이 내린 바로 그때였다.

"그날 난 집에서 잡아온 랜드 웜의 고기를 말리고 있었네. 정확히 말하면 잡은 고기는 아니지만 말이야. 마취 화살로 잠시 기절시킨 다음 꼬리 부분의 살을 잘라서 가져오는 거지. 불쌍하긴 하지만 그렇게라도 하지 않으면 고기를 얻을 수가 없다네. 어쩌다 죽은 녀석을 발견하면 이미 썩어 있거나 대부분 뜯어 먹힌 상태라서. 아무튼 깜짝 놀랐었네."

"안개가 사라져서 말이죠?"

"그렇지. 난 밖으로 나와서 멍하니 하늘을 올려다보았네."

리스터는 마치 그날의 자신이 된 것처럼 고개를 치켜들고 뿌연 하늘을 바라보았다.

"그렇게 맑은 하늘을 보는 게 대체 몇백 년 만인지… 지금도 잊히지가 않아. 그날은 하루 종일 맑았다네. 그렇게 맑은 날은 이 섬에서 내가 처음 눈을 뜨던 그날뿐이었지. 그런데… 그 맑은 하늘로 아프레온이 질주해 날아가는 것이 보였네."

"섬으로 날아오고 있었습니까?"

"아니, 섬에서 밖으로 날아가고 있었네."

리스터는 고개를 저으며 말을 이었다.

"난 뭔가 일이 생겼다는 것을 직감했지. '나 때와 똑같은 상황'이 벌어졌다고 말이야. 물론 나처럼 도망치다가 잡혀왔는지, 순순히 제물로 바쳐졌는지까지는 몰랐지만… 아무튼 이 섬에 누군가 새로운 인간이 왔다는 걸 확신했네. 그래서 계획을 세우기 시작했지."

"계획이요?"

"그 새로운 인간을 만나러 갈 계획 말이야. 난 이미 4구역
과 5구역의 중간 정도 압력에 적응한 상태였기 때문에… 그
냥은 1구역으로 돌아갈 수가 없었네."

하지만 그것은 바로 지금 리스터가 하고 있는 일이기도 했
다. 고작 하루만에 10년은 더 늙은 듯한 리스터는 연신 신음
소리를 내며 습관적으로 수염을 쓰다듬고 있었다.

"흐음… 으음… 처음엔 1년 정도로 시간을 잡았네. 밖으로
나오는 데는 구역마다 40년 정도 시간이 걸렸네만, 그래도 한
번 적응했던 곳이니 그렇게 오래 걸릴 거라곤 생각하지 못했
지. 그리고 결과적으로 말하자면 2년 정도 걸렸네."

"2년 동안의 적응 기간을 거쳐서 1구역에 돌아가신 겁니
까?"

"아니. 결국 1구역으로 들어가지는 못했네. 1구역이 내려
다보이는 경계선까지 가는 게 한계였지. 거기서 쓰러지고는
너무나 억울해서 소리를 질렀네."

"소리요?"

"거기 누구 없느냐고 말이야. 클클, 그렇게 1구역이 있는
방향으로 죽을힘을 다해 소리를 질렀지. 죽을힘을 다해 겨우
여기까지 왔는데 200년 만에 나 말고 살아 있는 인간을 만난

다는 기대에 부풀어 있었는데… 결국 아무것도 못한 게 너무나 억울해서 말이야."

리스터는 재미있다는 듯 웃으며 고개를 저었다. 제온은 긴장된 표정으로 노인의 다음 말을 기다렸다.

"그런데 놀랍게도 대답이 돌아왔네. 마찬가지로 죽을힘을 다해 소리를 지르는 여자의 목소리였지."

"프로나……"

"그래, 바로 자네 아내였네."

리스터는 한숨을 내쉬며 말했다.

"프로나는 자신의 신분을 밝히며 필사적으로 구조를 요청했네. 하지만 알다시피 나도 그 부탁을 들어줄 상황은 아니었지. 그저 내가 알고 있는 이 섬에 대한 정보를 최대한 간략하게 전해줬네. 그게 내가 할 수 있는 전부였지."

"아내는… 프로나는 그때 무슨 이야기를 했습니까?"

"글쎄, 그러니까… 자기는 레스톤 왕국 사람이고, 화이트 가문의 사람이라는 이야기도 했네. 화이트 가문은 200년이 지났는데도 여전히 이름을 떨치고 있는 모양이더군. 하지만 그보다 먼저 자네 이름을 댔지."

"제 이름이요?"

"그러하네. 자기는 제온 스태틱의 부인이라고, 어떻게든 남편에게 자기 소식을 전해 달라고 말이야. 남편은 최고의 마법사니까 어떻게든 자신을 구해줄 수 있을 거라고 말했네."

제온은 눈을 질끈 감으며 입술을 깨물었다. 리스터는 점점 더 쉬어가는 목소리로 힘겹게 걸음을 옮기며 말했다.

"내가 자네 아내와 이야기를 나눈 건 고작해야 몇 분 정도였네. 난 죽지 않기 위해서 반대 방향으로 기어가면서 그곳을 벗어났지. 억지로 4구역까지 돌아오고… 석 달은 죽은 것처럼 꼼짝 못하고 누워 있었네. 하마터면 정말로 죽을 뻔했지."

"그런데 지금… 저를 위해 또 같은 일을 해주고 계시군요."

제온은 처연한 기분으로 리스터의 등을 바라보았다. 노인은 한동안 말이 없었고, 제온 역시 입을 다물고 노인의 뒤를 따라 걷기만 했다.

"…면목이 없네."

리스터는 걸음을 멈추며 한참 만에 입을 열었다. 그가 멈춘 곳은 부글거리는 두 개의 늪지 사이로 아슬아슬하게 나 있는 좁은 길 앞이었다.

"나는… 나는 그저 잊고 있었네."

"네?"

"그 아가씨는… 자네 부인은 내게 부탁했지. 하지만 난 포기해 버렸네."

멈춰 선 리스터는 부들거리며 몸을 떨고 있었다. 제온은 노인의 몸 상태가 심각하게 악화되었다는 것을 느끼며 급히 뒤로 달려가 몸을 부축했다.

"괜찮으십니까? 역시 너무 무리를……."

"미안하네. 난 자네 부인의 부탁을 들어주기 위해 노력할
수도 있었어."

리스터는 괴로운 표정으로 제온을 돌아보며 말했다.

"하지만 그렇게 하지 않았네. 어차피 탈출은 불가능하다고
생각했기 때문에 포기해 버렸지. 적어도 5구역에 살면서 가
끔씩 섬에 오는 수인들을 설득해서 자네 아내의 이야기를 전
해줄 수도 있었는데……."

"하지만 그런 일은 거의 없었지 않습니까. 고대신의 섬은
수인들에게 금지된 곳이니까요."

제온은 자책하지 말라는 듯 부드러운 말투로 말했다. 하지
만 리스터는 길게 한숨을 내쉬며 고개를 저었다.

"아니야. 몇 개월 전에도 시체 하나를 발견했네. 내가 좀
더 일찍 찾아서 자네 아내의 부탁을 들어줄 수도 있었을 텐
데… 애초에 포기하고 있었으니까. 사실 자네를 만날 때까지
프로나라는 이름과 제온이라는 이름도 잊고 있었네."

리스터가 제온을 안내해 주고 있는 것은 바로 죄책감 때문
이었다. 노인은 충혈된 눈으로 제온을 바라보며 다시 한 번
사과했다.

"미안해. 모든 게 미안하네. 그리고 지금도… 어떻게든 2구

역까지는 길 안내를 해주고 싶었네만… 이 이상은 도저히 움직일 수가 없어. 이 나이를 먹고 목숨을 아낄 생각은 없네만…….

"괜찮습니다."

제온은 짧게 대답했다. 그리고 부축한 노인의 몸을 번쩍 안아 든 다음 자신의 뒤쪽으로 내려놓으며 말했다.

"여기까지 안내해 주신 것만으로도 감사합니다. 지금부터는 저 혼자 가겠습니다."

"제온……."

"저야말로 죄송합니다. 리스터님의 몸 상태가 얼마나 심각한지 감지하고 있으면서도 말리지 않았습니다. 더 이상 심각해지기 전에 4구역으로 돌아가시는 게 좋겠습니다."

"…여기서부터는 길이 더 위험해지네. 늪지에 한번 빠지면 바실리스크들이 몰려올 테니 조심하게나."

"알겠습니다. 여차하면 레비테이션도 쓸 수 있으니까요."

제온은 가볍게 웃으며 한쪽 어깨를 으쓱였다. 리스터는 괴로운 표정으로 제온을 바라보다 이내 고개를 끄덕이며 말했다.

"일단 2구역에 도착하면… 돌로 만든 길을 찾게. 그걸 따라가면 1구역으로 쉽게 갈 수 있을 거야. 다른 길은… 쿨럭쿨럭!"

리스터는 순간적으로 기침을 하며 끅끅거리는 신음 소리를 내기 시작했다. 제온은 입을 막았던 리스터의 손바닥에 피가 묻어 있는 것을 보며 숨을 들이마셨다.

"이대로 있으면 정말 위험할 것 같습니다. 이 뒤로는 알아서 할 테니 그만 돌아가세요. 저 혼자 충분히 갈 수 있습니다."

"쿨럭! 조, 조심하게. 부디… 다시 만날 수 있도록……."

리스터는 연신 기침을 하며 가지고 있던 두 개의 물통을 건네주었다. 그리고는 곧바로 몸을 돌려 왔던 길을 돌아가기 시작했다.

"조심하십시오!"

제온은 낮은 목소리로 소리쳤다. 그리고 몸을 돌려 눈앞에 보이는 좁은 길을 향해 천천히 걸음을 옮기기 시작했다.

'2년 동안 적응해서 겨우 돌아갔던 길을 고작 하루 이틀 만에 가려고 했으니…….'

제온은 리스터의 몸에서 느껴지던 격렬한 전기적 신호를 떠올리며 한숨을 내쉬었다. 어중간한 고통으로는 그만큼의 격렬한 반응이 나오지 않는다. 리스터는 거의 죽을 만큼의 고통을 억지로 참으며 여기까지 자신을 안내한 것이다.

첨벙!

그때 왼편에서 질척한 물이 튀는 듯한 소리가 울렸다. 제온은 반사적으로 몸을 오른쪽으로 기울인 탓에 몸이 휘청거렸다.

"읏!"

제온은 급히 레비테이션을 사용해 몸을 띄웠다. 길이 너무 좁아서 한 발만 잘못 내디디면 곧바로 균형을 잃고 늪에 빠질 지경이었다.

'리스터님과 헤어진 지 얼마나 지났다고…….'

제온은 쓴웃음을 지으며 고개를 저었다. 기왕 레비테이션을 쓴 김에 좁은 길이 끝나는 지점까지 비행으로 이동했지만, 평소의 세 배가 넘는 마력이 소모되는 것에는 가슴이 철렁 내려앉을 수밖에 없었다.

'몸이 느끼는 압력은 적응해도 실제로 마법을 쓸 때 소모되는 마력은 섬의 안쪽으로 갈수록 점점 더 커지고 있다. 게다가 더 큰 문제는…….'

지면으로 내려온 제온은 몸에 남아 있는 마력을 천천히 갈무리하며 마른침을 삼켰다. 문제는 어제 동굴에서 잠들기 전에 체크했던 마력의 양과 별다른 차이가 느껴지질 않는다는 점이었다.

마력이 회복되지 않고 있다.

정확히는 회복되는 속도가 너무 느렸다. 평소 같으면 마력을 바닥까지 긁어 써도 사흘이면 완전히 회복되었지만 지금은 회복 속도가 평소의 10분의 1 정도로 줄어든 상태였다.

'대체 이 섬은 어떻게 된 거지? 이대로 마력을 전부 써버리면 회복하는 데 한 달이 넘게 걸린다. 하지만 먹지도 않고 그만큼의 시간을 버티는 건 절대로 불가능해.'

결국 남아 있는 마력으로 끝장을 볼 수밖에 없었다. 제온은 어제 5구역에서 랜드 웜과 싸우며 낭비해 버린 마력을 아쉬워하며 걸음을 옮겼다. 방금 전의 좁은 길보다는 그나마 걷기 편했지만 중간중간에 거미줄처럼 늪지가 숨어 있어 조금만 방심하면 발이 빠져 헤어 나오지 못할 지경이었다.

때문에 그저 걷기만 하는 데도 몸이 지치며 허리가 쑤시기 시작했다. 제온은 또 한 번 자신의 몸이 형편없다는 것을 느끼며 한숨을 내쉬었다. 만약 무사히 돌아갈 수 있다면 밍우이에게 도움을 받아서라도 운동을 좀 해야 할 것 같다는 생각이 들었다.

하지만 혼자 돌아가서 건강해져 봤자 무슨 소용일까?

걸음을 옮길수록 다리가 점점 더 무거워지는 것은 단순히 제온의 체력이 저질이기 때문만이 아니었다. 그는 알고 있었다. 어떻게든 혼자서 길을 뚫고 1구역에 도착한다 해도, 거기서 무사히 프로나를 만난다 해도 함께 돌아갈 수는 없는 것이다.

'아니, 지금은 그 뒤를 걱정할 때가 아니야. 그저 프로나가

무사히 살아 있고… 만날 수만 있으면 돼. 그걸로 충분해. 그 다음 문제는 그다음에 생각하자.'

제온은 고개를 저으며 눈을 질끈 감았다 떴다.

바람 부는 소리,

썩은 것처럼 진동하는 늪의 냄새,

멀리서 바실리스크가 홰치는 소리,

늪에서 부글거리며 유황이 끓는 것처럼 역겨운 냄새,

이 모든 것이 지쳐 가는 제온의 오감을 강렬하게 자극하며 긴장하게 만들었다. 마법을 함부로 쓸 수도 없고 감지력도 극도로 좁아져서 그런지 다른 감각이 극도로 예민해진 상태였다.

결국 제온은 다섯 시간을 내리 걷고 나서야 3구역의 경계 지점에 도착할 수 있었다. 중간에 제대로 쉬지도 못해 다리와 허리가 끊어질 것처럼 쑤셨지만, 어떻게든 이 끔찍한 늪지대를 빠져나왔다는 사실만으로도 안도의 한숨을 내쉴 수 있었다.

"그렇긴 한데 말이지……."

경계 지점에 멈춘 제온은 눈앞에 펼쳐진 풍경에 말문이 막히는 것을 느꼈다.

지금까지와 마찬가지로 2구역 역시 3구역보다 10미터쯤 내려간 낮은 분지였다. 차이점이 있다면 안개가 싹 걷혀 있어 매우 먼 곳까지 볼 수 있다는 것이었다.

덕분에 제온은 멀리 떨어진 곳에 안개로 둘러싸인 둥그런 장소를 발견할 수 있었다. 섬의 구조로 볼 때 저곳이 바로 섬의 최중심부인 1구역이란 사실을 짐작할 수 있었다.

하지만 역시 문제는 거기까지 가는 길이었다. 1구역을 둘러싼 모든 땅이 전부 새하얀 모래벌판으로 이뤄져 있었다.

결국 2구역은 사막이란 소리였다. 늪지를 통과했더니 곧바로 사막이 나오는 이 말도 안 되는 구조에 기가 막힐 지경이지만, 어차피 고대신의 섬은 제온이 알고 있는 기본적인 상식이 적용되지 않는 곳이었다.

'여기서는… 그냥 마력을 좀 소모해서라도 단숨에 날아가는 게 좋지 않을까?'

제온은 도저히 저 사막을 걸어서 횡단할 엄두가 나질 않았다. 이미 하루 종일 걸어 다리에 힘이 풀린 상태였다. 이대로 푹푹 빠지는 모래사막을 건너는 건 일종의 자살행위라 할 수 있었다.

"음……."

문득 스치는 듯한 두통에 제온은 고개를 흔들었다. 2구역에 발을 들여놓은 이후로 마력의 압박이 더욱 올라가 몸에 이변이 생기기 시작했다. 숨을 쉬기가 거북해졌고 손발이 저리며 붓는 듯한 기분이 들었다.

제온은 천천히 숨을 들이마셨다. 그리고는 사막을 몇 걸음 걸어가다 한숨을 내쉬며 걸음을 멈췄다.

"모래가 왜 이러지……."

제온은 몸을 숙여 손으로 모래를 움켜쥐었다. 모래가 이상할 정도로 부드러워 한 걸음 내디딜 때마다 발목까지 빠져들었다.

리스터는 돌로 만든 길을 찾으라고 했지만, 아무리 둘러봐도 사막에 보이는 건 모래밖에 없었다. 결국 제온이 선택할 수 있는 건 레비테이션뿐이었다.

"와, 이건 말도 안 돼."

마법을 쓰려던 제온은 믿을 수 없다는 얼굴로 고개를 저었다. 레비테이션을 발동시키기 위해 필요한 마력이 평소의 네 배를 넘어서고 있었다.

그래도 별수 없었다. 제온은 원금의 몇 배의 이자를 물게 된 빚쟁이의 심정으로 레비테이션을 사용해 공중으로 떠올랐다. 모래 속에 위험한 신수가 살고 있다는 말을 들었기 때문에 일단 10미터 정도 떠오른 다음 멀리 보이는 안개 낀 1구역을 향해 천천히 날아가기 시작했다.

"샌드 피쉬(Sand fish)라고 했던가?"

제온은 발아래 펼쳐진 모래사막을 내려다보며 중얼거렸다. 샌드 피쉬는 2구역에 살고 있는 신수로, 리스터조차도 처음 2구역에 도착했을 때를 제외하고는 본 적이 없어서 자세한 것은 모른다고 했다.

—말 그대로 모래 속에 사는 물고기 같은 녀석이지. 사실은 신수인지 아닌지도 모르겠네. 나도 예전에 신수학을 공부했네만 그런 건 본 적이 없어. 물론 마력이 느껴지면 신수가 확실하겠지. 하지만 이미 내겐 마력을 감지하는 능력이 없다네. 아, 마법을 쓰는 건 본 적은 없네. 그래도 자주 본 적이 없으니 아직 못 본 것일지도 모르지. 그리고 여기 살고 있는 랜드웜이나 바실리스크도 딱히 마법을 쓰는 건 본 적이 없고… 덩치는 꽤 커서 위협적이야. 일부러 자극하지 않으면 덤비지는 않는다네. 돌로 만든 길이 있으니 그걸 따라가면 될 거야. 하지만 자네는 마력이 남아 있으니… 존재만으로도 녀석들을 자극할지도 모르겠군.

원래대로라면 리스터와 함께 2구역에 온 다음 그가 준비한 숙성액을 바르고 돌길을 걸어갈 계획이었다. 하지만 레비테이션으로 날아가는 이상 모래 속의 물고기에게 공격당할 염려는 없었다. 단지 샌드 피쉬가 처음 들어보는 신수였기 때문에 한 번쯤 보고 싶다는 호기심이 들 뿐이다.

'확실히 신수도감에도 그런 신수는 없었다. 아직 인간이 발견하지 못한 신수일까? 아니면 그냥 마물? 마대륙에는 아직 인간이 확인하지 못한 마물도 상당수 존재한다고 하던데. 음?

그 순간, 갑자기 눈앞이 흐릿하게 변하며 보이는 모든 것이 아지랑이처럼 흔들리기 시작했다.

물론 보이는 거라고 해봐야 모래뿐이었지만, 바로 그 모래가 빠른 속도로 제온의 얼굴을 향해 솟아오르고 있었다.

"잠깐……."

제온은 급히 양팔로 얼굴을 가리며 모래를 막아냈다. 엄청난 충격에 정신이 번쩍 들었고, 이윽고 자신이 모래 속에 파묻혀 있다는 것을 깨닫고는 급히 몸을 빼내기 시작했다.

"이건 대체……."

몸을 빼낸 제온은 어이없는 표정으로 주위를 둘러보았다. 무언가 엄청난 일이 생겼다고 생각했지만 실제로는 그냥 사막 위로 떨어진 것이었다.

모래가 얼굴을 향해 올라온 게 아니라 제온이 모래를 향해 추락했던 것이다. 순간적으로 평형감각을 잃어 그렇게 느꼈을 뿐이다.

제온은 몸에 묻은 모래를 털며 안도의 한숨을 내쉬었다. 그가 알고 있는 사막보다 이곳의 모래가 훨씬 부드러웠기에 망정이지, 제아무리 모래라도 10미터 높이에서 추락한다면 큰 부상을 입었을 것이 분명했다.

'뭐지? 대체 뭐가 어떻게 된 거지?'

정신을 차린 제온은 고개를 들고 하늘을 올려다보았다. 순간적으로 의식이 사라진 것은 확실했다. 하지만 확실히 무슨 일이 벌어졌는지 알기 위해서는 다시 한 번 하늘로 날아오르는 수밖에 없었다.

'좋아, 이번엔 천천히……'

제온은 매우 느린 속도로 날아올랐다. 이번엔 5미터 정도까지만 올라간 다음, 자신의 몸 상태에 주의를 기울이며 천천히 1구역 쪽으로 날아가기 시작했다.

그러나 이번에도 마찬가지였다.

푸확!

정신을 차렸을 때는 이미 모래바닥에 얼굴을 처박고 있는 상태였다. 제온은 힘겹게 몸을 일으키며 어이없는 표정으로 하늘을 올려다보았다.

"비행 마법을… 쓸 수 없어?"

온몸을 짓누르는 압박은 단순히 마법을 쓰기 힘들게 만드는 걸로 끝이 아니었다. 제온은 눈살을 찌푸리며 잠시 고민하다 허공을 향해 라이트닝 볼트를 날려 보았다.

파지지지지직!

가느다란 뇌전 줄기가 단숨에 허공을 뻗어 방출되다 하릴

없이 소멸되었다. 제온은 심각한 표정으로 마법을 날린 자신의 손바닥을 잠시 바라보다 몇 걸음 앞으로 내디뎠는데 그대로 휘청거리며 고꾸라지고 말았다.

"…응?"

정신을 차렸을 때는 또다시 사막에 쓰러져 있는 상태였다. 한동안 멍한 표정으로 쓰러져 있던 제온은 믿을 수 없다는 얼굴로 고개를 저으며 천천히 몸을 일으켰다.

'비행 마법이 아니라 마법 자체를 쓰면 정신을 잃는 거였어.'

참을 수 없는 무력감과 공포가 제온의 마음을 휘감고 뒤흔들었다. 지금까지 살면서 마법에 모든 것을 의지하던 그였기에 마법을 쓰면 기절한다는 현실이 이토록 두려울 수가 없었다.

'3구역에서 작은 불꽃을 만들었을 때는 기절하지 않았어. 역시 2구역의 압박이 더 강해져서 이런 현상이 나타나는 건가?'

가능하면 다양한 등급의 마법을 사용해서 정확한 증상을 알아내고 싶었다. 하지만 이곳은 평소보다 네 배 이상의 마력이 필요하고 소모된 마력이 거의 회복되지 않는 곳이었다. 아무리 마법을 쓰면 기절한다 해도 최악의 경우를 대비해서라도 어쨌든 마력을 아껴놓아야 했다.

그리고 불과 1분도 지나지 않아 그 최악의 경우가 현실로 나타났다. 제온은 어쩔 수 없이 멀리 신기루처럼 보이는 1구역을 향해 움직였는데, 그가 걸음을 옮기는 바로 그쪽 방향의 모래가 작게 들썩이며 이쪽으로 다가오기 시작했다.

스스스슥.

그것은 마치 두더지가 땅을 파는 것 같은 모습이었다. 물론 이 모래 속에 살고 있는 것은 두더지가 아니기 때문에 제온은 이를 악물며 몇 초 후에 벌어질 전투를 대비했다.

"샌드 피쉬……."

제온은 나지막한 목소리로 중얼거렸다. 대체 얼마나 강한 신수인지 정보가 없기 때문에 대처하기가 난감했다.

'라이트닝 볼트 한 방에 죽일 수 있는 신수일까? 아니면 체인 라이트닝 한 방에?'

문제는 한 방에 죽이거나 제압하지 못하면 끝장이라는 것이다. 마법을 쓰고 기절한 자신을 그냥 내버려 둘 리가 없으니까.

그리고 그 순간, 제온의 5미터 앞에서 그 녀석이 모래를 뚫고 지상으로 솟아올랐다.

푸확!

그것은 결코 물고기처럼 인간에게 익숙한 모습이 아니었다.

물론 좋게 봐서 물고기처럼 생겼다고 못할 정도도 아니었다.

덩치가 3미터쯤 되는 물고기.

하지만 그 물고기의 하복부에 벌레의 다리 같은 십여 개의 촉수가 뻗어 있었다. 눈도 여섯 개이고 입도 상하가 아닌 좌우로 벌어지는 형태였다.

그 벌어진 입에 제온의 손가락보다도 더 큰 이빨이 톱니처럼 촘촘히 박혀 있었다.

"우아악!"

제온은 자신도 모르게 비명을 지르며 순간적으로 자신이 쓸 수 있는 최고의 마법을 사용했다. 소용돌이치며 휘감기는 뇌전의 구체가 괴물의 복부를 정확히 강타하며 엄청난 전류를 사방으로 뿜어냈다.

파지지지지지지지직!

"으음……."

정신을 차렸을 때, 제온이 가장 먼저 발견한 건 자신의 앞에 늘어져 있는 샌드 피쉬의 참혹한 시체였다.

엄밀히 말해서 녀석은 볼 라이트닝을 사용할 정도로 강력한 신수가 아니었다. 하지만 한 방에 끝내야 한다는 압박감이 제온에게 무리수를 쓰게 만들었고, 그 대가는 매우 비쌌다.

"하하하······."

몸을 일으킨 제온은 고개를 축 늘어뜨린 채로 허탈하게 웃었다. 몸 안이 텅 빈 기분이다. 고작 볼 라이트닝을 한 번 썼을 뿐인데 남은 모든 마력을 소모해 버린 것이다.

강한 마법일수록 더 강한 압박에 눌렸고, 그것을 뚫기 위해 더 많은 마력을 써야 했다. 3등급인 레비테이션이나 라이트닝 볼트를 쓰는 데는 평소 네 배의 마력이 필요했지만, 7등급인 볼 라이트닝을 쓰기 위해서는 그보다 더 높은 배수가 적용되었다.

마력이 고갈된 마법사는 보통 사람보다도 못한 존재다. 여기서 또다시 샌드 피쉬가 공격해 오면 꼼짝없이 죽을 수밖에 없었다.

고개를 돌리자 그리 멀지 않은 곳에 3구역으로 올라가는 언덕이 보였다. 지금 돌아가면 목숨은 잃지 않고 '비교적 안전한' 3구역으로 돌아갈 수 있을지도 모른다.

하지만 제온은 그냥 정면으로 걸어가기 시작했다.

냉정하게 생각하면 무조건 돌아가야 했다. 3구역이 아니라 아예 이 섬을 빠져나간 다음 마력을 회복하고 만반의 준비를 갖춰 다시 돌아오는 것이 답이었다.

하지만 그 답을 내기까지 가장 중요한 공식은 바로 자신의 목숨이었다.

목숨.

그런 건 별로 중요하지 않다.

프로나.

지금은 그냥 그녀를 만나고 싶었다. 살아 있을지, 이미 죽어 뼈만 남은 시체를 만나게 될지는 알 수 없었다.

하지만 만약 살아 있다면,

그리고 만약 그 목숨이 당장 내일 끝날지도 모르는 것이라면 제온은 결코 자기 자신을 용서하지 못할 것 같았다.

"그래, 절대 용서할 수 없을 거야. 그러니까… 조금만 더 힘내자."

제온은 스스로에게 말하며 걸음을 옮겼다. 그런데 샌드 피쉬의 시체를 피해 조금 왼쪽으로 돌아가자 문득 발아래 무언가 단단한 것이 밟히는 게 느껴졌다.

"이건……."

몸을 숙여 모래를 손으로 훑어내자 넓적한 바위가 모래 속에서 모습을 드러냈다. 잠시 바위를 바라보던 제온은 이것이 바로 리스터가 말한 돌로 된 길이라는 것을 깨닫고는 한바탕 웃음을 터뜨렸다.

길은 모래에 묻혀 있어서 안 보였던 것이다.

그리고 만약 샌드 피쉬의 시체를 오른쪽으로 피해갔다면 이 돌을 발견하지 못했을 것이다. 제온은 자신에게 찾아온 이 사소한 기적에 감사하며 돌길을 따라 1구역을 향해 걸음을 옮기기 시작했다.

물론 돌길을 걷는다 해도 샌드 피쉬의 위협에 노출되어 있는 것은 여전했다. 하지만 적어도 모래에 푹푹 발을 빠뜨리며 걷는 것보다는 훨씬 덜 자극할 것 같았고, 거기에 제온 스스로가 체력적으로 한계에 닿아 있는 상태라 훨씬 수월하게 움직일 수 있다는 게 가장 중요했다.

그리고 실제로도 더 이상 샌드 피쉬는 나타나지 않았다. 제온은 한참 동안 주위를 살폈지만 딱히 모래가 들썩이는 샌드 피쉬의 움직임은 발견할 수 없었다.

그렇게 얼마나 돌길을 따라 걸어갔을까.

더없이 멀게만 보이던 1구역의 안개가 점점 더 가까이 다가오기 시작했고, 동시에 제온은 점점 더 강해지는 압력에 끔찍한 두통과 구토를 느끼기 시작했다.

그런데 문득 멀리 떨어진 곳에 무언가 작은 건물 같은 게 보였다.

"…집?"

그것은 나뭇가지 등으로 얼기설기 만든 작은 움막이었다. 움막은 제온이 걸어가는 돌길 바로 옆에 지어져 있었고, 그 움막의 옆으로 꽤 큰 바위 몇 개가 표적처럼 놓여 있었다.

그리고 그 바위 위에 누군가 앉아 있었다.

제온은 눈을 비비며 그것을 바라보았다.

누군가 챙이 넓은 모자 같은 걸 깊게 눌러쓴 채 바위 위에 앉아 모래에 낚싯대를 길게 늘어뜨리고 있었다.

사막에서 낚시를 하다니.

그것은 너무도 비현실적인 광경이었지만, 제온의 부릅뜬 눈은 더욱 비현실적인, 그러나 반드시 현실이 되길 바란 간절한 모습을 보이고 있었다.

그것은 바로 낚싯대를 늘어뜨린 사람의 옆모습이었다.

제온은 자신이 낼 수 있는 가장 큰 목소리로 그 사람의 이름을 불렀다.

그러자 그 사람이 깜짝 놀라며 제온을 향해 고개를 돌렸다. 그리고 제온은 그 사람의 입으로부터 그토록 듣고 싶던 목소리를 들을 수 있었다.

'여보' 라는 그 한마디를.

26장

파멸의 전주곡

페슈마르 왕국의 어전 회의실은 전시를 방불케 하는 긴장
감이 감돌고 있었다.

두꺼운 원목으로 된 원탁 주위엔 국왕인 네프카를 중심으
로 페슈마르 왕국의 군무를 맡고 있는 인물들이 대거 모여 있
었다. 국무대신인 바란, 샐러맨더 킬러의 총대장인 단테노,
마찬가지로 샐러맨더 킬러의 1번 대에 속해 있는 제롬과 이
그니스가 그 중심인물이었다.

그 밖에도 여러 중신이 회의실에 앉아 있었는데, 그중에 이
질적인 사람이 한 명 있다면 바로 매직 아카데미의 학장인 샤

리였다. 물론 그녀는 국왕의 오랜 친구이자 대륙 최강의 마도 사 중 한 명이기 때문에 그녀가 네프카의 옆자리에 앉아 있는 것에 이의를 제기할 사람은 아무도 없었다.

다만 그런 샤리의 옆자리에 앉아 있는 여신관에 대해서는 사정이 조금 달랐다. 여신관의 이름은 클로시아로 샤리가 매 직 아카데미를 페슈마르 왕국으로 옮기면서 함께 데려온 인 물이다.

그녀는 무거운 분위기의 회의장에서 잔뜩 주눅이 든 모습 으로 고개를 숙이고 있었다. 그것은 그녀가 속해 있던 신수교 단이 교황 살해범의 누명을 네프카에게 씌웠기 때문이기도 하고, 현재 세계 각지에서 벌어지고 있는 일련의 사건의 주범 이 바로 신수교단이기 때문이기도 했다.

물론 클로시아는 현재 자의 반 타의 반으로 교단을 나온 상 태였고, 마찬가지로 폭주하고 있는 신수교단의 피해자 중 한 명이기 때문에 그녀에게 죄를 물을 사람은 아무도 없었다. 하 지만 공식적인 자리라 달리 입을 옷이 없어 입고 나온 신수교 단의 집행관 복장이 문제라면 문제라 할 수 있었다. 어쩔 수 없이 다른 사람들의 불편한 시선을 한 몸에 받을 수밖에 없는 상황인 것이다.

물론 지금은 그런 사소한 문제에 이의를 제기할 상황이 아 니었다.

"현재 레스톤 왕국은 그야말로 혼란 그 자체입니다."

가장 먼저 논제를 꺼낸 것은 페슈마르 왕국의 북부군 사령관인 제롬이었다. 40대의 나이에 오른쪽 얼굴을 뒤덮은 화상 자국이 인상적인 이 남자는 샐러맨더 킬러치고는 드물게도 격토계의 마법을 다루는 것으로 유명했다.

"다리우스가 전 세계에 '성전'을 선포한 이후로 천 단위의 괴물이 레스톤 왕국의 변방을 침략했습니다. 워낙 혼란스러운 상황이라 정확한 적의 규모나 피해 상황은 알 수 없습니다만, 레스톤 왕국군이 무너지고 무방비로 드러난 일반 시민들이 다리우스에게 끌려가 새로운 괴물로 만들어지는 건 확실하다고 생각합니다."

제롬은 다리우스의 이름 뒤에 '추기경'이라는 경칭조차 붙이지 않았다. 제온이 프로나를 찾기 위해 베이라 군도로 떠난 직후에 시작된 전 세계적인 학살극의 원흉이 바로 그였기 때문이다.

"제롬 경, 방금 레스톤 왕국군이 무너졌다고 했는데… 그렇다면 레스톤 왕국 전체가 성전군에 의해 함락된 상태란 말씀이십니까?"

그렇게 물은 것은 국무대신 바란이었다. 역대로 세 명의 국왕을 모신 70대의 이 노인은 최근 연달아 벌어진 사건들로 인해 급격히 기력이 쇠한 듯한 모습을 보이고 있었다.

"그렇지는 않습니다. 무너진 것은 국경을 지키던 주력군입니다. 남은 병력과 왕궁 마법사단을 중심으로 수도인 라기아 시티는 어떻게든 사수하고 있는 상황입니다."

"흥, 빌어먹을 썩은 놈들! 어떻게든 자기들 목숨만 지키면 그만이라 이건가?"

콧방귀를 뀌며 불손한 말을 내뱉은 건 동부군의 사령관인 이그니스였다. 일명 '미친개' 라는 불명예스러운 호칭을 가진 이 남자는 다양한 인간들이 모여 있는 샐러맨더 킬러 중에서도 가장 과격한 성향을 가진 인물이라 할 수 있었다.

"수도만 지킨다고 끝나는 게 아니잖아! 밖에 살고 있는 다른 백성들은 어떻게 하라고!"

"이그니스, 여긴 목소리를 높일 장소가 아니다."

국왕의 낮은 목소리에 얼굴이 붉게 달아오른 이그니스는 순간 자세를 바로잡으며 고개를 숙였다. 네프카는 고요하지만 타는 듯한 눈빛으로 테이블의 중앙을 노려보며 말을 이었다.

"레스톤은 오랜 가뭄으로 무너진 국력을 회복하는 중이었다. 거기에 반란 세력과의 대립도 있었으니 고작해야 수도를 지키는 게 할 수 있는 최선의 일일 것이다."

"하지만 폐하, 사실 이그니스 경의 말은 지금 벌어지고 있는 문제의 핵심과도 연결되어 있습니다."

샤리의 차분한 목소리에 네프카는 숨을 천천히 들이마시며 고개를 끄덕였다.

"나도 알고 있다. 레스톤이 수도 방위에 전념을 기울이는 동안 성전군은 다른 지역을 유린하며 계속해서 괴물을 만들어내겠지."

"그들은 강제로 마력을 주입해서 만들어진 존재입니다. 저는 변형체라고 부르고 있습니다만……."

샤리는 괴물이라는 표현이 거슬리는 듯 불편한 얼굴로 화제를 바꿨다.

"아무튼 시간이 지날수록 성전군의 규모 또한 급증할 것입니다. 제가 계산한 결과에 따르면… 충분한 인간이 주어진다는 조건 아래 하루에 약 60명의 변형체를 만들어낼 수 있습니다. "

"열흘만 지나도 600명이라는 겁니까? 그런 빌어먹을! 학장님은 대체 그런 걸 어떻게 알아내신 겁니까?"

이그니스가 끔찍하다는 표정을 지으며 샤리에게 물었다. 물론 그녀는 과거에 알바스 산맥의 연구실에 직접 가서 그곳의 연구 시설을 본 적이 있기 때문이지만, 차마 그 과정을 밝힐 수 없기 때문에 애매한 말투로 돌려서 설명할 수밖에 없었다.

"여러 곳에서 들어온 정보를 종합해서 내린 결론입니다.

신수교단 내부에도 정보원이 있고… 마법협회 쪽에서도 비밀스럽게 협조가 들어오고 있습니다."

"마법협회라면 다리우스 쪽에 붙은 거 아니었습니까?"

"과거에는 그런 경향도 있었습니다만 현재는 아닙니다. 아무리 협회장님이 물욕에 어두운 분이라 해도 인류 전체의 존폐를 놓고도 잘못된 선택을 할 만큼 어리석은 분은 아닙니다. 아, 그러고 보니 그분의 이름도 사령관님과 같군요."

샤리는 마법협회 협회장의 이름도 이그니스라는 것을 떠올리며 희미하게 미소를 지었다. 이그니스는 대단히 불쾌한 표정으로 고개를 돌리며 볼멘소리를 중얼거렸고, 샤리는 가볍게 헛기침을 하며 말을 이었다.

"아무튼 적의 숫자가 늘어나는 건 간과해서 안 될 일입니다. 실제로 변형체와 직접 상대해 봤기 때문에 드리는 말씀입니다만, 미들 위저드 한 명이 변형체 다섯을 상대하는 것도 벅찰 지경입니다. 뭔가 수를 써야 합니다."

"…제롬 경, 국경의 상황은 어떤가?"

네프카가 제롬을 보며 물었다. 제롬은 즉시 국왕의 의중을 파악하고는 설명을 시작했다.

"이미 레스톤 왕국의 난민들이 사방에서 몰려오고 있습니다. 일단은 내칠 수도 없어서 국경 근처에 집단수용소를 만들어 배치하고 있습니다만… 그 숫자가 이미 수만 명에 이르고 있어 저희만으로는 대처가 어려운 상황입니다."

"그런가? 바란 경."

"네, 폐하."

바란이 고개를 숙이며 답했다. 네프카는 눈을 감고 잠시 생각하다 이내 결심을 한 듯 다시 눈을 뜨며 차분한 얼굴로 명령했다.

"지금은 난민을 무조건적으로 받아들일 수밖에 없다. 국경은 위험하니 힛타 지방에 임시 거처를 마련해 난민들을 수용하도록 하라."

힛타 지방은 레스톤 왕국과의 국경에서 남쪽으로 80㎞쯤 떨어진 곳에 위치한 곡창지대였다. 바란은 깊이 생각할 것도 없이 가슴에 손을 얹으며 고개를 끄덕였다.

"네, 알겠습니다, 폐하."

"문제는 성전군의 공격을 받는 게 레스톤 왕국만이 아니라는 것이다."

네프카는 고개를 돌려 이그니스를 보며 물었다.

"이그니스, 타로스 왕국의 상황은 어떤가?"

"그쪽도 지금 난리가 난 건 확실합니다. 국경 근처에 있던 군대가 싹 사라졌습니다. 거기에 레스톤 왕국 정도는 아니지만 난민도 꽤 오고 있습니다."

제온이 베이라 군도로 떠난 직후 다리우스는 전 세계의 왕국들이 이단과 배교에 물들었다며 세계의 섭리의 이름을 건 성전을 선포했다. 그것은 원래 척을 지고 있던 페슈마르 왕국은 물론 긴밀한 협력 관계를 유지하던 타로스 왕국이나 알타 왕국도 마찬가지였기 때문에 전 대륙은 유례없는 충격에 휩싸일 수밖에 없었다.

그중에도 특히 타로스 왕국은 레스톤 왕국과 더불어 성전군의 첫 목표가 되어 격렬한 전투를 치르는 중이었다. 페슈마르 왕국과의 전쟁으로 수만의 병력을 잃은 직후에 벌어진 일이라 그야말로 날벼락 중에 날벼락이라 할 수 있었지만, 적어도 국력이 급락한 레스톤 왕국과는 달리 세계적인 군사대국이었기 때문에 어떻게든 전선을 유지하며 버티고 있는 상황이었다.

이그니스는 불만스러운 얼굴로 한숨을 내쉬며 말을 이었다.

"그런데 이 난민이란 게… 난을 피해 도망쳐 온 백성이 아니라는 게 문제입니다."

"무슨 소리지?"

"말이 좋아 난민이지, 국경을 두드리는 건 대부분 귀족이나 부유한 상인들입니다. 배가 가라앉을 것 같으면 쥐새끼들이 먼저 도망치는 법이죠. 배알이 꼴려서 일단 라시크 요새에 전부 억류해 두고 있습니다만."

그것은 국가의 위기를 감지한 부유층이 먼저 나라를 버리고 도망친 꼴이었다. 그것은 회의실에 들어온 이후로 한마디도 하지 않고 있던 클로시아조차 탄식을 내뱉을 만큼 듣기 거북한 이야기였다.

"꽤씸하기 이를 데 없지만, 일단 받아들여야 한다고 생각합니다."

회의실을 찾아온 불쾌한 침묵을 깬 것은 샐러맨더 킬러의 총대장인 단테노였다.

"물론 타로스 왕국이 끝까지 버텨낼 수 있을지도 모릅니다만, 마법사조차 당해내기 힘든 게 변형체입니다. 분명히 그렇게 말씀하셨지요, 학장님?"

"물론입니다, 총대장님."

샤리는 더없이 부드럽게 미소를 지으며 고개를 끄덕였다. 그것은 괴물 대신 자신이 만든 용어를 사용해 준 것에 대한 고마움의 표시였다.

"그렇다면 결론적으로 타로스 왕국이 무너지는 건 시간문제입니다. 그렇다면 그전에 타로스의 부(富)를 이쪽으로 흡수하는 게 바람직하다고 생각합니다."

단테노는 원래 타로스 왕국 출신의 마법사이기 때문에 타로스 왕국에 대해 그가 하는 발언은 다른 누구보다도 큰 무게를 가지고 있었다. 이그니스는 마음에 든다는 표정으로 고개를 끄덕이며 단테노에게 말했다.

"그거 좋은 생각입니다, 대장. 그럼 그 녀석들이 가져온 재산을 몰수해 버리면 되는 겁니까?"

"아니, 그렇게 성급하게 행동하지는 마라. 일 처리를 그런 식으로 하면 안 돼."

단테노는 즉시 고개를 저었다. 이그니스에게 하는 말투가 가벼운 것은 처음 샐러맨더 킬러에 들어왔을 때 그를 맡아 교육시킨 것이 바로 단테노였기 때문이다.

"일단은 최대한 좋은 대우를 해줘야 한다. 그래야 계속해서 다른 자들이 몰려올 테니까. 내 말이 무슨 말인지 알겠지?"

"오, 물론이죠. 과연 대장. 최대한 끌어들여서 한번에 뽑아 먹어야 한다는 거군요."

이그니스는 감탄한 얼굴로 고개를 끄덕였다. 단테노는 골치 아프다는 표정으로 한숨을 내쉬며 고개를 저었다.

"내 말은 그게 아니라… 아니, 됐다. 너에게 무슨 말을 하겠냐."

"자자, 일단 무슨 이야기인지는 이그니스 경도 이해하셨을 거라고 생각합니다. 일단 동쪽 국경에는 좀 더 격이 있는 수용 시설을 만들 필요가 있겠군요."

국무대신인 바란이 손바닥을 흔들며 중재하듯 말했다. 그러자 네프카가 바란을 보며 명령했다.

"에슈빌에 괜찮은 여관이 많이 있을 것이다. 그쪽에 미리 수배를 해놓도록 하라."

에슈빌은 인구가 10만을 넘는 페슈마르 왕국 동부 최대의 도시였다. 바란은 즉시 고개를 끄덕였고, 네프카는 여전히 침묵하고 있는 여신관 클로시아를 보며 물었다.

"다리우스가 정도를 넘어 폭주하고 있다는 것은 누가 봐도 명백하다. 아무리 명분이 있다 해도 인간을 괴물로 바꾸는 행위를 교단의 다른 간부들이 용납하고 있는 상황을 이해할 수 없다. 어째서 그들은 다리우스에게 협력을 하고 있는 것인지 그 이유를 설명해 줄 수 있겠나?"

"저는 이미 교단을 나온 몸이지만⋯⋯."

클로시아는 조심스런 얼굴로 침을 삼키며 말했다.

"추기경⋯ 다리우스는 매우 다양한 친위 세력을 가지고 있습니다. 예하께서 오랫동안 병상에 누워 계셨기 때문에 대부분의 일 처리를 도맡아했고, 그 과정에서 교단의 부와 권력을 독점했기 때문에 막대한 힘을 키울 수 있었습니다."

"아무리 그래도 저런 악행을 저지르는 걸 용납하는 건 아니지 않나?"

"물론 그렇습니다만⋯ 제가 마지막으로 이야기를 들었을 때는 이미 손을 쓸 수 없는 상황이었습니다."

"손을 쓸 수 없다니?"

"결정적인 건 제온님… 아니, 스태틱 경과 폐하 때문입니다."

"제온과 나?"

"그렇습니다."

클로시아는 고개를 끄덕이며 조심스런 말투로 설명했다.

"스태틱 경을 제거하기 위해 이단 토벌단이 조직되고, 실제로 제스터 섬에서 전투를 벌여 대패한 사실은 모두 알고 계실 겁니다. 신수교단의 정예 병력은 물론 대륙 각지에서 보낸 지원군과 용병들까지 더했는데도 당해낼 수가 없었습니다."

"어쩔 수 없지. 상대가 제온이니까."

"네, 그러니까… 스태틱 경은 너무 강했습니다.

바로 그 인간의 한계를 초월한 강력함이 문제였다.

이단 토벌단이 대패를 거둔 이후 신수교단의 여론은 너무도 강력한 이단인 제온에 대한 공포와 경계심으로 정상적인 사고를 할 수 없는 상황이 되어버렸다. 그것을 빌미로 다리우스가 어떤 비상식적인 대책을 마련한다 해도 제온만 제거할 수 있다면 어쩔 수 없다는 분위기가 형성된 것이다.

"거기에 기름을 부은 것이 바로 교황 예하의 암살 사건입니다. 물론 폐하께서는 다리우스의 암계에 빠지신 것뿐입니다만, 신수교단 내부에 있어 스태틱 경에 필적하는 힘을 가진 폐하가 교단을 적으로 돌렸다는 사실은… 모두들 말 그대로 벼랑 끝에 몰린 기분을 느꼈을 겁니다."

"…그런가?"

잠시 생각하던 네프카는 무거운 표정으로 눈살을 찌푸리며 말했다.

"결국 다리우스는 자신의 망상을 현실로 만들기 위해 제온과 나를 이용한 거군."

"최강의 마도사 두 명이 우리 교단을 무너뜨리려 한다. 이건 너무도 거대한 위협이다. 그러니 인류를 조금 벗어난 짓을 하더라도 그 위협에 대항하려면 어쩔 수 없다. 지금 교단은 그런 상황이라고 생각합니다."

"이 모든 게 계획된 일이라고 생각하면 다리우스의 집념은 그야말로 경이로운 수준이군요."

그러자 바란이 믿을 수 없다는 얼굴로 혀를 차며 말했다.

"스태틱 경의 사건은 우발적인 일을 이용했다 해도… 태양의 망토를 빌미로 폐하를 함정에 빠뜨린 건 수십 년 동안 치밀하게 계획한 일이 아닐 수 없습니다. 무엇보다 선왕께서 살아 계셨을 때부터 나온 이야기니까요."

회의실에 앉아 있는 네프카는 아직도 당시에 입은 화상의 충격에서 완전히 회복되지 않은 상태였다. 샤리는 네프카의 목깃 사이로 보이는 울긋불긋한 화상 자국을 힐끔 보고는 짧게 한숨을 내쉬며 말했다.

"신수교단은 이미 돌이킬 수 없는 강을 건넌 상태입니다. 그리고 그대로 놔두면 점점 더 자신들의 힘을 불려 대륙 전체를 집어삼킬 것입니다. 저는 그렇게 되기 전에 먼저 손을 써야 한다고 생각합니다."

"선제공격을 하자 이겁니까?"

이그니스가 솔깃한 얼굴을 하며 묻자 샤리는 고개를 끄덕이며 말을 이었다.

"공격을 먼저 한 건 저들이니, 엄밀히 말해 선제공격이라고 할 수는 없겠지만요. 아무튼 지금 공격당한 나라들이 완전히 무너진 다음에는 시간이 늦습니다."

"그렇다면 레스톤 왕국입니다. 타로스 왕국은 좀 더 버틸 수 있을 겁니다. 지금 당장에라도 레스톤과 방위조약을 맺고 지원군을 파견해야 합니다."

북부군 사령관인 제롬이 즉시 반응하며 말했다. 네프카는 잠시 생각하다 고개를 저으며 말했다.

"그렇게 성급히 움직일 문제가 아니다. 지원군이 전멸하기라도 하면 북쪽의 방어선이 텅 비는 셈이니까."

"그렇다면 치고 빠질 수 있는 기동력을 가진 마법사 부대만이라도 보내서 피해를 줄이는 것이 어떻겠습니까? 학장님의 말씀을 들어보면 그 변형체들은 적어도 레비테이션을 쓸 수는 없는 것 같으니 일방적으로 공격하고 빠지는 전술은 쓸 수 있을 겁니다. 적들은 레스톤의 각 지역으로 병력을 분산시켜 작은 마을과 도시들을 함락해 포로를 잡은 다음 변형체의 숫자를 늘리고 있습니다. 그 간격을 노린다면 충분한 성과를 올릴 수 있을 것입니다."

"하지만 레스톤 왕국의 영토는 광범위하네. 그렇게 간단히 일이 진행되겠는가?"

바란이 신중한 얼굴로 이의를 제기했다. 그러자 제롬은 미리 생각해 놓은 게 있다는 듯 자신 있는 표정으로 말했다.

"물론 북부군에 속한 마법사만으로는 어려울 수도 있습니다. 그렇다고 수도를 지키는 샐러맨더 킬러를 대규모로 동원시키는 것도 쉽지 않겠죠. 하지만 딱 한 분만 저희 쪽에 지원해 주신다면 모든 작전을 성공시킬 수 있을 거라고 생각합니다."

"딱 한 분? 그게 누군가?"

"마그나스 경입니다."

제롬은 나인제로 몬스터즈의 또 다른 영웅의 이름을 대며 자신의 작전을 설명했다.

"마그나스 경은 감히 모든 마법사를 통틀어 최고의 기동력을 가지고 계십니다. 그분이 레스톤 왕국으로 들어가 각 지역의 상황을 정확히 파악한 다음 준비된 마법사 부대를 효율적으로 파견한다면 최고의 성과를 거둘 수 있을 것입니다."

"마그나스 경이라니, 하지만 그분은……."

바란은 곤란한 얼굴로 국왕을 향해 시선을 옮겼다. 네프카
는 눈을 감은 채로 잠시 생각하다 샤리에게 물었다.

"샤리, 지금 마그나스는 어디에서 뭘 하고 있는가?"

"마그나스는… 제온의 양녀를 데려오기 위해 잠시 자리를
비운 상황입니다."

샤리는 순간적으로 당황한 기색을 감추며 말했다. 이렇게
한자리에서 힘을 합하고 있긴 하지만 아직 라바인 사막의 지
하에 있는 '최후의 세대'의 연구실에 대한 이야기는 하지 않
은 상태였다.

"아마 이틀에서 사흘 안에 돌아올 겁니다. 그보다도 저는
다른 계획을 생각했습니다만, 아마도 제롬 경의 작전과 병행
해서 실행할 수 있을 것 같습니다."

"다른 계획?"

"변형체를 만들어내는 시설을 급습해서 파괴하는 겁니
다."

샤리는 알바스 고원의 지하에 있는 실험실을 떠올리며 말
했다. 그러자 제롬이 자리에서 벌떡 일어나며 소리쳤다.

"설마 그 시설의 위치를 알고 계신 겁니까?"

"…아직 확정적이지는 않지만 빠른 시일 내에 제 정보원들

이 정확한 위치를 알아낼 것을 확신하고 있습니다. 물론 알아 낸다 해도 그곳을 공략하는 건 간단한 일이 아니겠지만요."

정확한 위치 같은 건 10년도 더 전에 이미 알아낸 상태지 만, 샤리는 최대한 신중을 기하기 위해 그렇게 말했다. 아무 리 시간이 지났어도 제온과 똑같이 생긴 아이들을 무수히 만 들어내던 그 시설을, 덕분에 자신과 최후의 세대 사이에 분명 한 선을 긋게 만들었던 그 연구실을 잊어버릴 리가 없었다.

하지만 아무리 마그나스가 최고의 질풍술사라 해도 다리 우스 세력의 중추가 되어 있을 그 연구실을 혼자서 무너뜨리 는 건 쉽지 않은 일이었다. 네프카는 자신도 모르게 손바닥 위에 만든 불꽃을 꽉 움켜쥐며 샤리에게 말했다.

"가능하면 내가 같이 가고 싶지만, 그럴 수 없는 게 안타깝 군. 샐러맨더 킬러를 얼마나 붙여주면 가능할 것 같은가?"

"아직 확실하게 뭐라고 말씀드리긴 어렵습니다, 폐하. 물 론 병력은 많을수록 좋지만, 어쩌면 이번에는 철저히 소수 정 예로 움직여야 할 가능성도 있습니다."

실험실로 들어가려면 원형의 통로를 지나야 하는데, 그 안 이라면 레비테이션이 의미가 없기 때문에 다수의 변형체에 막혀 큰 곤욕을 치를 수도 있었다. 샤리는 괜히 다수의 마법 사를 집어넣다가 쓸데없는 인명 피해만 늘어나는 상황을 떠 올리며 자신의 생각을 말했다.

"우선은 제롬 경의 말씀대로 레스톤 왕국을 지원해 싸우는 게 좋을 것 같습니다. 그러다가 제온이 돌아오면 함께 힘을 합쳐 시설을 공격하는 게 가장 효과적이 아닐까 생각합니다."

"제온이라……."

네프카는 납득한 얼굴로 고개를 끄덕였다. 그리고는 바란을 향해 시선을 돌리며 질문했다.

"바란 경, 슈레이 쪽은 새로 연락이 없는가?"

"사흘 전에 온 연락이 마지막입니다."

바란은 착잡한 얼굴로 고개를 끄덕였다. 제온을 호위하며 베이라 군도로 떠난 슈레이는 정기적으로 수도에 연락을 보내고 있었는데, 마지막으로 보낸 연락의 내용이 수도에 있는 사람들의 마음을 무척이나 불안하게 만들고 있는 상태였다.

─스태틱 경이 정찰을 위해 거대한 나무가 자라는 섬에 혼자 들어가신 지 이틀이 지났습니다. 일단 수색대를 조직해 섬의 외곽부터 천천히 조사하고 있습니다만, 섬의 환경이 무척 험준하여 조사에 어려움을 겪고 있는 상황입니다.

아무래도 제온은 제온 나름대로 그쪽에서 고전하고 있는 것 같았다. 네프카는 들릴 듯 말 듯 작게 한숨을 내쉬며 자신의 모든 것을 지켜준 친구의 얼굴을 떠올렸다. 그에겐 이미 갚을 수 없는 큰 빚을 진 상태였다. 그리고 급박하게 변하고 있는 이 난국을 타개하기 위해서는 앞으로 더 큰 빚을 지어야만 할 것 같았다.

　문제는 그 시점에는 아직 베이라 군도에서 실종 중인 제온이 대체 언제 돌아올지 가늠할 수 없다는 것이었다.

27장

순간

이상하게 눈물은 나지 않았다.

그녀는 제온의 기억 속에 있는 그녀에 비해 조금 말라 보였다.

피부는 약간 탄 것처럼 보였지만 확실하지 않았다.

좀 더 가까운 데서 확인하지 않으면,

손이 닿을 정도로 가까운 곳에서 보지 않으면 아무것도 확신할 수 없을 것 같았다.

당장에라도 달려가고 싶었다. 하지만 몸이 물먹은 솜처럼 무거웠다. 고작해야 한 걸음씩 천천히 다가갈 뿐이었다.

그때, 그녀가 소리를 지르며 바위에서 뛰어내렸다.

"여보!"

아아!

저렇게 뛰어내리면 다리가 아플 텐데.

그렇게 급하게 달려오지 말라고 소리치고 싶었는데 제온은 갑자기 목이 메어 아무 말도 할 수가 없었다.

"당신!"

그녀는 몸을 날리듯 제온의 품에 안겼다.

제온은 자신의 가슴에 얼굴을 묻은 그녀의 머리에 자신의 얼굴을 묻었다.

살짝 풍기는 땀 냄새와 머리 내음이 이토록 향긋할 거라곤 상상도 못했다.

제온은 떨리는 손으로 프로나의 뒷머리를 쓰다듬고, 등을 어루만지고, 그리고 그녀의 몸을 붙잡고 자신의 품에서 살짝 떼어냈다.

얼굴을 보고 싶었다.

푸른 눈동자에 눈물이 그렁그렁했다.

입술은 말라 각질이 조금 생겨 있었다. 그러나 그 각질마저도 너무나 소중했다.

그랬기 때문에 제온은 먼저 그녀의 입술에 입을 맞췄다. 까끌까끌한 감촉 따위는 조금도 느껴지지 않았다. 그것은 마치 세상에 존재하지 않는 온기와 부드러움을 갖춘 결정체 같은 느낌이었다.

예전에 그렇게 많이 입을 맞췄는데도 제온은 마치 그녀와 처음으로 키스를 하는 듯한 기분을 느꼈다.

그 모든 기억 속의 순간들이 떠올랐을 때, 제온은 자신이 울고 있다는 것을 깨달았다.

하염없이 눈물이 흘렀다. 지금 자신의 눈앞에 있는 존재를 도저히 실감할 수가 없었다. 꽉 끌어안고, 입을 맞추고, 목덜미에 얼굴을 묻고 숨을 깊이 들이마신 후에야 겨우 자신이 살아 있다는 것을 느낄 수 있었다.

프로나가 살아 있기 때문에 자신도 살아 있는 것이다.

"난 믿고 있었어요."

프로나는 깍지발로 제온의 목을 양팔로 껴안으며 말했다.

"정말이야. 정말로 믿고 있었어. 정말로……."

무엇을 믿고 있었는지는 말할 필요도 없었다. 제온은 다시 한 번 그녀에게 입을 맞추고, 양 볼에 입을 맞추고, 그대로 번쩍 들어 품에 껴안으며 흐느꼈다.

"나는… 나는 당신이 죽은 줄만… 알았는데……."

라기아 시티에서 그녀를 잃은 다음부터 지난 3년 동안 자신이 겪은 일들을 도저히 말로 표현할 방법이 없었다. 프로나는 부드러운 손길로 제온의 머리를 쓰다듬으며 괜찮다는 듯 말했다.

"이제 다 끝났어요. 자, 봐요. 저 살아 있잖아요?"

"프로나… 프로나……."

제온은 온몸에 힘이 풀리는 것을 느끼며 그대로 한쪽 무릎을 꿇었다. 그 탓에 지면으로 내려온 프로나는 깜짝 놀라며 제온의 등을 쓰다듬었다.

"여보? 괜찮아요? 어디 다친 거예요?"

"아니… 아니야. 그냥 좀 피곤해서."

제온의 어색하게 짓는 웃음엔 진심이 담겨 있었다. 프로나는 자신도 몸을 숙여 제온과 눈높이를 맞추며 말했다.

"그러고 보니… 진짜 몸은 괜찮아요? 여기 2구역인데? 섬의 밖에서부터 여기까지 걸어온 거예요?"

"응, 맞아. 걸어왔어. 레비테이션을 쓸 수 없어서."

"레비테이션이 문제가 아니잖아요! 이 섬은 마법이라곤 아무것도 쓸 수 없는데! 아무리 당신이라 해도……."

제온은 자신도 모르게 키스를 하며 그녀의 입을 막았다. 그제야 현실적인 문제에 눈을 뜨고 놀라던 프로나는 제온의 깊은 키스에 눈을 천천히 감으며 흥분을 가라앉혔다.

"…걱정하지 마. 모두 다 말해줄게. 모두 다."

한참 만에 입술을 뗀 제온이 들뜬 목소리로 말했다. 살아 있는 그녀에게 자신의 지난 이야기를 들려주는 것보다 즐거운 일이 또 있을지 의문이다.

프로나는 그런 제온의 볼을 쓰다듬으며 말했다.

"당신… 얼굴이 무척 말랐어요."

"그래? 당신이야말로 조금 마른 것 같은데?"

"저는 부었던 게 빠진 것뿐이에요. 물론 여긴 먹을 게 그렇게 풍족하진 않지만… 당신은 밖에서 제대로 챙겨 먹고 산 거예요? 몸이 완전 뼈만 남았잖아요!"

프로나는 제온의 몸을 이리저리 훑으며 질책하듯 소리쳤다. 제온은 그제야 자신의 몸이 말랐다는 것을 깨닫고는 쓴웃음을 지어 보였다.

"그거야… 당신이 해주는 밥을 못 먹으니까."

"지금 그런 소리가 나와요? 당신은 키가 커서 몸이 이렇게 마르면 무서워 보인다구요! 아무리 내가 없었다고 해도……."

"알았어. 이제부터 잘 챙겨 먹을게. 걱정 마. 살은 다시 금방 찔 테니까."

제온은 웃으며 말했다. 하지만 당장도 이틀 이상 굶은 상태였다. 체력이 극도로 떨어져 걷는 것만으로도 대단한 정신력을 발휘해야 할 지경이었다.

제온은 자신에게 쏠려 있는 프로나의 걱정을 돌리기 위해 화제를 바꿨다.

"그보다도, 당신이야말로 어떻게 여기 나와 있는 거야?"

"여기? 2구역 말이에요?"

"그래, 1구역과 2구역은 마력의 압박이 갑자기 줄어들어서 단시간에는 적응하기 힘들다고……."

"아, 당신도 리스터님을 만났군요?"

프로나는 환한 표정으로 자신의 이야기를 늘어놓기 시작했다.

"제가 처음 이 섬에 왔을 때, 그러니까 그때는 아직 여기가 섬인 줄도 모르고 있었어요. 온몸이 터질 것 같은 압박에 한참 동안 고생했는데 가까스로 경계선까지 도착했을 때 밖에서 소리가 들리더라고요. 거기 누구 없느냐고요. 후후……."

"리스터님이었군."

"네, 리스터님이었어요. 비록 서로 얼굴은 보지 못했지만… 그분이 이 섬에 대한 걸 많이 알려주셔서 저도 어떻게든 버틸 수 있었어요. 사실은 대체 뭐가 어떻게 된 건지 몰라서 정신적으로 많이 힘든 상황이었거든요."

"다행이야. 정말로 다행이야."

제온은 다시 한 번 프로나를 껴안으며 그녀의 감촉을 몸으로 느꼈다. 프로나는 눈을 감고 가만히 웃으며 자신의 이야기를 계속했다.

"1구역에는 오래전에 리스터님이나 다른 마법사들이 만들어놓은 물건이 많이 있었어요. 집이나 가재도구 같은 거요. 덕분에 크게 고생하진 않았어요. 물론 마력의 압박이 엄청나고 매일같이 마력이 빨려 사라지는 건 괴로웠지만……."

"아니, 잠깐?"

제온은 프로나를 껴안은 채로 깜짝 놀라며 그녀의 얼굴을 바라보았다. 기적 같은 재회의 충격으로 전혀 의식하지 못하고 있었지만, 당장 프로나의 몸에서 적지 않은 마력이 느껴졌던 것이다.

"당신 몸에서 마력이 느껴지는데? 물론 예전만큼은 아니지만……."

"아, 그렇죠? 예전엔 그래도 미들 위저드 중급 정도는 됐는데 지금은 로우 위저드 중급도 안 될 정도예요."

"그래도 마력 자체는 남아 있잖아! 리스터님의 말로는 마력을 다 잃고 나서야 1구역의 압박에서 풀려났다고 하던데? 거기까지 1년도 안 걸렸다고 했어. 거기에 1구역에서 2구역에 나와 적응하는 데도 36년의 시간이 걸렸고……."

"그건 저도 알아요."

프로나는 제온의 가슴을 손으로 쓰다듬으며 말했다.

"저도 예전에 리스터님의 이야기를 들었으니까요. 하지만 저는 그분과 상황이 좀 달랐던 거 같아요. 아직까지 이렇게 마력이 남아 있는 것만 봐도 말이에요."

"그건 확실히……."

"물론 마력은 있어도 마법을 쓸 수는 없어요. 이 외부의 압력을 뚫고 마법을 쓰는 건……. 그래도 섬에 오고 처음 한 달 정도는 파이어 애로우 정도는 쓸 수 있었는데 지금은 작은 불꽃을 만드는 것도 불가능해요. 하지만……."

프로나는 제온의 가슴에 얼굴을 묻으며 그를 꽉 껴안은 채 말했다.

"그런 게 다 무슨 상관이에요? 당신이 여기까지 와줬는데. 물론 전 믿고 있었지만… 이 섬이 워낙 심각한 곳이잖아요? 사실 전 시간이 더 오래 걸릴 거라고 생각했어요. 물론 당신이 살아 있다면 말이지만……."

"응? 내가 살아 있다니?"

"전 당신이… 그러니까… 자살하거나 했으면 어쩔까 걱정했어요."

프로나의 조심스런 말투에 제온은 나지막한 한숨과 함께 그녀의 머리에 턱을 꿰며 말했다.

"확실히… 별로 살고 싶은 생각은 없었던 거 같아."

"세상의 섭리가 절 제물로 가져갔다고 생각했죠?"

"응. 당신을 잃어서 정말 죽고 싶었지만… 그때는 어떻게든 아프레온에게 복수해야 한다는 생각에 죽지 않고 견뎠던 것 같아."

"거기까지는 저도 생각했어요. 그래서 결국 당신이 이 섬에 찾아올 거라고 믿었던 거구요."

"그래? 사실 내가 여기까지 오게 된 건 경위가 좀 더 복잡한데……."

제온은 네프카 대신 축제에서 파이파와 싸우고, 그 대가로 아프레온에 대한 이야기를 들은 것을 떠올리며 고개를 갸웃거렸다.

"…어떻게 그게 그렇게 연결되지?"

"그야 당연하잖아요? 이 섬이 아프레온의 둥지니까요."

"둥지?"

"아니면 집이라든가… 아무튼 그런 거요. 당신이 복수를 위해서 아프레온을 추적하다 보면 자연스럽게 이 섬으로 오게 될 거라고 생각한 거예요."

"과정은 좀 다르지만, 어쨌든 결과는 같네."

"그래요. 결과가 같으면 다 좋은 거죠."

프로나는 부드러운 표정으로 제온을 바라보았다. 그러다 갑자기 깜짝 놀란 얼굴을 하며 소리쳤다.

"그렇지! 내 정신 좀 봐!"

"응? 뭔데? 무슨 일이야?"

"나도 참 주책이지. 사실 가장 먼저 소개시켜 줘야 했는데 말이죠."

"소개? 누구를?"

"누구긴 누구겠어요."

프로나는 뿌듯하면서도 흐뭇한 얼굴로 고개를 돌렸다. 그녀의 시선은 돌길 옆에 지어져 있는 작은 움막을 향해 있었다.

"당신 아들이죠."

제온은 순간 한쪽 무릎이 풀리는 것을 느끼며 휘청거렸다. 프로나는 놀란 얼굴로 제온의 몸을 붙잡으며 말했다.

"여보? 괜찮아요?"

"…내 아들?"

"당연히 당신 아들이죠. 저 만삭이었던 거 기억 안 나요? 자, 빨리 가서 아들 얼굴 좀 봐요. 이제 엄마라고 말도 한다고요."

프로나는 제온의 손을 붙잡고 움막 쪽을 향해 걸어가기 시작했다. 제온은 녹아내릴 듯한 얼굴로 그녀의 손에 이끌려 천천히 걸음을 옮겼다. 프로나가 살아 있다는 것만으로도 더 이상의 기쁨은 없을 거라고 생각했는데 그것은 무척 짧은 시간 동안의 착각이었을 뿐이다.

움막의 내부는 세 사람이 누우면 꽉 찰 정도로 좁았다.

벽면은 나뭇가지를 엮어서 만들었고, 바닥은 울퉁불퉁한

통나무를 이어놓은 것에 불과했다.

그런 바닥에 색이 바란 두꺼운 담요가 깔려 있고, 그 위에 하얀색의 수건이 여러 장 덧대어 깔려 있었다.

그리고 그 수건 위에 조그만 아기가 만세를 부르는 듯한 자세로 잠들어 있었다.

"……."

제온은 눈물을 흘렸다.

아기는 너무나 예뻤고, 과거에 제온이 걱정하던 그 어떤 불길한 상상의 징후도 나타나지 않은 듯했다.

"아까 재워놓고 낚시하러 나갔는데……."

프로나는 좁은 움막 입구에 몸을 반쯤 들여놓은 자세로 아기의 짧은 머리카락을 쓰다듬었다. 제온은 멍한 얼굴로 아내의 손길에 작게 움찔거리는 아기의 얼굴을 바라보았다.

"후후, 귀엽죠? 그런데 한번 울음이 터지면 무시무시해요. 한숨도 못 자게 한다니까요?"

"아기 이름이… 뭐야?"

"메이슨이요. 아들이면 메이슨으로 짓는다고 정한 거 기억 안 나요?"

"아……."

제온은 순간 눈을 꽉 감으며 탄식했다.

메이슨, 그리고 마이.

자식이 아들이면 메이슨, 딸이면 마이라고 정하던 순간이 기억났고, 거기에 덩달아 라바인 사막의 연구실에 놔두고 온 마이의 모습이 머릿속에 함께 떠올랐다.

"그랬지. 기억나. 아들이라 다행이네."

"사실 전 첫째는 딸이길 바랐어요. 동생들을 낳으면 잘 챙겨줄 것 같아서. 당신도 찬성한 거 아니었나요?"

"그야 내가 찬성했다고 아이의 성별이 정해지는 건 아니니까."

"뭐, 그렇긴 해요. 나중에 둘째는 딸로 낳아서 마이라고 이름 붙여주면 되는 거죠?"

"아니… 둘째는 다른 이름으로 짓는 게 좋겠어."

"네? 왜요?"

"그건……."

마이에 관한 이야기는 도저히 짧은 시간 안에 할 이야기가 아니었다. 제온은 처음 봤으면서도 벌써부터 그리운 자신의 아이를 바라보며 말했다.

"그건 나중에 설명해 줄게. 지금 둘째 아이 이름이 중요한 건 아니니까. 그보다도 아기 먹을 건 어떻게 하고 있는 거야? 그리고 당신은?"

"메이슨이야 물론 젖을 먹였죠. 요즘은 빨강이와 씨앗을 섞은 걸 조금씩 먹이고 있긴 한데……."

"빨강이?"

"1구역에서 자라는 과일이에요. 처음 보는 과일이라 그렇게 부르고 있어요. 자, 이거……."

프로나는 움막 안의 구석에 놓여 있는 작은 나무 그릇을 집어 들어 제온의 앞에 내밀었다. 그릇에 담겨 있는 건 원래의 형체를 알아보기 힘든 정체불명의 과일의 혼합체였다.

"…긴 한데… 보기 흉해서 미안해요. 여기서 강판으로 쓸 걸 찾을 수가 없어서……."

"입으로 씹어서 만든 거야?"

프로나는 대답 대신 어색하게 웃어 보였다. 제온은 부드러운 표정으로 아기를 바라보다 아기의 이마에 살짝 입을 맞췄다.

"좋겠구나, 메이슨. 엄마가 입으로 만든 것도 먹여주고."

"흐응……."

아기는 잠결에 칭얼거리며 머리를 좌우로 흔들었다. 프로나는 제온과 함께 움막에서 몸을 빼며 말했다.

"지금은 좀 더 자두게 놔둬요. 깨서 울면 정신없으니까요."

"우는 모습도 보고 싶긴 한데."

"보기 싫어도 나중에 실컷 보게 될 거예요. 그보다도 당신."

움막 밖으로 나온 프로나는 온통 모래와 먼지투성이인 제온의 옷을 손으로 털며 걱정스러운 얼굴로 말했다.

"정말 몸은 괜찮은 거예요? 얼굴도 반쪽에 안색도 정말 나빠요."

"솔직히 말하면 좋진 않아. 일단 이 섬에 들어온 이후로 먹은 게 거의 없거든. 방금 전에 유르카보다도 더 큰 물고기와 한판 붙기도 했고."

"설마 촉수고기와 싸운 거예요? 유르카는 또 뭐고?"

"유르카는 늑대 인간이야. 촉수고기는 샌드 피쉬를 말하는 건가?"

"샌드 피쉬? 여기 모래에 사는 신수 이름이 샌드 피쉬였어요? 전 처음 보는 거라 대충 이름을 붙여서 촉수고기라고 부르고 있었어요."

"사실 내가 붙인 이름도 아냐. 리스터님이 붙인 이름이지. 나도 처음 보는 거라서 신수인지 아닌지도 확실히는 모르겠어. 촉수고기라……. 확실히 배에 촉수가 많이 나 있긴 하지."

제온은 방금 싸운 괴물의 끔찍한 형체를 떠올리며 고개를 천천히 저었다.

"평소 같으면 별것도 아니겠지만, 여기서는 칠흑의 마왕에 필적하는 강적이었어. 그런데 당신이야말로 이 사막에서 뭘 하고 있던 거야? 사막에서 낚시라니, 처음에는 무슨 신기루라도 보는 줄 알았다고."

"아, 그게 말이죠."

프로나는 고개를 돌려 좀 전까지 앉아 있던 바위를 올려다보며 말했다.

"이 부근은 작은 촉수고기가 낚이거든요. 처음 이 움막에 왔을 때 움막 안에 낚싯대가 있어서 무슨 용도인가 궁금했는데, 정말로 고기가 낚여서 깜짝 놀랐어요."

실제로 사막의 모래 속을 물고기처럼 헤엄쳐 다니는 생물이니 낚시로 낚는 것도 이상한 이야기는 아니었다. 프로나는 사랑스런 눈으로 움막을—실제로는 움막 안에 있을 아기를 떠올리는 것이겠지만—바라보며 말했다.

"아마 이 움막도 낚싯대도 전부 리스터님이 만들어서 남겨놓으신 걸 거예요. 1구역에 있을 때도 그분이 남겨놓으신 물건 덕분에 어떻게든 살아남을 수 있었어요. 물론 지하실에는 뭔가 정체를 알 수 없는 것도 많았지만요."

"지하실? 1구역에 지하실이 있어?"

"네, 뭔가 잡동사니 같은 게 많이 있어요. 이것저것 사용해보긴 했지만 혼자서는 뭐가 뭔지 잘 몰라서……."

프로나는 양팔로 자신을 껴안으며 한숨을 내쉬었다. 그러다 문득 정신을 차리며 옆에 서 있는 제온을 꼭 껴안으며 웃었다.

"후후후, 역시 껴안을 사람이 곁에 있는 게 좋네요."

"나야말로. 당신을 한 번이라도 더 안을 수 있다면 아프레온이 아니라 초신수 네 마리를 전부 죽이라 해도 죽였을 거야."

제온은 프로나를 마주 안으며 눈물을 흘렸다. 프로나는 제온의 눈물을 닦아주며 다정한 목소리로 말했다.

"이젠 그럴 필요 없어요. 저도 메이슨도 이렇게 잘 살아 있잖아요?"

"하지만 이런 말도 안 되는 곳에서 혼자 아이를 낳다니… 대체 얼마나 고생했을지 상상도 안 가."

"물론 그때는 고생 엄청 하긴 했어요."

프로나는 부르르 몸을 떨며 말했다.

"이 마력의 압박 때문에 온몸이 끔찍하게 아픈데 거기에 산통으로 배도 아프고… 걱정이 이만저만이 아니었다고요. 저는 어른이니까 어떻게든 버틸 수 있지만 갓 태어난 아기가 이런 압박을 견딜 수 있을지 알 수 없어서……."

프로나는 제온의 눈물을 닦아주던 손으로 자신의 눈물을 닦기 시작했다. 제온은 그녀에게 입을 맞추고 손바닥으로 등을 천천히 쓰다듬으며 나지막한 목소리로 위로했다.

"정말 고생이 많았어. 미안해. 내가 곧바로 당신을 찾았어야 하는데……."

"아니에요. 아무리 당신이라도 할 수 있는 일과 할 수 없는 일이 있으니까요. 그래도 이렇게 와줬으니 행복해요. 그런 고생 같은 건 아무것도 아니에요. 당신이야말로 그동안 대체 얼마나 고생이 심했으면……."

"아니, 내 고생이야말로 정말 별거 아니었어. 그보다도 아기가 무사해서 다행이야. 지금도 이런 환경인데도 건강하게 잘 자라는 것 같고."

제온은 움막 안에서 잠들어 있던 아기의 얼굴을 떠올리며 안도의 미소를 지었다. 사실 아내로부터 처음 아들의 이야기를 들었을 때 제온은 자신의 어두운 과거가 떠오르는 불길한 상상을 하지 않을 수 없었다.

만약 아들의 얼굴이 자신의 어린 시절과 완전히 똑같으면 어쩔 것인가?

알바스 산맥의 연구실에서 처음 태어났을 때 제온은 자신과 똑같은 얼굴을 한 아이들 속에 둘러싸여 있었다.

훗날 데커를 통해 그것이 하나의 유전자를 복사해서 만든 클론이라는 고대의 기술이라는 것을 알게 되었지만, 중요한 건 그렇게 만들어진 자신이 정상적인 자식을 낳을 수 있을지 의문이라는 것이었다.

처음 프로나와 결혼한 그 순간부터 어쩌면 자신의 아이는 자신과 동일한 존재일지도 모른다는 상상이 제온을 괴롭게 만들었다. 하지만 3년 만에 다시 만난 자신의 아들은 그와는 전혀 다른 외모를 가지고 있었다.

"아기를 잘 키워줘서 정말 고마워. 아기가 당신을 닮아서 그런지 정말 예뻤어."

제온은 가만히 웃으며 프로나의 머리를 쓰다듬었다. 프로나는 조금 쑥스러워하는 얼굴로 빙긋 웃으며 말했다.

"그래도 귀나 머리카락은 당신을 닮았어요."

"하지만 금발이던데? 내 머리는 검은색이잖아."

"색은 그렇지만 당신은 직모잖아요. 저는 약간 곱슬머리고."

"아, 그런 것도 차이가 있나?"

"있고말고요. 사실은 마력도 당신을 닮아 아주 강했을 거같은데… 이런 곳이라 확인할 수 없어서 정말 유감이에요."

프로나 역시 자신이 제온 대신 초신수의 제물로 바쳐진 이유를 뱃속의 아기 때문일 거라고 짐작하고 있었다. 제온은 곱슬머리라는 아내의 머리카락을 다시 천천히 쓰다듬으며 그 감촉을 음미했다. 물론 아무래도 상관없었지만, 예전에 비해 머릿결이 많이 상한 것 같아 가슴이 아팠다.

"그런데 고작 3년 지났을 뿐이잖아. 여기까지 오는 데 큰 문제는 없던 거야?"

제온은 100여 미터쯤 떨어진 곳에 보이는 안개 속의 1구역을 바라보았다. 프로나는 괜찮다는 얼굴로 고개를 끄덕이며 말했다.

"별문제는 없었어요. 물론 저도 그때 리스터님의 경고를 듣긴 했어요. 하지만 어떻게든 바깥 구역으로 나가고 싶었거든요. 그래서 1구역의 가장 바깥쪽에서 최대한 견디면서 2구역의 압력에 몸을 적응시켰어요. 리스터님은 36년이나 걸리셨다고 했지만… 저는 2년쯤 지나니까 2구역에 나와도 큰 문제가 없더라고요. 우리 메이슨도 그렇고요."

"그건 정말 신기한데? 대체 뭐가 다른 걸까?"

"그야 저도 알 수 없죠. 하지만 정말 신기한 건 당신 아닌가요?"

"나? 왜?"

"당신이야말로 여기까지 들어오는 데 얼마나 걸렸어요? 제가 사라지자마자 이 섬에 왔다고 해도 3년밖에 안 걸린 건데… 이 섬은 5구역까지 있다면서요? 5구역에서 2구역까지 고작 3년 만에 올 수 있는 거예요?"

"아니… 나는… 사흘도 안 걸렸어."

"사흘? 정말이요?"

프로나는 놀란 눈으로 제온을 보았다. 제온은 고개를 끄덕이다 갑자기 속이 오그라드는 강렬한 통증을 느끼며 몸을 구부렸다.

"여보? 당신, 왜 그래요?"

"아니, 그냥 배가 고파서……."

제온은 눈을 꽉 감았다 뜨며 심호흡을 했다. 그저 공복으로 허기가 진 것뿐인데 마치 위액이 텅 빈 위벽을 녹여 버리기라도 하듯 고통스러웠다.

"정말요? 배가 고파서 그런 거예요? 잠시만 기다려요!"

프로나는 순간 움막으로 달려가 묘하게 생긴 바구니를 들고 제온에게 돌아왔다. 바구니 속에는 샌드 피쉬의 새끼로 보이는 작은 물고기 네 마리와 속이 들여다보이지만 유리는 아닌 투명한 물통이 들어 있었다.

"촉수를 떼고 훈제해 놓은 거예요. 맛은 별로지만 아직까지 먹고 탈난 적은 없어요."

"아……."

"1구역으로 돌아가면 다른 먹을 것도 있지만… 지금은 이것뿐이에요."

프로나는 음식을 권했지만 제온은 쉽사리 샌드 피쉬에 손을 댈 수가 없었다. 맛이나 기호의 문제가 아니라 이것을 먹게 되면 다시 바깥세상으로 나갈 수 없게 될지도 모르기 때문이었다.

'리스터님이 약간은 먹어도 될 거라고 하셨지만… 대체 약간이 어느 정도일까?

아무 주저 없이 섬에서 난 음식을 권하는 것으로 볼 때 프로나는 아직 섬의 음식에 독이 있다는 사실을 모르는 것 같았다. 제온이 주저하자 프로나는 환하게 웃으며 자신의 배를 손으로 두드려 보였다.

"괜찮으니까 어서 먹어요. 전 좀 전에 낚시하면서 한 마리 먹었어요. 이 섬이 이렇게 척박해 보여도 보기보다 먹을 게 많다고요."

"그건 정말 다행인데……."

차마 3년 만에 재회한 아내에게 이걸 먹으면 다시 나갈 수 없을지도 모른다는 말을 할 수가 없었다. 제온은 복잡한 표정으로 훈제한 고기를 바라보다 눈앞에서 웃고 있는 아내를 향해 시선을 돌리며 말했다.

"프로나, 그동안 혼자 내버려 둬서 정말 미안해."

"아이참, 대체 똑같은 소리를 몇 번을 하는 거예요?"

프로나는 살짝 화난 표정을 지으며 손에 들고 있는 바구니를 흔들었다.

"전 정말 행복하다고요. 당신은 예전부터 너무 과거에 집착했어요. 그냥 지금을 즐겨요. 지금 이 순간이 정말 소중하지 않아요?"

"물론……."

제온은 숨을 멈추며 아내의 파란 눈동자를 바라보았다.

그녀의 말이 맞았다. 지금 이 순간이 너무나 소중하고 행복했다.

3년 전 프로나를 잃었을 때 제온은 영원히 불행할 거라고 생각했다. 그러나 지금 이 순간의 행복이 그 모든 불행과 고통을 깨끗이 희석시키고 있었다.

그렇다.

단 한순간이라도 행복하면 그걸로 된 거다.

알바스 산맥의 연구실에서 자신과 똑같은 아이들을 죽이며 지옥과 같은 시간을 보냈을 때도 제온은 그 지옥이 영원할 거라고 생각했다.

하지만 지금 돌아보면 그 긴 고통도 한순간에 불과했다. 전 대륙을 떠돌아다니며 복수만을 꿈꾸던 지난 3년간의 고통 역시 이제 와서 돌아보면 한순간이었다.

제온은 아내를 바라보며 미소를 지었다. 이제는 조금 알 것 같았다. 순간이 바로 영원이라는 것을.

그렇기 때문에 제온은 아내가 들고 있는 바구니를 받아 들고 안에 든 고기를 먹기 시작했다.

"···생각보다 맛있는데?"

손바닥만 한 샌드 피쉬 한 마리를 순식간에 먹어치우고 나서 제온은 놀란 표정으로 아내를 바라보았다.

"생긴 게 워낙 흉측에서 맛도 별로일 줄 알았는데 훈제가 잘됐는지 냄새도 좋고 고소해."

"그렇죠? 자, 여기 물도 있어요. 천천히 마시면서 드세요."

프로나는 활짝 웃으며 바구니 속의 물통을 꺼내 뚜껑을 열어주었다. 제온은 라바인 사막의 연구소에서 이 물통과 비슷한 재질의 물건들을 본 걸 떠올리며 말했다.

"분명히 플라스틱이라고 했지. 어째서 이런 게……."

"아, 당신은 이게 뭔지 알아요?"

프로나는 손안의 물통을 손가락으로 두드리며 신기하다는 듯 말했다.

"1구역의 지하실에서 찾아낸 건데, 딱 봐도 물통 같아서 요긴하게 사용하고 있어요. 하지만 신기하죠? 나무나 쇠도 아닌데 어떻게 이렇게 얇으면서도 단단한 틀을 만들 수 있을까요?"

"아마도 기름으로 만든다고 했던 거 같아."

"기름이요?"

"석유라는 걸 정제해서 만든다는데… 나도 정확한 원리는 모르겠어."

제온은 물통을 건네받아 몇 모금 마신 다음 샌드 피쉬 한 마리를 다시 집어 들고 머리부터 씹어 먹으며 굶주린 배를 채웠다. 프로나는 흐뭇한 얼굴로 식사 중인 남편을 바라보았고,

제온은 그 자리에서 바구니에 들어 있는 물고기 네 마리를 전부 먹어치운 다음 긴 한숨을 내쉬었다.

"잘 먹었어. 오랜만에 정말 맛있는 걸 먹은 것 같아."

"원래 가족끼리 같이 먹는 밥이 맛있는 거예요."

프로나는 손을 뻗어 제온의 입가에 묻은 부스러기를 털어주었다. 그리고는 남편의 팔을 껴안고 움막 쪽으로 걸음을 옮기며 말했다.

"자, 그럼 식사도 했으니까 안에 들어가서 천천히 이야기해요. 당신 이야기도 궁금하고 저도 할 이야기가 정말 많아요. 생각보다 이 섬이 신기한 곳이거든요."

"그건 나도 동의해. 하지만 저 움막으로 돌아가는 거야? 아기가 깨지 않을까?"

"움막도 좋지만 일단 원래의 집으로 돌아가려고요."

"원래의 집?"

"1구역에 살고 있는 집이 있어요. 물론 안고 가면 메이슨이 깰지도 모르지만… 아, 여보. 여기서 잠시만 기다려요."

프로나는 제온을 밖에 세워놓은 다음 혼자 움막에 들어가 아기를 포대기에 안고 밖으로 나왔다. 엄마의 손길이 부드러웠는지 아기는 여전히 잠에서 깨지 않은 채 포대 안에 새근새근 잠들어 있었다.

"2구역에 적응하긴 했지만 여긴 온통 모래뿐이잖아요. 촉수고기를 잡을 때만 나와서 이렇게 낚시를 하고 돌아가요."

"1구역과 2구역을 왔다 갔다 하는 거야? 몸은 괜찮아?"

"약간 거슬리는 느낌이 있지만 큰 문제는 없어요. 사실 1구역에만 있어도 먹고사는 데는 문제가 없거든요. 하지만 언젠가 밖으로 나가려면 적응을 해야 하니까 가급적 자주 2구역에 나오려고 노력하고 있어요. 촉수고기도 먹을 만하구요."

"그러고 보니 여기 오기 전에 커다란 걸 한 마리 잡았는데, 그것도 먹을 수 있지 않을까?"

"성체요? 그건 잘 모르겠네요. 냄새만 안 나면 먹을 수 있지 않을까요? 멀리서 모래 위로 뛰어오르는 걸 몇 번 본 적이 있긴 한데……."

그때 프로나의 품 안에 있던 아기가 꿈틀거리며 눈을 뜨기 시작했다. 프로나는 눈을 뜬 아기의 이마에 입을 맞추며 작은 목소리로 말했다.

"잘 잤어, 메이슨? 오늘은 기분이 어때?"

"어, 엄마. 엄마……."

아기는 웅얼거리는 발음으로 엄마라고 부르며 프로나의 얼굴을 바라보았다. 그러다 고개를 돌려 옆에 있는 제온을 멍한 눈으로 바라보며 눈을 깜빡이기 시작했다.

"자, 보렴. 이분이 아빠야. 아빠. 전에 가르쳐 줬지? 아빠?"

"……."

아기는 입을 뻐끔거리며 제온에게서 눈을 떼지 못했다. 프로나는 신기하다는 듯 웃으며 아기를 추켜 안으며 제온이 있는 곳으로 더 가까이 다가갔다.

"애가 아빠를 알아보나 보네요. 요즘 자주 울었는데 울지도 않고."

"아, 안녕, 메이슨? 내가 아빠란다."

제온은 어색하게 웃으며 아기의 머리를 살짝 쓰다듬었다. 아기는 살포시 눈을 감으며 몸을 움츠렸지만, 별다른 저항 없이 고개를 갸웃거리며 제온을 바라보았다.

"잘 자라줘서 고마워. 너도 고생이 많았겠구나."

제온은 또다시 눈물이 흐르는 것을 느끼며 나지막한 목소리로 말했다. 그때 아기가 포대기 속에서 손을 빼내 제온을 향해 내밀었고, 제온은 그 손을 붙잡아 자신의 얼굴로 가져가며 미소를 지었다.

"네가 태어나던 순간을 함께할 수 있었다면 얼마나 좋았을까……."

"아이, 또 그런다. 여보, 그러지 말고 당신 아들 한번 안아 봐요."

프로나는 제온을 향해 포대기째 아기를 내밀었다. 제온은 마치 깨지기 쉬운 유리 조각이라도 손에 쥔 것처럼 자신의 아들을 안아 들고 얼굴을 바라보았다.

"착하네, 우리 메이슨. 울지도 않고."

"후아……."

제온의 품에 안긴 아기는 여전히 처음 보는 사람이 신기한 듯 연신 손을 뻗어 제온의 얼굴을 만지려 했다. 제온은 문득 아기가 나이에 비해 몸이 작다는 것을 느끼며 프로나에게 물었다.

"메이슨이 네 살인가?"

"맞아요. 태어난 지 3년 하고 조금 더 지났으니까."

"그런데 네 살치고는 조금 작은 거 아니야?"

"역시 좀… 그런가요?"

프로나는 걱정스러운 얼굴로 아기의 손을 만지며 말했다.

"저도 좀 그렇게 생각하긴 하는데 당장 비교하거나 물어볼 사람이 없어서 확신하진 못하겠어요. 역시 좀 작은 편인가요?"

"아무래도 좀 그런 것 같은데. 아직 걷지는 못하는 거야?"

"네, 기어 다니기는 하는데 아직 걷지는 못해요."

"역시 환경이 문제인가……."

고대신의 섬은 외부에 비해 기본적으로 마력에 의한 압력이 작용하고 있었다. 어쩌면 그것이 아이의 성장에 악영향을 끼치고 있을지도 몰랐다.

"그래도 아프지 않고 잘 자란 게 어디에요. 만약 메이슨이 여기서 병이라도 났으면 전 진짜 미쳤을지도 몰라요. 치유신관이나 의사를 부를 수도 없는 형편이니……."

"그래, 당신 말이 맞아. 그런데 메이슨은 태어나서 한 번도 병치레를 안 한 거야?"

"그런 것 같아요. 당신도 진짜 감기 한번 안 걸리더니 역시 체질을 타고난 걸까요? 우우! 어때, 메이슨? 엄마 말고 다른 사람 품에 안긴 기분이?"

프로나는 아기의 얼굴을 보며 눈을 크게 뜨고 장난하는 표정을 지었다. 제온은 자신이 병에 걸리지 않는 이유가 몸속에 들어 있는 나노머신이라는 작은 기계 덕분이라는 것을 기억하며, 어쩌면 메이슨 역시 그 기계를 물려받은 게 아닐까 생각했다.

'그 작은 기계가 자식에게도 이어지는 건가? 나중에 돌아가면 데커에게 한번 물어봐야겠군. 물론 다시 섬 밖으로 나갈 수 있을지는 모르겠지만……. 아니, 잠깐.'

문득 어떤 가정을 떠올린 제온이 프로나를 보며 물었다.

"프로나, 혹시 당신은 병에 걸린 적 없어?"

"저요?"

프로나는 잠시 생각하다 어깨를 으쓱이며 대답했다.

"그러고 보니 최근에는 별로 없는 것 같네요. 섬에 온 이후도 그렇고… 어렸을 때는 병치레를 자주 했는데 커서는 그다지 기억이 없네요."

"마도대전 이후로는?"

"마도대전이요? 기준이 그거라면… 정말 그 후로는 한 번도 없는 것 같네요."

프로나는 신기하다는 듯 눈을 깜빡거렸다. 제온은 자신이 처음 그녀와 맺어진 것이 마도대전 도중이었다는 것을 기억해 내고, 그날 이후로 자신의 몸에 있던 나노머신이 아내의 몸에도 들어갔을 거라고 생각했다.

'프로나의 몸속에 나노머신이 들어갔다면 메이슨에게 이어진 것도 이상하지 않아. 두 사람이 수십 년이 걸린 리스터와는 달리 3년 만에 2구역으로 나올 수 있던 것도 그것 때문이 아닐까?'

그렇다면 제온 자신이 고작 며칠 만에 압력이 다른 섬의 각 구역에 적응한 것도 이상한 일은 아니었다. 나노머신 하나하나가 할 수 있는 일이 한계가 있다면 애초에 숙주인 제온의 몸에는 누구보다 대량의 나노머신이 들어 있을 것이 분명하기 때문이다.

그런데 그 순간 제온은 지금껏 겪어보지 못한 격렬한 압박과 통증에 몸서리 쳤다. 제온은 급히 안고 있던 메이슨을 아내에게 건넨 다음 곧바로 그 자리에 무릎을 꿇고 좌절하는 자세로 몸을 숙였다.

"여보! 왜 그래요? 괜찮아요, 여보?"

프로나가 급히 몸을 숙이며 남편의 몸을 살폈다. 제온은 눈앞이 뿌옇게 흐려지는 것을 느끼며 사시나무처럼 몸을 떨었다.

안개로 둘러싸인 1구역이 바로 눈앞이라서 그런 걸까. 지금까지와는 차원이 다른 마력의 압박에 숨을 들이마시기조차 힘들었다.

"여기까지는 그럭저럭 왔는데……."

제온은 억지로 고통을 참으며 별것 아니라는 듯한 목소리로 말했다.

"1구역은 지금까지처럼 간단히 통과할 수는 없는 모양이야. 내 몸속에 나노머신이 아무리 많아도……."

"네? 뭐가 많아도요?"

"…그런 게 있어. 나중에 설명해 줄게."

제온은 그대로 돌길 위에 엎드린 다음 몸을 돌려 하늘을 바라보는 자세로 누워 버렸다. 마치 온몸의 근육을 손으로 쥐어짜는 듯한 압박이었지만, 그래도 이대로 시간이 좀 지나면 어느 정도 적응할 수 있을 것 같은 기분이 들었었다.

"제가 너무 경솔했어요. 역시 좀 더 천천히 시간을 들였어야 하는데 당신이 겨우 사흘 만에 여기까지 왔다고 해서……."

프로나는 제온은 내려다보며 자책하는 얼굴로 입술을 깨물었다. 제온은 희미하게 웃음을 지으며 그런 아내의 얼굴을 향해 손을 뻗었다.

"괜찮아. 좀 아프지만 죽을 정도는 아니야."

"하지만… 역시 움막으로 돌아가서 좀 쉬었다 가는 게 좋겠어요."

"아니야. 그러면 빨리 적응할 수가 없어. 나도 빨리 1구역에 가보고 싶으니까."

"여보……."

프로나는 자신의 얼굴을 만지는 제온의 손을 잡으며 걱정스런 표정을 지었다. 제온은 3년 전의 기억에 비하면 놀라울 정도로 거칠어진 아내의 손에 가슴이 저리는 것을 느꼈다.

"그러고 보니 당신 피부도… 머리카락도 많이 상한 것 같아."

"그야 어쩔 수 없죠. 여긴 아무것도 없으니까. 여자가 자기 관리를 하기 위해 얼마나 많은 문명의 혜택을 누려야 하는지 알고는 있는 거예요?"

프로나는 갑자기 새침한 표정을 지으며 제온의 손등을 찰싹 때렸다.

"그러니까 당신도 각오하는 게 좋을 거예요. 나중에 돌아가면 저도 돈을 아끼지 않고 좋다는 건 다 써버릴 테니까요."

"걱정 마. 화장품을 사는 데 전 재산을 다 쓴다고 해도 말리지 않을 테니까. 그런데……."

제온은 잠시 머뭇거리다 조심스레 물었다.

"혹시 리스터님에게 그 이야기는 못 들은 거야?"

"네? 무슨 이야기요?"

"그러니까… 이 섬에 들어온 수인들에 대한 이야기."

"수인이요?"

프로나는 잠시 갸웃거리다 고개를 저으며 말했다.

"그런 이야기는 못 들은 것 같아요. 애초에 그분과는 채 5분도 이야기하지 못했는걸요? 거의 일방적으로 이 섬에 대한 정보를 잔뜩 알려주셨을 뿐이에요."

"그런가? 그렇다면 어쩔 수 없지만."

리스터의 말대로라면 섬에서 자라는 음식을 먹으며 오래 거주한 인간이 섬 밖으로 나가는 것은 자살행위에 다를 바 없었다.

물론 몸속에 있는 나노머신이 얼마나 큰 변수로 작용할지는 모르지만, 적어도 프로나가 짧은 시일 내에 섬 밖으로 나가는 것만큼은 불가능하다는 것을 확신할 수 있었다.

'무언가 방법이 있을 거야, 방법이. 하지만 함부로 모험을 할 수도 없어.'

결국 섬 밖으로 나가는 것이 안전한지 알 수 있는 방법은 하나였다. 직접 섬 밖으로 나가는 것. 하지만 그것은 목숨을 건 모험이고, 제온은 아내의 목숨을 걸고 모험을 할 생각이 손톱만큼도 없었다.

그리고 모험을 할 수 없다면,

결국 영원히 이 섬에서 살아야 하는 것이다.

"…프로나?"

"네? 왜요?"

"혹시 이 섬에서 빠져나갈 방법이 없다면… 나도 여기서 당신과 메이슨과 같이 살 거야."

"그게 무슨 소리예요?"

프로나는 영문을 모르겠다는 얼굴로 제온을 바라보았다.

"당신은 섬 밖에서 여기까지 왔잖아요? 당연히 온 길을 돌아가면 섬을 빠져나갈 수 있을 거 아녜요? 물론 저와 메이슨은 다른 구역에 적응할 때까지 좀 더 시간이 걸리겠지만, 그래 봤자 앞으로 3, 4년이면 충분해요. 당신한테 말은 안 했지만… 며칠 전에도 메이슨을 안고 상당히 바깥쪽까지 갔다 온 적도 있어요. 아마 1년 안에 3구역으로 나가는 것도 가능할 거예요."

"그래, 물론 그건 가능할 거야. 하지만 섬을 완전히 떠나는 건 또 다른 문제야."

"왜요? 대체 뭐가 문제인데요?"

"그러니까······."

제온은 차마 이 섬에서 난 음식에 독이 있다는 것을 말할 수가 없었다. 그 말을 들은 프로나가 결국 자신의 손으로 제온을 이 섬에 묶어놓았다는 것을 깨닫고 자책할 것이 뻔했기 때문이다.

"···말하자면 그렇다는 거야. 혹시 그렇게 되더라도 난 영원히 당신 곁에 있을 거라고."

"정말이에요, 여보? 혹시 진짜 무슨 문제가 있는 건 아니고요?"

눈치 빠른 프로나가 눈썹을 찌푸리며 제온의 안색을 살폈다. 제온은 그녀에게 거짓말을 할 수 없다는 것을 깨달으며 나지막한 한숨을 내쉬었다.

"일단 1구역으로 들어간 다음에 천천히 이야기해 줄게."

"불안해요, 여보. 그냥 지금 말해주면 안 돼요?"

"말에도 타이밍이 있잖아? 그보다 벌써 몸이 꽤 적응한 것 같은데······."

제온은 화제를 돌리기 위해 괜찮다는 표정을 지으며 그야말로 억지로 상반신을 일으켜 세웠다.

그런데 바로 그 순간,

걱정하는 아내의 얼굴 뒤쪽으로,

황량한 모래사막의 하늘 너머로,

그 먼 하늘을 막고 있는 뿌연 안개를 헤치며,

하늘색과 청색의 비늘을 아름답게 반짝이는 거대한 드래곤이 천천히 지상으로 강림해 내려오기 시작했다.

"아……!"

제온은 부릅뜬 눈으로 그것을 지켜보았다.

세상의 섭리로 칭송받는 그 초신수는 날개조차 움직이지 않고 마치 유령처럼 아무런 소리도 내지 않으며 2구역의 모래 위로 천천히 강하했다.

마치 더 이상 속도를 낼 필요가 없다는 듯, 눈앞에 있는 인간들이 절대로 도망치지 못할 거라는 사실을 확신한다는 듯, 아프레온은 그렇게 여유 있는 모습으로 모래 위에 내려앉았다.

"당신, 왜 갑자기 그런 눈으로……?"

프로나는 제온의 경직된 표정에 의아해하다 무심결에 고개를 돌렸다. 그리고는 짧은 비명과 함께 품안의 아이를 꼭 껴안으며 뒷걸음쳤다.

"아프레온……."

하지만 바닥에 주저앉아 있는 남편을 내버려 두고 도망칠 수는 없었다. 제온은 그런 아내의 기척을 깨닫고는 후들거리는 다리를 억지로 움직여 몸을 일으켰다. 그리고 그녀의 앞을 가로막으며 나지막한 목소리로 중얼거리듯 물었다.

"혹시 1구역에 안전한 장소가 있어?"

"지하실이 있긴 하지만… 상대가 아프레온이라면……."

"…그래, 상대가 저거라면 도망치는 건 의미가 없어."

제온은 타는 듯한 눈으로 아프레온을 노려보았다. 자신들과 초신수의 사이엔 거의 100미터의 공간이 존재했지만, 너무도 거대한 초신수의 덩치에 마치 바로 코앞에 있는 듯한 착각이 들었다.

『광신사냥꾼』 6권에 계속…

현대백수 장편 소설

간웅

FUSION FANTASTIC STORY

뇌성벽력이 치는 어느 날!
고려 황제의 강인번을 들고 있던
어린 병사가 낙뢰를 맞고 쓰러졌다.

하지만… 다시 눈을 뜬 이는
현대 대한민국에서 쓸쓸히 죽은
드라마 작가 지망생.

고려 무신 시대의 격변기 속에서 눈을 뜬 회생[回生].
살아남기 위해! 죽지 않기 위해!
그의 행보로 인해 고려는 서서히
변하기 시작하는데…….

치세능신 난세간웅(治世能臣 亂世奸雄)!

격동의 무신 시대!
회생, 간웅의 길을 걷다!

Book Publishing CHUNGEORAM

내일을 향해 쏴라

김형석 장편 소설
FUSION FANTASTIC STORY

1만 시간의 법칙!
'성공은 1만 시간의 노력이 만든다' 는 뜻이다.

그러나…
사회복지학과 복학생 수.
전공 실습으로 나간 호스피스 병동에서
미지와 조우하다.

1만 시간의 법칙?
아니, 1분의 법칙!

전무후무한 능력이 수에게 강림하다!
맨주먹 하나로 시작한 수의
인생역전이 시작된다!

Book Publishing CHUNGEORAM
WWW.chungeoram.com